APRÈS LES TÉNÈBRES

Martine DELOMME

APRÈS LES TÉNÈBRES

ÉDITIONS
FRANCE
LOISIRS

À Audrey

Ce récit est une fiction. Toute ressemblance avec des personnages existants ou ayant existé serait purement fortuite.

Édition du Club France Loisirs
avec l'autorisation des Éditions L'Archipel

Éditions France Loisirs,
123, boulevard de Grenelle, Paris
www.franceloisirs.com

Le Code de la propriété intellectuelle n'autorisant, aux termes des paragraphes 2 et 3 de l'article L. 122-5, d'une part, que les «copies ou reproductions strictement réservées à l'usage privé du copiste et non destinées à une utilisation collective» et, d'autre part, sous réserve du nom de l'auteur et de la source, que les «analyses et les courtes citations justifiées par le caractère critique, polémique, pédagogique, scientifique ou d'information», toute représentation ou reproduction intégrale ou partielle, faite sans le consentement de l'auteur ou de ses ayants droit ou ayants cause, est illicite (article L. 122-4). Cette représentation ou reproduction, par quelque procédé que ce soit, constituerait donc une contrefaçon sanctionnée par les articles L. 335-2 et suivants du Code de la propriété intellectuelle.

© L'Archipel, 2017

ISBN : 978-2-298-11220-7

1

Décidément, elle s'était levée du mauvais pied ce matin. «Une journée sans», dirait Béatrice, sa fille cadette. Victoire s'était cogné le genou dans la rampe d'escalier avant de briser la bouteille de jus de fruits. À présent, elle tournait en rond. Qu'avait-elle fait du chéquier emploi service ? Elle ne se reconnaissait plus depuis qu'elle avait pris sa retraite, elle toujours si organisée, si méthodique. Elle fouilla dans le tiroir du secrétaire, passa en revue les étagères du meuble de classement et découvrit le chéquier sous un monticule de papiers. Victoire descendit dans le vestibule et fouilla le contenu de son sac. Soulagée, elle constata qu'elle n'avait pas égaré le relevé des heures de l'aide ménagère de ses parents. Après un rapide calcul, elle remplit le chèque et l'inséra dans son portefeuille. Dix coups sonnèrent à l'horloge de la cuisine. Elle glissa sa tasse dans le lave-vaisselle, rangea le sucrier et la brique de lait. Pierre avait tout remis en ordre avant de quitter la cuisine. Sauf le lait et le sucre qu'il laissait sur la table pour un dernier café qu'il ne prenait jamais. Et cela durait ainsi depuis des décennies. Victoire ouvrit le réfrigérateur et saisit la pile de boîtes hermétiques soigneusement étiquetées : *poulet-haricots verts, blanquette de veau-pâtes fraîches, lapin-choux de*

Bruxelles… Elle avait pris l'habitude de préparer les repas de ses parents deux jours à l'avance. Son père ou sa mère n'avait plus qu'à les réchauffer. Aujourd'hui, c'était le plus souvent son père qui s'y attelait. À 92 ans, il gardait une vitalité étonnante.

Victoire enfila son manteau et pêcha ses clés de voiture dans sa poche. En sortant, elle remonta le col autour de son cou. Le ciel d'avril était clair, mais un vent frais descendait du Lubéron. Elle rangea les provisions sur le siège arrière de sa voiture et vérifia qu'elle avait bien mis les packs d'eau et de lait dans le coffre.

C'était jour de marché, et il lui fallut vingt minutes pour quitter Roussillon. Ses parents, Francette et Lucien Ménar, habitaient Goult, un village situé à une dizaine de kilomètres. Victoire conduisait lentement, en jetant de temps à autre un coup d'œil sur le paysage alentour. Du vert pâle des feuillages au rose délicat des fleurs de pommiers, les arbres changeaient de couleur dans une symphonie de nuances pastel. Le printemps était là, pourtant la terre exhalait encore la fraîcheur de l'hiver. Victoire traversa Goult, et longea le mas Ponty, le domaine de la famille Goldberg. Sur son promontoire, le château en pierre taillée recouvert d'ardoise dominait la vallée. L'architecture compliquée, flanquée de multiples pignons, rendait l'édifice trop ostentatoire à son goût. En passant devant l'immense portail, elle pensa à Marion, sa benjamine.

De son mariage avec Pierre Tourneur, quelque quarante ans plus tôt, trois enfants étaient nés. Pascal, l'aîné, et presque aussitôt Béatrice. Marion était leur petite dernière. Elle avait 42 ans, et Pierre 43, quand elle avait découvert qu'elle était enceinte. Et Marion était arrivée. Elle avait longtemps contemplé son petit corps potelé, ses poings serrés. Les quelques cheveux bruns et hirsutes dressés sur le sommet de son crâne avaient fait rire toute la famille. Un beau bébé de 4,5 kg. Victoire se surprit à sourire. Marion détestait qu'on lui rappelle son poids de naissance. « Je les porte comme une croix, disait-elle, ces maudits quatre kilos que je ne perdrai jamais. »

Marion était une jeune femme merveilleuse qui n'avait jamais cessé de la surprendre et de la ravir. Titulaire d'un master de droit à 23 ans, elle étudiait l'histoire de l'art à Bordeaux. Victoire avait parfois du mal à admettre qu'elle ait grandi aussi vite. Ses éclats de rire, son enthousiasme lui manquaient. Et son implacable volonté. Elle savait ce qu'elle voulait, et, la plupart du temps, elle l'obtenait. Comme cet emploi d'été chez Me Goldberg, le notaire le plus connu alentour. Victoire connaissait le programme de Marion par cœur, tant elle le lui avait ressassé. Après Pâques, elle effectuerait une formation d'une semaine, puis un remplacement de quatre mois, de juin à septembre. Pour être à proximité de son travail, Marion avait décidé de réintégrer sa chambre de jeune fille dans la maison familiale. Son retour au bercail, même provisoire, mettait Victoire au comble du bonheur. Dans son dernier message, Marion lui avait précisé que Béatrice lui prêterait sa voiture pour la semaine de Pâques. Ce qui signifiait que Lionel ne l'accompagnerait pas. Le jeune homme était déjà venu deux ou trois fois à Roussillon. De milieu modeste, gentil et discret, il avait suivi les mêmes études de droit que Marion avant d'entrer à l'école de la magistrature.

Son adoration pour la jeune fille sautait aux yeux. La réciprocité n'était pas évidente. Marion parlait peu de lui en son absence, et Victoire se gardait bien de poser la moindre question.

En entrant dans Goult, elle bifurqua à droite et remonta l'allée qui menait chez ses parents. Un petit cottage de plain-pied, entouré d'une terrasse et de massifs toujours fleuris. Lorsque Victoire entra, elle trouva son père assis dans le salon face à la baie vitrée donnant sur le jardin. Un livre ouvert sur les genoux, Lucien triturait la branche de ses lunettes. Il accueillit sa fille en lui demandant si elle avait pensé au chèque pour la femme de ménage.

— Je n'ai pas oublié papa, répondit-elle en l'embrassant. Où est maman ?

Elle remarqua aussitôt son embarras.

— Depuis hier, elle a décrété qu'il faisait assez chaud pour rester dehors. Je l'ai installée au soleil sur la terrasse, avec une bonne couverture et sa boîte à couture.

Après un rapide tour d'inspection dans la maison, Victoire rejoignit Janine qui rangeait l'aspirateur dans le placard sous l'escalier.

— Tout s'est bien passé ? demanda-t-elle en lui tendant le chèque.

— Très bien, madame Tourneur. En plus du ménage courant, j'ai nettoyé toutes les vitres.

— Vous avez bien fait, c'est le temps idéal ! Voulez-vous m'aider à sortir les commissions de ma voiture avant de partir ?

Elles entassèrent les emballages volumineux dans le cellier, puis Victoire disposa les boîtes alimentaires dans le frigo avec quelques explications à l'intention de son père qui l'avait suivie.

— Tu pourras réchauffer le poulet au micro-ondes, et le veau plutôt dans une casserole. Tu peux aussi préparer du riz, si tu veux.

— Ou de la purée en flocons…

— Tu es toujours en guerre contre le cuiseur de riz électrique ?

— Pff! Ne me dis pas que je suis le seul à ne pas savoir utiliser ce machin ? L'eau déborde de partout !

— C'est l'excès d'amidon, papa. Il faut bien laver le riz à l'eau froide avant de le faire cuire.

— J'ai essayé, mais rien n'y fait. C'est ton appareil qui est en guerre contre moi.

Ils rirent de bon cœur, et Victoire éprouva une petite pointe de tristesse en songeant au jour où ses parents ne seraient plus là.

— Je vais essayer de convaincre maman de rentrer. Il ne fait pas si chaud que ça.

— Je te sers un café en attendant ? Janine en prépare toujours une pleine cafetière en arrivant et il en reste.

— Non merci, j'en ai déjà bu trois depuis que je suis réveillée.

Lucien emplit une tasse pour lui, et Victoire remarqua le tremblement de ses doigts maigres.

— Je suis de plus en plus inquiet au sujet de ta mère, tu sais. Ce matin, elle m'a encore réclamé son petit-déjeuner une demi-heure après l'avoir pris, et avant-hier j'ai trouvé son flacon de shampooing dans le frigo.

Francette oubliait parfois où étaient ses lunettes ou le petit foulard qu'elle voulait porter ce jour-là. Rien de surprenant, à 88 ans. Mais depuis quelques mois, ses trous de mémoire devenaient de plus en plus fréquents et se muaient parfois en de longues absences.

— Nous savons à quoi nous en tenir, répondit Victoire en posant sa main sur celle de son père, le neurologue a été formel. Ça n'ira pas en s'améliorant. Je suis là, papa, nous ferons face ensemble.

— Tu parais toujours si sûre de toi, ma fille.

En réalité, Victoire n'était pas certaine de pouvoir gérer tous les problèmes, mais au moins, à présent, elle avait du temps.

Pendant quarante ans, elle avait travaillé dans le sillage de son mari, tout en assumant l'éducation de leurs trois enfants. En 1977, peu après leur mariage, Pierre avait repris la petite fabrique de fruits confits de ses parents et, en dix ans, en avait fait une PME florissante. De longues années de labeur, sans congés, au cours desquelles ils n'avaient pas ménagé leur peine. Ils avaient souvent tremblé ensemble. La peur d'échouer, de ne plus pouvoir assurer le quotidien de leurs enfants. Puis, diplômé d'HEC, Pascal, leur fils aîné, les avait rejoints dans la société. Pourtant, la charge de travail dévolue à Victoire ne s'était guère allégée. Dans les huit années suivantes, la famille s'était agrandie. Pascal avait épousé Élise qui donna naissance à leurs deux fils, Sébastien et Gaétan. En 2013, les garçons scolarisés, Élise avait cédé aux pressions de son mari et s'était impliquée dans l'entreprise. Contre toute attente, elle avait aimé ce rôle d'assistante de direction où elle avait montré sa polyvalence et son sens inné de la diplomatie. Victoire avait concédé de plus en plus d'espace à sa belle-fille pour prendre enfin sa retraite.

Elle sortit sur la terrasse et découvrit sa mère assise sur un banc de pierre. Elle avait rejeté la couverture qui l'enveloppait, et la boîte à couture était renversée à ses pieds. Elle sursauta à l'approche de sa fille.

— Ah, c'est toi! C'est drôle, je pensais justement à ta sœur.

Victoire se pencha sur sa mère et l'embrassa. La tristesse lui étreignit le cœur. C'était un des aspects pervers de la maladie... penser à un enfant mort soixante-dix ans plus tôt et oublier qu'on a pris son petit-déjeuner.

— Tu devrais rentrer, maman, il ne fait pas encore très chaud, suggéra Victoire d'une voix douce.

— Non, je suis bien dehors, j'aime regarder le jardin et les fleurs.

De longs frissons agitaient son corps. Elle souriait pourtant, et semblait tellement sereine. Sa vie se résumait aux petits plaisirs du quotidien: dormir, contempler le jardin, manger. Victoire usa de son penchant pour les sucreries:

— J'ai apporté un gâteau à la crème pâtissière.

Francette se leva, le regard brillant, et marcha d'un pas alerte en direction de la cuisine. Victoire mangea une tranche de gâteau en compagnie de ses parents et, avant de partir, recommanda à son père de fermer à clé les portes de la terrasse.

Elle avait beau se raisonner en se disant qu'ils avaient le téléphone, qu'elle était à dix minutes de leur domicile en cas d'urgence, elle se sentait coupable de les abandonner. Elle avait promis à son père qu'ils feraient face ensemble, mais le moment des difficultés venu, ce serait à elle qu'il appartiendrait de trouver des solutions. Au fur et à mesure que l'état de sa mère s'aggraverait, son père ne pourrait plus la surveiller et la soigner sans une aide extérieure.

Soudain, elle perçut une vibration dans le fond de sa poche. Son mobile affichait un message : *« Mamoune chérie, j'ai prêté ma voiture à Marion. Te confirme serons là pour WE de Pâques. Te laisserai Clara pour les vacances. Bises. Béa »*

Victoire ne s'habituerait jamais à ces messages télégraphiques. Elle était toujours tentée d'ajouter un « stop » au bout de chaque phrase. Elle relut le texto et sourit. *Mamoune chérie...* le surnom que ses enfants lui avaient donné depuis qu'elle était grand-mère. Béatrice était avocate. À la fin de ses études, elle s'était installée à Bordeaux où elle avait épousé Xavier, un chirurgien-dentiste. Elle confiait toujours la petite Clara à sa mère pour les congés scolaires. Et il y avait fort à parier que sa belle-fille déposerait les deux garçons chez elle tous les jours avant de se rendre au bureau. Dieu merci, se répétait-elle, elle était à la retraite ! Parfois, elle pensait à tout ce qu'elle avait rêvé d'entreprendre quand elle cesserait enfin de travailler : partir en croisière, s'inscrire dans un club de yoga, se mettre à la peinture. Elle n'avait toujours rien accompli de ses rêves. Ses journées suffisaient à peine à entretenir la maison et le jardin, à faciliter la vie de Pierre qui ne se décidait pas à raccrocher ; elle gardait et choyait ses petits-enfants, et elle consacrait de plus en plus de temps à prendre soin de ses parents. Lucide, elle savait que la maladie de sa mère ne pouvait que compliquer la situation.

2

Marion avait quitté Bordeaux à l'aube. Elle était au volant depuis cinq heures et des douleurs se réveillaient au niveau des cervicales. Elle n'aimait pas du tout cette voiture. Tout était trop grand, trop adapté à la taille élancée de Béatrice. Avec son mètre soixante, Marion était contrainte de rapprocher le siège et conduisait courbée sur le volant. Sa sœur lui avait bien expliqué qu'il y avait une petite manette pour… impossible de se rappeler à quoi elle servait ! Ce vendredi de Carême, la circulation était dense en direction du sud-est, et les contrôles routiers nombreux. Elle prit enfin la sortie d'Avignon, et contourna la ville pour rallier Apt. Elle était toujours si heureuse de retrouver la maison de son enfance ! Tout à coup, son cœur battait plus vite. Elle ignora la bretelle menant à Roussillon, où habitaient ses parents, et continua tout droit vers Apt. Les délices d'Apt, l'entreprise familiale, s'étendait sur trois hectares, juste à l'entrée de la ville. Ses parents et maintenant Pascal, son frère aîné, avaient insufflé un bel essor à la société. Aujourd'hui, la production était distribuée dans toute la France et jusqu'aux confins de l'Europe.

Marion gara sa voiture sur le parking et traversa les bureaux en saluant le personnel, puis rejoignit l'un des ateliers de fabrication. Les fruits macéraient dans de grands bacs emplis de sirop de glucose que les employés renouvelaient régulièrement. Comme chaque fois qu'elle pénétrait dans les lieux, des souvenirs lui revenaient... Elle se revoyait trottinant derrière son père ou son frère au milieu des immenses clayettes où séchaient les fruits. Elle goûtait tout. Surtout les cerises et les bâtonnets d'angélique, ses préférés. Au grand dam de sa mère qui prédisait qu'en grandissant, elle perdrait toutes ses dents. Elle serra des mains, échangea quelques baisers... elle connaissait tout le monde au sein de l'entreprise. Ses parents ne lui avaient jamais permis le moindre penchant pour l'oisiveté. Depuis le collège, et comme sa sœur avant elle, elle avait passé la moitié de ses vacances scolaires à travailler dans la fabrique. D'abord la chaîne d'emballage. «L'expérience vient de la base», disait son père. Puis elle avait effectué de nombreux stages dans le magasin d'usine, avant d'aborder le secrétariat et la comptabilité. Grâce à ses salaires dûment gagnés, elle avait financé son permis de conduire et acheté sa première auto, une petite Fiat poussive d'un beau jaune citron équipée de sièges au tissu gris usé jusqu'à la corde. Dieu, qu'elle avait adoré cette voiture!

Marion frappa à la porte du bureau de son frère. Il était en réunion avec les représentants et se contenta de lui adresser un clin d'œil. Elle lui sourit et s'éclipsa. Elle erra encore dans les différents ateliers et trouva son père sur le quai de chargement, en compagnie d'Élise.

Pierre Tourneur avait peu à peu laissé la direction de la société à son fils, mais il ne cachait pas son plaisir à travailler avec sa belle-fille. Des liasses de papiers dans les mains, ils surveillaient le chargement des palettes sur la plate-forme d'un camion prêt à quitter l'usine. Pierre aperçut Marion et se précipita vers elle :

— Tu es là depuis longtemps ? demanda-t-il en la serrant vigoureusement contre lui.

— J'arrive juste.

— Tu as vu ta mère ?

— Pas encore, j'ai pensé qu'à cette heure-ci, elle était sans doute chez papy et mamy. J'ai préféré faire un détour pour te voir, ensuite je file à la maison !

Elle embrassa sa belle-sœur et lui demanda des nouvelles de ses deux garçons.

— Ils ne tiennent plus en place, comme toujours à l'approche des vacances. Et les « Bordelais », ils arrivent quand ?

C'est ainsi que la famille nommait gentiment Béatrice, son mari et leur petite Clara.

— Demain, répondit Marion en s'éloignant. Nous nous retrouverons tous dimanche à midi. Salut, Élise !

Dix minutes plus tard, Marion arrivait à Roussillon. Elle traversa la petite ville nichée au cœur d'un immense gisement d'ocre entre le Lubéron et les monts du Vaucluse, sans prêter attention à la silhouette paisible du beffroi, aux façades dorées des maisons anciennes qui se détachaient sur le fond bleuté du ciel. Mas-joncs, la maison familiale, était située à la sortie de la ville sur deux hectares d'un terrain peuplé de chênes blancs et d'oliviers qui entourait un étang bordé de joncs et de roseaux. Elle arrêta sa voiture près du garage et prit sa valise. Elle remonta l'allée en respirant le parfum des roses. Sa mère avait repiqué de nouveaux rhododendrons près du sapin qu'elle avait planté au milieu de la pelouse l'année de ses huit ans. Il avait poussé depuis et dominait tous les jardins.

La porte d'entrée était fermée. Marion posa sa valise et chercha son trousseau de clés dans son sac. Elle traversa le vestibule et monta directement dans sa chambre. Elle posa la valise sur le lit en prenant soin de ne pas froisser la courtepointe et se laissa aller au petit battement de cœur familier… C'était fou ce qu'elle aimait retrouver le cocon de son adolescence! Toute la pièce se fondait dans un camaïeu de bleu, à peine rompu par la garniture de lit ivoire aux motifs provençaux. Sa mère avait préparé sa venue. Des petits riens : un bouquet de fleurs, ses biscuits favoris dans une coupelle sur la commode, des sachets de lavande dans l'armoire et le tiroir de la table de chevet. Elle rangea ses vêtements dans la penderie. Deux jupes, deux corsages, des pulls légers, et des vestes habillées. De mardi à vendredi prochain, elle commençait officiellement son premier stage chez Me Goldberg. Quelques jours de formation intense aux côtés de l'assistante personnelle du notaire. En juin, Corinne

Dubois devait subir une opération de la hanche, suivie d'une longue période de convalescence rééducative. Marion avait encore en mémoire ses deux entretiens avec elle. Quel dragon ! Elle n'avait pas caché sa réticence à confier son poste à une gamine. Marion s'était sentie examinée, jaugée. Elle avait avancé son master de droit, ses options en droit civil et notarial. En dépit de ces arguments, Corinne Dubois doutait visiblement qu'elle soit capable de la remplacer.

— Tout de même, avait-elle dit, j'espère que je peux vous faire confiance. Me Goldberg s'en remet totalement à moi. Parlons seulement du travail de liaison avec les clercs ! Croyez-moi, ce n'est pas une sinécure.

Marion avait rongé son frein. Elle avait vraiment besoin de cet emploi.

— Je suis certaine que tout se passera bien, madame, avait-elle répondu sur un ton avenant.

— Mais quatre mois, c'est bien long ! Je ferai suivre mon ordinateur portable, et j'exige que vous me contactiez par e-mail au moindre souci.

Au cours du deuxième entretien, Marion avait aperçu Me Goldberg entre deux portes. Il n'avait pas prêté attention à elle.

Victoire n'était pas encore rentrée et Marion décida de se rendre utile. Quel plaisir de renouer avec quelques vieilles habitudes... Elle avait toujours adoré descendre l'escalier quatre à quatre en claquant des talons sur les marches. Elle fit le tour des pièces du rez-de-chaussée, comme on fait en rentrant chez soi après une longue absence. C'était pratiquement le cas. Ses parents lui avaient rendu visite à Bordeaux en février, mais elle n'était pas revenue à Roussillon depuis Noël. Elle éprouvait toujours un brin de nostalgie en pensant à la demeure pleine de recoins, de marches, de renfoncements. Des cris d'enfants qui se cherchaient, des rires résonnaient toujours dans les vastes pièces ensoleillées. Elle s'arrêta dans la salle de séjour baignée d'une atmosphère paisible. Les murs bouton d'or rehaussés du ton orangé des rideaux, les fauteuils de cuir fauve et, de part et d'autre de la cheminée carrelée de mosaïques, les aquarelles dont on devinait qu'elles avaient été choisies pour se fondre dans le décor de la pièce. Sous la moquette beige, le parquet craquait par endroits. Marion respira le parfum de fleur d'oranger et de bois ciré. Elle s'attarda un instant devant le bahut provençal et sa galerie de portraits. Les enfants et les petits-enfants à divers âges souriaient dans un alignement de cadres disparates. Et cette photo d'elle qu'elle détestait! Quel âge avait-elle, six, sept ans? Ses cheveux relevés étaient noués sur le sommet de sa tête, comme un palmier. Elle souriait de toutes ses dents. Enfin presque. Il lui en manquait une, juste sur le devant. Elle avait bataillé pendant des années pour que sa mère retire cette image peu flatteuse d'elle. Elle n'avait jamais eu gain de cause.

Soudain, Marion ressentit une violente crampe d'estomac. Elle était levée depuis 4 heures du matin, elle mourait de faim. Elle se dirigea vers la cuisine et ouvrit le réfrigérateur. Sa mère avait déjà prévu le déjeuner, des filets de rouget marinés, prêts à griller, un gratin de fenouil et une tarte aux pommes. Elle chipa un morceau de fromage et but un grand verre d'eau. Puis, avec un délicieux frisson de plaisir, elle retrouva des gestes familiers : déplier la nappe, choisir la vaisselle, couper du pain et nettoyer la salade. Des petites tâches quotidiennes qu'elle avait souvent partagées avec sa mère, qui lui en avait appris toute l'importance. Elle achevait de mettre le couvert lorsque la porte de la véranda s'ouvrit avec un grincement et Victoire jaillit dans la cuisine.

— Marion... tu es là ?

La jeune fille se précipita au-devant de sa mère. Leur étreinte dura un long moment, puis Victoire recula pour admirer sa fille. Si jolie, si attendrissante... un sourire espiègle, des yeux d'aigue-marine dans un visage hâlé. Elle avait un corps joliment tourné, des rondeurs que, comme toutes les filles de son âge, elle s'efforçait de dissimuler.

— Tu as fait bonne route ? Tu as dû partir à l'aube, non ? Est-ce que tu as vu ton père ?

— Oui, oui et oui ! Heureusement que j'ai l'habitude de tes questions en rafale. Tout va bien, maman. J'ai mis le couvert dans le séjour, papa m'a dit qu'il rentrerait déjeuner à midi.

Après le repas, Marion débarrassa la table et proposa à sa mère de l'aider à aménager les chambres. Toute la famille serait réunie pour le week-end de Pâques. Elles grimpèrent au premier étage et, sur le palier, Victoire retira de l'armoire plusieurs paires de draps, des housses d'oreiller et de traversin. Elles commencèrent par le lit de la petite Clara dont la chambre, tout en rose et mauve, communiquait avec celle de ses parents.

— Je ne pense pas que Pascal et Élise dormiront ici, mais nous allons préparer le lit des garçons. Élise m'a demandé de les garder pendant les vacances. Il y a tellement de travail à l'usine qu'elle voudrait s'éviter les trajets pour les conduire matin et soir.

— Et Béa te confie Clara! Tu vas te retrouver avec trois enfants à temps complet!

— Trois? Il me semble que j'en aurai quatre la semaine prochaine, répliqua Victoire avec malice. Ta chambre est prête!

— J'ai vu, merci maman.

— Tu appréhendes un peu ce stage?

— Non, pourquoi?

Victoire lui jeta un coup d'œil en biais et sourit. Sa benjamine affichait toujours une telle assurance, elle en était désarmante parfois.

Les lits bordés, Marion posa une pile de serviettes de toilette dans chaque chambre, tandis que sa mère installait un plateau avec des verres, une bouteille d'eau minérale et des mouchoirs en papier.

De retour au rez-de-chaussée, Victoire rejoignit la buanderie. Elle ouvrit la machine à laver, sortit le linge et le glissa dans le sèche-linge.

— Je m'en veux un peu de céder à la facilité. Si je prenais le temps d'étendre la lessive dehors, elle sécherait en une demi-heure! Mais je préfère cueillir les premières fraises mûres dans la serre.

Voudras-tu en porter quelques-unes à tes grands-parents ? Ils seront ravis de te voir.

— Oh oui, avec joie, comment vont-ils ?

— Ton grand-père ça va, toujours bon pied bon œil. Sa promenade chaque jour, et son petit verre de vin trois ou quatre fois pas semaine. À 92 ans, il m'épate encore. Mais je m'inquiète pour ta grand-mère.

— Les trous de mémoire ne s'arrangent pas ?

— Il n'y a aucune raison pour que cela s'améliore. En ce moment, elle me demande régulièrement des nouvelles de ma sœur.

Marion regarda sa mère d'un air consterné.

— Quelle tristesse!

Elles quittèrent la maison et empruntèrent l'allée qui conduisait à la serre. Depuis qu'elle avait l'âge de raison, Marion connaissait le drame qui avait marqué la jeunesse de sa grand-mère Francette. Elle avait 16 ans en 1943. Follement amoureuse d'un garçon de son âge, elle avait bravé tous les interdits pour s'apercevoir très vite qu'elle attendait un enfant. Pris de panique, le jeune homme avait fui, mais Francette avait su garder la tête froide. Elle savait comment on traitait les filles-mères à l'époque. Moqueries, injures, médisance. Elle se refusait pourtant à abandonner son enfant. Elle mena sa grossesse à terme et accoucha d'une petite-fille prénommée Lucie. À peine remise de ses couches, Francette prit un train jusqu'à Limoges et demanda à sa sœur aînée, Jacqueline, de garder son bébé jusqu'à la fin de la guerre. Celle-ci accepta et Francette revint à Paris le cœur un peu plus léger. Elle échafaudait déjà son plan: il lui serait facile de se faire passer pour une jeune veuve de guerre et de recommencer une autre vie.

Jacqueline était institutrice à Oradour-sur-Glane. Elle périt brûlée vive dans l'église du village, le 10 juin 1944, avec ses deux enfants et sa petite nièce.

3

La réunion du conseil municipal touchait à sa fin. Comme à l'accoutumée, les discussions prenaient une tournure futile, voire un tantinet débridée. Assis au bout de la table, Fabien Goldberg ne s'offusquait pas de cette digression. Cette confusion de débats municipaux et de préoccupations domestiques confortait l'idée d'une grande famille – une image de son équipe qu'il aimait souligner dans son entourage. Il croisa les mains sur la pile de dossiers posée devant lui et promena son regard sur les conseillers. Quatorze hommes, six femmes. Il était déçu de n'avoir pas su imposer la parité à Goult. Le petit groupe d'opposition le lui rappelait avec régularité. Parmi ses colistiers, il avait toujours pu compter sur le soutien d'Alain Leroux, son premier adjoint. La cinquantaine élégante, le sourire protecteur et l'air influent, Leroux cumulait ses responsabilités locales avec la présidence de la commission de développement économique au sein du conseil départemental du Vaucluse.

Fabien jeta un coup d'œil à la pendule accrochée au-dessus de la cheminée, à côté du grand tableau où figuraient les noms de tous les maires qui s'étaient succédé à la tête de la commune. Il était temps de mettre un terme à la récréation.

— S'il vous plaît ? lança-t-il, avant de nous séparer, j'aimerais que nous arrêtions la date de l'inauguration du nouveau groupe scolaire.

Le silence se fit dans la salle et Fabien se tourna vers son premier adjoint.

— Puisque tu es bien introduit au sein de nos instances départementales, fais donc en sorte que nous ayons la présence du président du Conseil.

— J'en fais mon affaire.

Des regards entendus et de vagues sourires se dessinèrent autour de la table. Parcours de golf, association de chasse, on savait qu'Alain Leroux était proche du président Carion.

La discussion s'anima de nouveau, et les avis fusèrent pour définir la période propice à l'inauguration du groupe scolaire. Après une demi-heure de débats, trois dates furent arrêtées. Le président Carion choisirait la plus adaptée à son emploi du temps. Une dernière mise au point, et les conseillers quittèrent la salle de réunion. Les pas, les voix émaillées de rires se perdirent rapidement dans les couloirs. Alain Leroux était resté assis au côté de Fabien.

— Je peux te parler, si tu as encore un instant ?
— Bien sûr.

Ils sortirent de la salle du conseil pour rejoindre le bureau du maire.

— Assieds-toi, dit Fabien, veux-tu un verre ? Un trait de porto ?

— Après tout, pourquoi pas...

Fabien se dirigea vers le bar encastré dans le meuble d'acajou qui couvrait tout un pan de mur. Il en sortit deux verres et une carafe. Puis il revint vers son bureau et regarda discrètement sa montre.

— Je serai bref, le rassura Alain. Nous venons d'évoquer le président Carion, et à ce propos il voudrait s'entretenir avec toi. Il me harcèle depuis deux semaines pour que je te fixe un rendez-vous à l'hôtel du département.

Visiblement surpris, Fabien haussa les sourcils et tendit un verre à son ami.

— Ah bon! Sais-tu pourquoi?

— J'ai bien une petite idée. Nous commençons à envisager la prochaine législature.

— C'est dans deux ans!

— Oui, mais ce n'est pas quinze jours avant l'élection que nous attribuerons les investitures. Carion aimerait que tu te présentes dans notre circonscription.

Fabien marqua un temps d'arrêt avant de reposer son verre sur le coin du bureau. Il était surpris par cette offre. Il n'hésitait jamais à bousculer les élus régionaux, à leur rappeler leurs engagements et se souciait peu que ses demandes plus ou moins pressantes soient appréciées dès l'instant qu'il recueillait des bénéfices pour sa commune et ses administrés.

— Je suis sûr qu'il y a d'autres personnes plus qualifiées que moi. Tu sais que je n'adhère à aucun parti. J'ai mes opinions, certes, mais elles sont personnelles, et j'entends qu'elles le restent.

— Les compétences et les convictions sont plus importantes qu'un engagement politique. Tu es maire de Goult depuis dix ans, la commune est prospère, elle ne croule pas sous les dettes et les emprunts. Ce n'est pas si courant aujourd'hui.

Alain Leroux s'était levé et arpentait le bureau avec des gestes d'une ampleur exagérée.

— Ta famille est implantée dans la région depuis longtemps. Ton père est un marchand d'art très réputé, comme l'était ton grand-père avant lui.

Et mon frère après..., pensa Fabien qui pourtant ne dit mot. Il cogitait. Il appréciait son existence bien rythmée entre son étude notariale, ses responsabilités au sein des chambres consulaires, sa mairie. Il avait su s'entourer d'une équipe dynamique et Goult était une ville facile à gérer. Partir à la conquête de l'Assemblée nationale ne l'enthousiasmait guère. Alain Leroux s'en rendit compte ; un soupir lui échappa tandis qu'il vidait son verre. La partie était loin d'être gagnée. N'importe quel élu aurait bondi de fierté devant cette perspective. Comment pouvait-on manquer d'ambition à ce point ?

— La députation, ce n'est pas rien tout de même ! plaida-t-il. Pense à tout ce que cela pourrait t'apporter.

— J'ai besoin d'y réfléchir, répondit Fabien en se levant.

Tu as surtout besoin de l'aval de papa, pensa Leroux en prenant ses clés et son attaché-case. Ils se serrèrent la main.

— On s'appelle et on en reparle ! lança Leroux en quittant la pièce.

Fabien était toujours le dernier à partir. Il vérifia une dernière fois sa messagerie électronique et enclencha l'alarme. Puis il se dirigea vers le parking réservé aux élus, situé près des bâtiments techniques. Il s'installa derrière le volant de sa voiture. Son premier réflexe fut de s'arrêter chez son père. Depuis le parking de la mairie, il apercevait le mas Ponty, flanqué de son moulin du XVIIe siècle. Toutes les fenêtres étaient illuminées. Sa belle-mère recevait certainement les clients de son mari. Il imaginait la scène comme s'il y était. Son père en smoking, menant haut et fort une conversation ponctuée de ses puissants éclats de rire, et Natacha minaudant à ses côtés. Elle donnait l'impression d'avancer sur le podium d'un défilé de mode avec ses vêtements de haute couture, son maquillage parfait, son sourire et ses gestes accomplis. Elle roucoulait sous les compliments mais ne les trouvait jamais assez conséquents. Fabien n'était pas enclin à apprécier les futilités. Natacha avait compté dans la décision de son père de le placer en pension, l'année de ses sept ans. Il lui en avait voulu de longues années. De l'indifférence à l'animosité, leurs rapports étaient compliqués, et il avait toujours perçu la haine irrationnelle qu'elle entretenait à son égard. Comment la haine pouvait-elle être rationnelle ? se demanda-t-il en attachant sa ceinture de sécurité.

La députation... Il était encore sous l'effet de la surprise. Et surtout incapable de prendre une décision. Il anticipait la réaction de son père s'il acceptait : il avait encore en mémoire son attitude hostile lorsqu'il lui avait appris qu'il postulait pour la mairie de Goult. Tout ce qui n'était pas lié à l'art ne présentait aucun intérêt pour Simon Goldberg. Et Fabien connaissait la propension de son père à dénigrer tout ce qu'il entreprenait. Il avait vilipendé ses études de droit, puis son idée de racheter l'étude du vieux notaire installé à Goult depuis quarante ans.

« Et maintenant la politique ! s'était-il écrié rageusement. Tu vas perdre ton temps à régler des problèmes de voisinage ou de femmes battues. Ça t'emballe de jouer les assistantes sociales ? Bien sûr, si tu te contentes de cette fonction ordinaire et insignifiante... »

Fabien n'avait pas répliqué, mais il avait tenu bon. Il était conseiller municipal depuis huit ans lorsqu'il avait brigué son premier mandat de maire, et il mesurait le rôle d'un élu dans une commune de 1 800 habitants. Il n'existait rien au monde de plus passionnant.

Il démarra et, après une ultime seconde d'hésitation, prit le parti de rentrer chez lui. Mardi, il appellerait Philippe Hébrart. Ils étaient amis depuis l'institut Saint-Joseph de Lyon en 1978. Aujourd'hui, Philippe était directeur de l'aéroport d'Avignon et conseiller municipal d'une métropole. Ils avaient coutume de dîner ensemble une ou deux fois par mois. Loin d'eux l'idée d'évoquer le bon vieux temps du pensionnat : il n'avait été bon ni pour l'un ni pour l'autre. Le drame d'une famille éclatée dans la peine les avait rapprochés. Philippe avait perdu son frère jumeau dans un accident de ski, et la mère de Fabien était morte après une interminable agonie. Ces dîners étaient l'occasion d'évoquer leur travail, leurs projets. Fabien avait une immense confiance en la perspicacité de son ami. Il n'hésitait pas à solliciter ses conseils avant de prendre une décision cruciale. Et une candidature à la députation en était une. Il savait que l'avis de Philippe serait réfléchi et judicieux.

Il était 11 heures passées lorsqu'il se gara au pied de son immeuble, dans un quartier résidentiel d'Apt où il avait acheté un duplex quelques années plus tôt. En entrant, il posa sa sacoche dans le hall, ses clés sur la desserte et goûta le silence qui régnait dans l'appartement aux persiennes entrebâillées. Il pensa aussitôt au week-end qui l'attendait au mas Ponty entre son père, Natacha et ses tenues affriolantes, et la petite famille de son frère. Lucas gérait la galerie d'art Goldberg à Avignon et la société de courtage à Paris, avec d'incessants déplacements entre la capitale et la province. Ce serait encore un long week-end à entendre parler de peinture, de vente et d'achat de tableaux, de cotations. Comme toujours, on lui ferait sentir qu'il était l'élément «hors-course». Comme toujours, il prendrait sur lui en affichant une indifférence courtoise.

4

Mardi matin, Fabien Goldberg arriva à son bureau avec une heure d'avance. Plusieurs dossiers épineux et des rendez-vous l'attendaient. Son assistante était déjà là, affairée derrière son ordinateur. Il s'était souvent demandé si elle ne dormait pas quelque part dans un coin de l'étude, à seule fin d'être la première à son poste le matin. Aujourd'hui, elle n'était pas seule. Assise à ses côtés, une jeune fille l'écoutait en prenant des notes dans un cahier d'écolière. Soudain, il se rappela… l'opération de Corinne dans quelques semaines. Comment ferait-il sans elle pendant quatre mois ? Il anticipait déjà l'accueil des clients, les démarches administratives, les relations parfois tendues entre les clercs, les cas où il fallait bien trancher. Corinne était une perle pour régler les problèmes relationnels. Et, pour achever de le rassurer, sa future remplaçante était une gamine !

Il s'avança et Corinne fit les présentations. La jeune fille lui adressa un sourire radieux. Elle était vraiment très jeune. Trop, pensa-t-il en imaginant les difficultés à venir. Il tendit la main avec une vague formule de politesse et s'éclipsa. Aussitôt, Corinne se précipita sur la cafetière dernier cri et emplit une tasse de porcelaine. Le café diffusa un délicat parfum de noisette dans la pièce.

— Ce sont des capsules spéciales, dit-elle, je vous montrerai.

Elle posa la tasse sur un plateau avec un sucrier ct prit son agenda.

— Tous les rendez-vous de Me Goldberg sont notés dans mon semainier. Quand il arrive, il faut les lui rappeler. Il peut en déplacer certains ou en ajouter de nouveaux.

Elle ajusta ses lunettes, serra l'agenda contre sa poitrine et courut vers le bureau du notaire. Marion se rassit et continua à rassembler les documents de vente d'une propriété, comme le lui avait demandé l'assistante. Elle nota qu'il manquait le certificat d'urbanisme. Les arômes du café lui titillaient les narines, mais elle n'osa pas se servir. Elle aurait pu se rendre dans la salle de pause où il y avait une cafetière et une bouilloire électrique destinées au personnel, mais elle se demanda si ce serait bien vu.

Dès son arrivée, Corinne Dubois lui avait fait visiter les lieux. Le bureau des clercs, séparé en box, la salle où étaient regroupés le service comptabilité et celui des formalités. L'activité de l'étude était scindée en trois grands secteurs : une antenne rurale, notamment viticole, le service dédié aux ventes immobilières, et celui des successions. Dans le couloir, l'assistante avait furtivement désigné une porte capitonnée : « Le bureau de Me Goldberg », avant de dresser l'inventaire de leur domaine réservé : le secrétariat. Une pièce immense entourée d'étagères et de meubles de rangement, équipée de tables encastrées supportant les ordinateurs, les imprimantes, le fax. Et leurs deux bureaux en vis-à-vis. Celui de Corinne Dubois était une large plaque de verre fumé posée sur des casiers laqués blanc. Elle avait établi les grandes lignes de leur collaboration avant de conclure :

— J'emploie régulièrement des stagiaires ou des intérimaires pour m'aider.

Elle avait presque chuchoté en disant cela. Comme si requérir de l'aide était un aveu de faiblesse. *Quelle étrange bonne femme!* s'était dit Marion. Menue, de petite taille, elle ne cherchait pas à dissimuler ses 55 ans qu'elle portait avec une certaine élégance. Elle avait une voix grave, des mouvements secs et des lunettes à fines montures dorées qui glissaient sur son nez. Elle les remontait machinalement du bout des doigts.

Marion avait également fait la connaissance des deux clercs, Laurence et Bertrand. Ils l'avaient saluée avec un soupçon de condescendance avant de se retirer dans leur bureau.

— Ils se détestent, avait expliqué Corinne. Chez nous, chaque clerc gère son dossier de A à Z. Et c'est à celui des deux qui traitera la meilleure affaire.

Marion poursuivit son travail. Le soleil dardait à travers les fenêtres jusque sur son bureau. Elle en était gênée. Elle se leva et baissait les persiennes au moment où Corinne Dubois revint.

— Ah non! Laissez entrer la clarté! On ne va pas se priver des premiers rayons de soleil. Si vous étiez restée enfermée dans cette pièce tout l'hiver…

Marion s'exécuta et reprit sa place.

— Me Goldberg n'a pas de rendez-vous à l'extérieur ce matin. Il attend le propriétaire d'un grand domaine viticole du Lubéron pour la création d'une SCI. Nous allons rassembler les pièces.

Marion connaissait les lois qui régissaient la constitution d'une société civile immobilière. Elle se réjouissait de pouvoir les appliquer à un cas concret. L'un des clercs déposa le dossier d'une succession et demanda qu'on établisse le certificat de notoriété du défunt ainsi que la liste et l'état civil des héritiers. Marion se lança aussitôt dans de multiples tâches. Corinne Dubois vérifia son travail et, à deux reprises, murmura: «C'est bien» du bout des lèvres. À 13 heures, le personnel de l'étude sortit déjeuner et Marion demanda si elle pouvait consacrer son heure de pause à réviser ses cours. Deux semaines la séparaient des prochains examens universitaires, elle n'avait pas une minute à perdre. Elle installa son ordinateur portable sur une table d'angle et déballa le sandwich jambon-tomate que sa mère lui avait préparé. Soudain, la porte s'ouvrit à la volée et Me Goldberg posa un dossier sur le bureau de son assistante. Il parut surpris en découvrant la jeune fille seule, un sandwich dans une main, un crayon dans l'autre.

Il ébaucha un signe de tête et sortit en refermant la porte derrière lui.

La journée fila à toute vitesse et, à 18 heures, Marion quitta l'étude. Elle alluma aussitôt son téléphone mobile et écouta la cascade de messages enregistrés sur son répondeur. Sa famille au grand complet s'inquiétait du déroulement de cette première journée. La journée s'était bien déroulée ! Elle avait un aperçu du rôle qui l'attendait, et rien ne lui avait échappé. Elle avait remarqué l'obligeance exagérée de Corinne Dubois envers Me Goldberg et décida qu'elle serait son assistante, pas sa servante. Elle avait lié connaissance avec la comptable et l'archiviste, entendu les piques que les clercs se jetaient à la figure, et noirci cinq pages de directives et de conseils dictés par l'assistante de direction.

Le lendemain matin, Marion se rendit à l'étude dès 8 heures. Corinne Dubois était déjà installée à son bureau, ses lunettes sur le bout du nez, une tasse fumante à portée de main.

— Me Goldberg a une journée chargée, dit-elle sans répondre au salut de la jeune fille. Vite, au travail.

Le notaire arriva trois quarts d'heure plus tard en compagnie d'un client. Corinne se précipita pour accomplir le rituel du café. Cette fois, elle le présenta sur un plateau d'argent, accompagné d'une assiette de petits fours. En revenant, elle développa un autre aspect de son travail pour Marion : la communication des pièces de chaque dossier, l'importance de la conservation des hypothèques.

— Les démarches sont longues, mais ce n'est qu'après cette étape qu'il est possible d'établir un solde de tout compte au client.

Marion accomplit les différentes tâches et Corinne Dubois approuva d'un hochement de tête. « Parfait », concéda-t-elle, comme à regret. Pourtant, c'est l'esprit un peu plus léger qu'elle abandonna la jeune femme pour aller déjeuner. Elle n'était pas mal du tout, cette petite. Ça devrait bien se passer en son absence. Elle croisa les doigts.

Comme la veille, Marion s'installa sur la table d'appoint pour réviser pendant sa pause. Un peu avant 13 heures, Me Goldberg entra et posa un parapheur et son dictaphone sur le sous-main de son assistante. Il découvrit Marion dans un coin du bureau, entourée de son ordinateur portable, de plusieurs livres ouverts et d'une assiette en carton, emplie de carottes râpées et de rondelles d'œuf dur. Une main sur la poignée de la porte, il s'arrêta :

— Vous ne sortez pas déjeuner ?

— Mme Dubois m'a autorisée à rester. Je révise mes cours avant les examens universitaires. Ça ne pose pas de problème ?

— Non, pas du tout... Quel examen préparez-vous ?

— Première année d'histoire de l'art, dit-elle en se levant.

— Je vous en prie, restez assise, et continuez votre dînette.

Il s'approcha et prit place en face d'elle, appuyé sur le bras d'un fauteuil.

— Je vous croyais plutôt en fac de droit.

— J'ai déjà un master en droit. Mais l'histoire de l'art est indispensable. Je veux être commissaire-priseur.

— Oh là! C'est difficile, vous savez, et il y a peu d'élus.

— J'y arriverai!

Il la considéra un instant, amusé par le contraste entre sa voix pleine d'assurance et son minois d'adolescente.

— Vous fréquentez l'université d'Aix ou celle d'Avignon?

— J'étudie à Bordeaux.

— Vous n'avez pas choisi la proximité. Pourquoi la Gironde?

— Ma sœur est avocate, elle est associée dans un cabinet à Bordeaux.

Le téléphone portable de Fabien résonna dans la poche de sa veste. Il le sortit, bloqua la sonnerie et le rangea. Puis il se tourna vers Marion:

— Vous êtes issue d'une famille de juristes, alors?

— Non, pas vraiment. Ma sœur est la seule à avoir choisi cette voie. Mon grand frère, c'était plutôt les antiquités. Il m'emmenait dans les brocantes, les vide-greniers quand j'étais ado. Il m'a appris à chiner. Mais il a laissé tomber ce passe-temps. Il a fait HEC et aujourd'hui, il reprend l'entreprise de notre père qui approche de la retraite.

— Une entreprise de la région?

— Oui, Les délices d'Apt.

Fabien tapa du poing dans le creux de sa main.

— Bien sûr ! Vous êtes la fille de Pierre Tourneur. Pardonnez-moi, je n'avais pas établi le lien avec lui en entendant votre nom. Il m'arrive de croiser votre père dans les réunions de la chambre de commerce. C'est une grande réussite, cette société familiale qui exporte ses produits partout en Europe. Nous avons bien besoin de belles entreprises comme ça dans notre région.

Il se rendit compte qu'il s'exprimait sur un ton convenu, comme dans ses discours officiels. Marion le fixait, attentive et souriante. Comme il ne disait plus rien, elle se hâta de faire diversion.

— Merci d'avoir accepté ma candidature pour le remplacement de votre assistante.

— Ne me remerciez pas, c'est Corinne qui a pris la décision. Ce n'est pas trop laborieux ?

— Je crois que tout se passe bien. Mais Mme Dubois vous donnera certainement son avis avant la fin de la semaine.

— Oh cela, n'en doutez pas, répliqua-t-il avec un sourire qui s'effaça aussitôt.

Il se leva et, après quelques mots d'encouragement, quitta le bureau.

*
* *

— Marion, nous devons absolument boucler ce dossier. Et ce matin, je dois aussi vous expliquer les démarches pour l'obtention des différents certificats d'urbanisme.

Jeudi matin, Corinne Dubois était arrivée à l'étude passablement énervée.

— J'ai bien peur que vous ne soyez pas opérationnelle en fin de semaine, mon pauvre petit ! Et cet après-midi, j'ai un examen préopératoire à la clinique.

Marion se retint de lui dire qu'elle n'était pas née de la dernière pluie, qu'elle avait tout de même quelques capacités à son actif et qu'elle disposait de moyens de recherches en cas de doute. Elle imaginait la tête de Corinne si elle lui annonçait qu'elle naviguerait sur Internet pour compléter ses connaissances ! Elle faillit se laisser gagner par un fou rire.

— Heureusement, Me Goldberg ne nous dérangera pas ce matin, poursuivit Corinne sur le même ton affolé. Il a plusieurs rendez-vous à l'extérieur. Puis, en début d'après-midi, il recevra M. et Mme Emerson pour l'achat d'une villa à Bonnieux. Il voudra jeter un dernier coup d'œil sur l'acte. Le dossier est ici. N'oubliez pas de lui rappeler sa réunion de 17 heures avec les héritiers Lambert. Ah ! et s'il vous demande l'évaluation de la succession Morland, dites-lui que ce sera prêt demain matin.

Lorsqu'elles se séparèrent à 13 heures, Corinne Dubois était au bord de la crise de nerfs. Soulagée d'être enfin seule, Marion renonça à sa pause et s'attela au travail qu'elle lui avait confié. Puis elle relut toutes les notes qu'elle avait prises depuis deux jours et demi et repéra les différents logiciels et les formulaires dont elle aurait besoin pour travailler dans trois semaines. Elle y arriverait. Elle atteignait toujours les buts qu'elle se fixait.

Soudain, Me Goldberg entra et posa devant elle un emballage à l'enseigne d'une pâtisserie renommée du centre d'Avignon.

— Je suppose vous avez mangé sur le pouce, comme d'habitude?

Elle n'osa pas lui avouer qu'aujourd'hui, elle n'avait pas mangé du tout.

— Prenez au moins un dessert!

Elle le remercia d'un sourire et tandis qu'elle faisait un peu de place sur son bureau pour le carton, elle prit le temps de l'observer. Grand, mince, les tempes poivre et sel, c'était un bel homme, mais du genre affecté. Son apparence affable devait mettre ses interlocuteurs en confiance et faciliter leurs confidences. Un atout pour un notaire.

— Corinne vous a parlé du dossier Emerson? Un couple de Britanniques qui se portent acquéreurs d'une villa dans les environs.

Elle se leva et lui remit la chemise cartonnée, nouée d'un ruban gris.

— Merci. J'ai besoin d'y apporter quelques éléments complémentaires. En attendant, je voulais vous remettre ceci.

Il lui tendit quelques feuilles reliées par une agrafe.

— La vente d'un petit bout de terrain mitoyen qui va enfin régler un litige vieux de dix ans entre deux propriétaires du Lubéron. Je suis sûr que nous avons déjà établi un acte similaire... l'an dernier, je crois. Voulez-vous effectuer les recherches et vous assurer que la législation n'a pas changé?

— Je m'en occupe tout de suite.

Marion se mit aussitôt au travail. À 16 heures, elle fit un bref détour par la salle de pause et revint avec une grande tasse de café. Puis elle ouvrit enfin le carton de pâtisseries. Il contenait des macarons et une tarte à la mangue qu'elle dégusta avec délices.

Un peu avant 18 heures, elle rassembla plusieurs documents et se dirigea vers le bureau du notaire. Il l'invita à entrer. Il était au téléphone et lui fit signe de prendre un siège. Elle saisit quelques bribes de la conversation et comprit qu'il était question d'élection et de réunion publique. Elle tourna la tête et observa le décor autour d'elle. Des rayonnages et des placards en acajou couraient le long des murs. Des livres de poche voisinaient avec des ouvrages de belle facture. Le bureau massif recouvert de cuir brun et les fauteuils tendus de tissu ocre accentuaient le rouge profond des tapis. Dans un coin de la pièce, une table design croulait sous des piles de dossiers soigneusement entassés.

Fabien raccrocha. Elle se leva, fit le tour du bureau, et vint se placer à côté de lui.

— Concernant la vente du terrain mitoyen, tout est prêt. J'ai cherché dans les archives...

Pendant qu'elle parlait en feuilletant les pages pour lui, il observa son profil. Le front de l'intelligence, le menton volontaire, une fossette au creux des joues.

— J'ai pris la liberté de photocopier les articles de droit rural applicables à ce cas précis, ils sont regroupés à la fin des feuillets.

— C'est parfait, merci Marion. Si j'ai des modifications à apporter, je les noterai dans la marge et je poserai le tout sur votre bureau.

Elle approuva d'un signe de tête.

— Avez-vous autre chose à me demander ? Je n'ai pas d'impératif ce soir, je peux rester un peu plus tard si vous voulez.

— Je pense que ça ira. Je suis sûr qu'avec Corinne les journées sont bien remplies. Le travail vous plaît ?

Elle répondit aussitôt sur un ton enjoué :

— Oui, beaucoup, c'est passionnant ! Mais j'imagine que la longue absence de Mme Dubois doit vous inquiéter, elle est si compétente et… présente ! Soyez sans crainte, je m'en sortirai.

Il admira son enthousiasme, mais ne parvint pas à dissimuler totalement l'ombre du doute qui l'animait.

— Je serai absent demain, poursuivit-il, mais n'hésitez pas à mettre Corinne sur la sellette pour tous les renseignements dont vous aurez besoin par la suite. Nous travaillons ensemble depuis douze ans. Je crois qu'elle sait à peu près tout de moi et de mes habitudes !

— J'ai déjà pris une tonne de notes et elle m'a dit que je pourrai la joindre à tout moment par e-mail. Elle fera suivre son ordinateur portable à la clinique.

Il éclata de rire.

— Ça ne m'étonne pas d'elle! Quand revenez-vous?
— Le 25 mai, juste après les examens.
— Bonne chance, dit-il en se levant.

Elle lui tendit spontanément la main en lui adressant un joli sourire, la tête penchée sur le côté:

— Merci. À dans trois semaines, alors!

5

— Que feras-tu pendant les vacances ?

Marion sursauta en entendant la voix de Lionel qui l'avait rejointe avec deux verres de cocktail. Les examens étaient terminés depuis deux jours. Marion était satisfaite. Leur petit groupe de bons copains s'était retrouvé chez Jean-Christophe, celui d'entre eux qui possédait le logement le plus spacieux. Façon de dire... Cinquante mètres carrés au cinquième étage d'un immeuble rénové, en plein centre de Bordeaux. Marion s'était retirée dans un coin de la pièce. Les exclamations, les rires étaient devenus trop bruyants. Elle but une gorgée de cocktail et fit la grimace. L'acidité lui enflamma la gorge. Elle posa le verre sur le rebord de la fenêtre.

Ses vacances étaient planifiées, et elle pensait déjà à la prochaine rentrée universitaire.

— Je rentre à Roussillon, dit-elle. J'ai trouvé un job d'été chez le notaire de la ville où habitent mes grands-parents. Je t'en avais parlé.

— C'est vrai. Je n'y pensais plus. On aura quand même le temps de se voir ?

— Je ne sais pas, Lionel, je vais être très occupée !

— Mais je peux venir chez tes parents ? Ta mère m'avait invité en décembre dernier. On pourra se voir le soir et les week-ends.

Elle hésita avant de répondre.

— En réalité, je ne sais pas encore comment je vais organiser mon emploi du temps. J'ai eu un petit aperçu de ce qui m'attendait pendant ma semaine de formation. Il y a un sacré boulot !

Il devina qu'elle était sur la défensive et n'insista pas. Il avait l'habitude de son attitude parfois distante.

— Alors, vous faites bande à part ?

Leur hôte s'approchait d'eux, échevelé et débraillé, une bouteille dans chaque main. Il proposa de les resservir.

— On va en boîte dans un moment, vous venez ?

— Tu crois que tu n'as pas assez bu comme ça ? répliqua Marion en plaçant la paume de sa main au-dessus de son verre.

Elle se tourna vers Lionel :

— Tu vas avec eux ?

Il savait qu'elle détestait l'ambiance des boîtes de nuit.

— Non, je te raccompagne.

Une demi-heure plus tard, ils quittaient Bordeaux en longeant les quais de la Garonne et rejoignirent les boulevards. Marion louait un minuscule studio boulevard Pierre 1er. Une entrée avec une porte donnant sur les sanitaires, et une pièce à vivre, équipée d'une kitchenette et d'un canapé-lit. Elle le repliait le jour pour ouvrir les battants de la table qui lui servait à la fois de bureau et de coin repas.

Lionel s'arrêta pour laisser passer le tramway. Marion se tourna vers lui. Il paraissait soucieux.

L'avait-elle froissé en éludant sa proposition de la rejoindre chez ses parents pendant les vacances ?

— Tu sais, je suis contente d'avoir décroché ce stage, expliqua-t-elle. Ça va me permettre de financer ma prochaine année universitaire et d'alléger le fardeau de mes parents.

— Les miens ne sont pas fortunés non plus, mais j'ai eu moins de chance que toi. Impossible de trouver un job. Et pour conserver le même appartement, je vais contraindre mes parents à payer le loyer en juillet et en août, alors que je n'y serai même pas.

— Tu as essayé la sous-location ?

Chaque été, avec l'aide de sa sœur, Marion trouvait des touristes qui occupaient son studio pendant quelques semaines.

— Béatrice m'a mise en relation avec un couple de ses amis. Ils habitent à Toronto et veulent visiter les vignobles d'Aquitaine pendant l'été. Ils cherchent un pied-à-terre à Bordeaux et ils sont ravis d'utiliser mon studio. Si tu veux, je peux demander à Béa si elle a d'autres opportunités.

— Oui, c'est sympa.

Il redémarra et la voiture franchit la voie du tramway avec un léger soubresaut. Ils gardèrent le silence tandis que le véhicule longeait la place de la Bourse et le miroir d'eau où se reflétaient les lumières des immeubles dans une féerie de chatoiements dorés.

— Et si on prenait un logement commun à la rentrée ? demanda Lionel. On réduirait les frais, et on passerait plus de temps ensemble.

Marion se sentit prise au dépourvu. Vivre en couple ? L'idée ne lui avait jamais effleuré l'esprit.

Elle prévoyait déjà les soirées à parler de leurs cours et de leurs profs autour d'un dîner pique-nique, son intimité réduite à peau de chagrin, les chamailleries pour la répartition des tâches ménagères... Et les soirs où elle aurait envie d'aller au cinéma, ou de dîner chez Béatrice. L'obligation d'inviter Lionel à l'accompagner. Rien que d'imaginer tous ces inconvénients, elle était consternée ! Elle n'était pas prête à sacrifier sa vie de jeune femme libre.

Lionel lui jeta un regard en biais. Elle ne disait rien, les yeux rivés sur la route devant elle. Il était sincèrement amoureux de Marion. Mais il se posait beaucoup de questions. Elle était si déroutante, parfois. Fasciné autant qu'agacé par sa détermination à obtenir les meilleures notes, la meilleure place, il avait compris que la réussite était tout ce qui importait pour elle. Pourquoi gardait-elle le silence, mesurait-elle les avantages d'une cohabitation ?

En réalité, Marion se demandait comment répondre à la proposition de Lionel sans le blesser. Sa mère lui reprochait parfois le côté abrupt de son caractère. « Tu manques de diplomatie, ma chérie, il y a une façon d'exprimer ta volonté ou d'opposer un refus sans offenser ton interlocuteur ». Elle avait beau chercher, elle ne voyait pas comment atténuer la portée de sa réponse.

— Je ne voudrais pas te décevoir, mais je me connais... J'ai un rythme de vie plutôt décalé. Il m'arrive de travailler toute la nuit et de dormir le matin si je n'ai pas cours. La cohabitation risque d'être compliquée, surtout dans un espace aussi restreint que nos studios d'étudiants.

Il se renfrogna, surpris de la facilité avec laquelle elle venait de le repousser. Une impression de malaise s'installa entre eux.

— Je croyais que nous étions bien, tous les deux, dit-il enfin.

Il y avait de la frustration dans sa voix. Marion s'était réjouie à l'avance de cette soirée avec lui, mais elle avait perdu tout son attrait.

— C'est le cas, Lionel, nous nous entendons bien. Mais on ne prend pas la décision de vivre ensemble sur un coup de tête.

— Ce n'est pas mon cas. Moi, je suis prêt, alors si tu changes d'avis…

— Je me rappellerai ton offre, promis! répliqua-t-elle en réprimant un bâillement.

Elle savait qu'elle n'en ferait rien. Il le savait aussi.

*
* *

Depuis deux jours, les averses se succédaient sans discontinuer. Bordeaux ruisselait sous les orages. Une vague de mauvais temps comme l'estuaire de la Gironde en avait l'habitude.

Béatrice Fayard rentra du tribunal avec une heure de retard. Elle accrocha son imperméable sur la patère, posa sa sacoche par terre, et se laissa tomber dans son fauteuil. Le front soucieux, elle fixait le dossier qu'elle avait retiré de son attaché-case. Sur la pochette, les lettres devenaient floues.

Lise Véran. Béatrice traitait souvent des cas de divorce difficile. Mais celui-là... Lise Véran et son ex-mari se disputaient la garde de leurs deux gamins de 5 et 7 ans. Les gendarmes intervenaient régulièrement dans leurs querelles, parfois contraints d'accompagner les enfants d'un domicile à l'autre. La Direction des affaires sanitaires et sociales s'en était mêlée, menaçant de les placer en famille d'accueil. Béatrice avait bataillé avec le juge aux affaires familiales. Soulagée, elle avait obtenu qu'il confie la garde des enfants aux grands-parents maternels, agriculteurs dans le nord du département. Mais elle ne cherchait pas à se mentir, c'était provisoire. Le cas de Lise était difficile à défendre. Même ses propres parents la jugeaient instable. Elle était incapable de garder un travail plus d'un mois, et un récent accident de la circulation en état d'ébriété ne facilitait pas sa défense.

Le téléphone tira la jeune femme de ses pensées ; elle vit s'afficher le numéro du cabinet dentaire de son mari.

— Ma salle d'attente est pleine, chérie. Je vais avoir du mal à me libérer pour 17 heures, tu peux demander à la nounou d'aller chercher Clara à l'école ?

Béatrice le rassura. Marion avait proposé de prendre sa nièce à la sortie de la maternelle et de la ramener au cabinet. Xavier raccrocha en promettant de s'arrêter à la boulangerie en rentrant.

Béatrice ouvrit le dossier Véran. Elle savait qu'elle aurait dû s'y atteler, mais elle manquait de courage. Comme chaque fois qu'elle était confrontée à de violents drames familiaux, elle se remémorait sa propre enfance au sein d'un foyer uni. Avec Pascal, son aîné, ils se chamaillaient souvent mais ne se disputaient jamais. Leurs parents, aimants mais stricts, avaient su créer un environnement familial serein. Un socle d'équilibre, de joie et de rigueur sur lequel chacun pouvait s'appuyer. Tous les enfants devraient vivre ainsi. Bien sûr, ils avaient peu ou prou partagé les soucis de leurs parents, entendu parler de l'usine dès le petit-déjeuner, des commandes qui tardaient à venir et de l'argent qui manquait parfois. Puis leur sœur était arrivée. Béatrice revoyait sa mère rentrant de la maternité avec cette petite chose ridée et duveteuse au creux des bras. Elle avait 11 ans et Pascal 15. Fascinés par la petite Marion, ils s'étaient relayés pour lui donner le biberon, la promener dans sa poussette bleue. Ils avaient veillé sur elle quand Victoire les confiait tous les trois à leurs grands-parents pour travailler à la fabrique. Revivre tous ces souvenirs la ramena à ses grands-parents. Aujourd'hui, sa grand-mère Francette s'était retirée dans un autre monde. Celui de sa jeunesse, de la guerre, du bébé qu'elle avait cru mettre à l'abri chez sa sœur dans ce village maudit au fond du Limousin.

 Béatrice posa le dossier Véran sur le meuble de rangement derrière elle. Il serait temps d'y penser lundi. Elle relança l'ordinateur resté en position veille et cliqua sur l'icône « Dernière chance ». Elle était passionnée par l'histoire de la Seconde Guerre mondiale, et le douloureux passé de sa grand-mère n'y était sans doute pas étranger. Depuis trois ans, elle adhérait à l'association Dernière chance qui recherchait les derniers criminels de guerre dans le monde. À son avis, il y avait deux sortes d'assassins indéfendables : les tueurs d'enfants et les terroristes. Les criminels de guerre en faisaient partie. Elle avait rencontré d'autres membres de l'association à Genève, Londres, Washington. Leur engagement l'avait décidée à ouvrir une antenne à Bordeaux. Très vite, elle avait ajouté un autre volet à cette activité : la recherche des œuvres d'art disparues pendant la guerre. Elle se déplaçait fréquemment, interrogeait des rescapés de l'époque, consultait des archives. Des tonnes d'archives ! Et elle avait pris goût à ces recherches. Elle se sentait comme une archéologue dépoussiérant des tablettes couvertes de hiéroglyphes. Ce qui, au début, était un passe-temps bénévole était devenu une seconde occupation, presque aussi accaparante que son métier d'avocate. Elle y consacrait tout son temps libre. Grâce à des spécialistes passionnés comme elle et à l'aide d'organismes officiels, elle remontait le temps et établissait la traçabilité de tableaux, de sculptures, d'objets précieux disséminés aux quatre coins du monde.

Depuis que Marion s'était installée à Bordeaux pour ses études, Béatrice l'avait initiée à ses recherches. Il n'était pas rare que les deux sœurs passent leur week-end enfermées dans le bureau de Béatrice, jouant au rat de bibliothèque. Xavier prenait alors plaisir à préparer de bons petits plats pour celles qu'il appelait « les fouines » et à s'occuper de la petite Clara, qu'il voyait peu en semaine.

Béatrice lut le message d'un confrère américain. Après une enquête de plusieurs années, son équipe venait de retrouver une série de vases chinois de l'époque Ming dérobés dans un musée finlandais, et des dessins de Picasso escroqués à un collectionneur polonais en 1940. Elle s'apprêtait à répondre au message lorsqu'elle entendit des pas précipités dans le couloir avant l'entrée tonitruante de sa fille et de sa sœur. Clara se jeta dans les bras de sa mère, se laissa couvrir de baisers, puis s'échappa et ouvrit le tiroir du bureau où Béatrice gardait ses biscuits préférés. De délicieux muffins fourrés à la framboise.

— Seulement deux... J'ai dit deux! répéta-t-elle devant la moue boudeuse de sa fille.

Puis elle se tourna vers Marion :

— Alors, ça s'est bien passé cette petite fête, hier soir?

Marion avait sa tête des mauvais jours. Elle se glissa dans un fauteuil tandis que Béatrice regagnait sa place derrière son bureau.

— Est-ce que tu vas bien, tu n'es pas malade au moins?

— Je crois que je vais rompre avec Lionel.

Béatrice éteignit son ordinateur. Les félicitations qu'elle comptait adresser à son confrère américain attendraient un peu.

6

Le couple Emerson avait enfin signé l'achat de la demeure, une somptueuse villa de dix pièces avec parc et piscine, à quelques encablures d'Apt. Marion lut l'acte en présence des acquéreurs. C'était une première pour elle, et elle s'inquiéta du ton, de la portée de sa voix. Elle décela un éclair de satisfaction sur le visage de Me Goldberg, qui lui adressa un signe discret d'approbation. Certes, Corinne Dubois avait amorcé le dossier, mais c'était elle qui l'avait rédigé dans sa plus grande partie, puis en avait rassemblé les pièces.

Elle avait pris ses fonctions depuis un mois, et s'était empressée d'établir sa propre méthode de travail. Chaque matin, elle arrivait à l'étude dès 7 h 30. Les bureaux étaient déserts, et elle profitait de deux heures de solitude, les plus productives de sa journée. Dans cette atmosphère paisible, à peine troublée par le bruit de l'aspirateur ou les chantonnements de la femme de ménage, elle s'attelait aux tâches les plus ardues, celles qui requéraient toute sa concentration. Elle avait développé des trésors de diplomatie et mis en place une demi-heure d'entretien quotidien avec les clercs. Puis elle préparait les dossiers dans lesquels elle devrait intervenir. Lorsque Me Goldberg arrivait, elle lui apportait son café. Elle s'était pourtant juré de n'en rien faire. Mais le premier matin, elle avait fléchi. Comme c'était l'usage avec Corinne Dubois, ils faisaient un tour complet des rendez-vous de la journée et des appels en absence. Marion continuait de prendre ses repas de midi sur le pouce. Son sandwich à peine avalé, elle se préparait un café et reprenait le travail sans plus attendre. Au cours de cette brève pause, Me Goldberg avait pris l'habitude de lui rendre une courte visite pour s'assurer que tout allait bien. Parfois, lorsqu'il rentrait de son déjeuner, il lui rapportait une pâtisserie.

Marion s'installa à son bureau et considéra les dossiers empilés devant elle. La veille, elle avait dû régler une cascade d'imprévus. Un problème informatique, les difficultés pour trouver un technicien au pied levé, et l'emploi du temps de Me Goldberg avait été chamboulé par une urgence à la mairie. Puis elle avait affronté un client, furieux de ne pas avoir reçu son solde de tout compte. Elle avait pris le temps de lui expliquer que c'était impossible avant le retour de son dossier du service de conservation des hypothèques. Et elle avait perdu une heure! Le travail en retard s'accumulait. Elle n'aurait pas trop de l'après-midi pour en venir à bout. Me Goldberg était là depuis vingt minutes, et elle ne lui avait pas encore apporté son café. Elle glissa une capsule dans la cafetière et consulta son agenda. Le plateau en main, elle se dirigea vers le bureau du notaire, frappa et poussa la porte.

— Bonjour, maître ! lança-t-elle en posant le plateau sur le coin du bureau. Votre rendez-vous de 11 heures est reporté. Je l'ai placé à 14 h 30, après avoir vérifié que cela cadrait avec votre emploi du temps.

— C'est parfait Marion, merci.

— Il n'y a rien de spécial ce matin ?

— Euh... non. J'ai cru comprendre que votre après-midi avait été mouvementé, hier ?

— Un peu, mais je m'en suis sortie.

— Je n'en doute pas une seconde, répondit-il avec un sourire.

Leurs regards se croisèrent. Fabien détourna les yeux et se pencha sur son dossier. La jeune fille partie, il déchira un sachet de sucre en poudre et en laissa tomber la moitié dans sa tasse. Il but une gorgée. L'arôme du café ne parvenait pas à atténuer le parfum de Marion qui flottait dans la pièce. Quelques notes florales, une touche de vanille. Cette gamine était stupéfiante. Elle arrivait aux premières heures du jour, travaillait de longues heures d'affilée, concentrée, attentive, et sans jamais se départir de ce joli sourire qui lui allait si bien. Peu à peu, il avait pris conscience de sa présence, de sa voix enjouée. Quand elle s'en allait, il restait toujours un peu de sa présence autour de lui. Un soupçon de fraîcheur parmi les antiquités qui trônaient dans son bureau. Tout lui paraissait alors plus jeune, plus gai. De surcroît, il admirait ses compétences, son sens inné de l'organisation. Elle n'avait rien à envier à Corinne en dépit de leur différence d'âge et de leurs niveaux d'expérience. Il nota sur un Post-it d'envoyer un courriel à son assistante pour prendre de ses nouvelles et la féliciter du choix de sa remplaçante.

À midi et demi, Fabien quitta son bureau et se dirigea vers le secrétariat. Marion avait sorti son sandwich et une bouteille d'eau.

— Laissez cela dans le Frigidaire pour demain. Les examens universitaires sont finis maintenant, je vous invite au restaurant!

Un peu interloquée, presque méfiante, la jeune femme marqua une seconde d'hésitation avant de répondre:

— Je ne sais pas si j'ai le temps... J'ai beaucoup de travail en retard.

— Je suis certain que vous le rattraperez très vite.

Elle prit sa veste, son sac, et lui emboîta le pas. Elle portait une jupe fluide d'un joli bleu saphir et un corsage blanc. Sur le parking, Fabien fit le tour de la voiture et lui ouvrit la portière. Ce geste parut suranné à la jeune fille, presque stupide. Elle n'avait jamais vu son père ouvrir la voiture devant sa mère.

— Puisque vous êtes pressée, dit Fabien en prenant place au volant, nous ne nous éloignerons pas de Goult.

À la grande satisfaction de Marion, il évita les restaurants gastronomiques et choisit une auberge de campagne sur la route de Carpentras. La serveuse les guida vers une table d'angle. Les fenêtres entrouvertes offraient une vue magnifique sur le massif du Lubéron. Marion s'installa. Elle se sentait vaguement embarrassée. De quoi allaient-ils parler ? Elle n'en avait pas la moindre idée. Elle songeait au travail qui l'attendait et, agacée, elle se plongea dans la carte.

— Je vous recommande le bar grillé au fenouil et à la sauge. C'est un délice ! Un peu de vin ?

— De l'eau, à moins que vous teniez à me voir somnoler tout l'après-midi ?

Ils passèrent leur commande et Fabien décida de prendre un verre de vin blanc. Pendant qu'il consultait la carte, Marion l'observa. Ce n'était plus un jeune homme, mais un homme jeune. La quarantaine passée, de beaux yeux noirs, légèrement en amande, plissés de rides, celles qui donnent de l'expérience aux hommes et de l'âge aux femmes.

— Vous avez les résultats de vos examens ? demanda-t-il lorsqu'ils furent seuls.

— Pas avant le 10 juillet.

— Votre stage n'a pas trop perturbé vos dernières révisions ?

— Oh non... pas du tout. Je me suis organisée en conséquence.

En disant cela, elle ne put s'empêcher de jeter un coup d'œil à sa montre.

— Détendez-vous ! Je vous promets que nous serons rentrés à l'étude à 14 heures sonnantes.

Elle répondit par un sourire.

— Ça m'ennuie un peu de ne pas avoir constitué la totalité du dossier des héritiers Marlin ce matin.

Il l'arrêta d'un geste de la main :

— Et si nous parlions d'autre chose que de travail ?

C'était bien là l'écueil. Parler de quoi ? Il lui posa quelques questions sur sa prochaine année universitaire. Mais la gêne persistait entre eux et la conversation tourna court.

— Lorsque vous êtes parti de toute urgence pour la mairie, hier, c'était grave? demanda-t-elle pour créer une diversion.

— Un accident sur la route de Gordes. Deux blessés, dont un dans un sale état.

— J'admire beaucoup votre fonction de maire, déclara-t-elle en croisant les bras sur le bord de la table.

— Vraiment? Et pourquoi?

— Toujours au service des autres... rarement connu et reconnu, sauf si vous gérez une métropole, bien sûr! Je pense qu'il faut une certaine abnégation et beaucoup de courage.

— Merci! Mais vous avez raison, parfois ça frise le sacerdoce. Entre les problèmes administratifs, les conseils municipaux, les commissions, les réunions et les rencontres avec les administrés, j'y consacre la plus grande partie de mon temps libre.

— Vous n'êtes jamais déçu?

— Non. Chaque fois que je trouve une solution à un problème difficile, je ressens une impression de devoir accompli et une certaine fierté. Croyez moi, c'est gratifiant.

La porte à double battant donnant sur la terrasse était ouverte, et des couples bavardaient, installés sous des parasols. La serveuse leur apporta la salade qu'ils avaient commandée en entrée. La jeune femme partie, ils reprirent leur conversation.

— Depuis combien de temps êtes-vous maire?

— C'est mon deuxième mandat. J'ai été conseiller municipal, puis premier adjoint pendant huit ans, expliqua-t-il en emplissant leurs verres d'eau fraîche. Au cours de son cinquième mandat, le précédent maire est tombé malade. Trop fatigué pour honorer ses responsabilités, il a démissionné et je me suis retrouvé maire à sa place! C'était une aventure à la fois passionnante et dévorante.

— La mairie et l'étude... Avez-vous encore un peu de temps pour vos loisirs?

— Pas vraiment. Mon métier me passionne aussi. J'ai la chance de pouvoir compter sur Corinne, elle est très efficace et elle me seconde à merveille.

— Elle vous manque?

Il plongea brusquement son regard dans celui de la jeune fille, fasciné par sa maturité et son minois d'étudiante appliquée.

— À vrai dire, pas tant que cela. Vous palliez fort bien son absence.

— Merci... Expliquez-moi ce qui est le plus passionnant dans votre sacerdoce.

— Tout ou presque. Le maire est un agent de l'État sous l'autorité du préfet. Je suis officier d'état civil et de police judiciaire. Dans des secteurs aussi variés que l'administratif, les finances, l'ordre public, la salubrité, la culture et l'accueil des personnes âgées, aucun domaine ne m'échappe.

Les coudes sur la table, le menton appuyé dans ses mains jointes, Marion l'écouta avant de déclarer:

— Mes grands-parents ont longtemps participé aux manifestations culturelles de Goult, foire du livre, semaine du goût, marché de Noël. Ils sont âgés, maintenant, et ma grand-mère perd doucement la mémoire.

— Je suis désolé, c'est si triste.

C'était bien de la peine qu'elle vit sur son visage. Elle avait déjà remarqué que même en souriant, il semblait habité par une certaine tristesse. Il but une gorgée de vin blanc.

— Vous n'organisez jamais d'exposition de peinture ? demanda-t-elle à seule fin d'alimenter la conversation.

— Je laisse ce soin aux autres membres de ma famille !

La serveuse retira leurs assiettes et leur présenta les poissons grillés. Marion goûta et remercia Fabien d'avoir orienté son choix. Servi avec une sauce légère au thym citronné, le bar était délicieux.

— Vous ne vous investissez pas dans les activités artistiques de votre famille ?

— Non, très tôt, j'ai opté pour le droit.

— Ça nous fait un point commun ! Mais vous, vous avez la chance d'y associer la politique.

— La politique, c'est un bien grand mot.

Il n'avait cessé de l'examiner entre deux bouchées, entre deux phrases, troublé par ses prunelles si claires qu'elles semblaient transparentes, ses joues rebondies creusées de jolies fossettes. Quel âge avait-elle ? Il se retint de poser la question. Excepté à son ami Philippe, il n'avait parlé à personne de la députation. Soudain, il eut envie de lui en parler, *à elle*.

— Le président du conseil départemental m'a demandé de me présenter aux prochaines législatives.
— Oh! mais c'est magnifique! Vous avez accepté?
— Je n'ai pas encore pris ma décision.
— Vous devez absolument vous présenter. Je suis sûre que vous serez un excellent député. Notre circonscription ne peut rêver de meilleur candidat.

Son enthousiasme piqua la curiosité de Fabien.
— Qu'est-ce qui vous fait penser cela?
— Je ne sais pas... une intuition. D'abord, vous êtes un excellent maire. C'est un bon début, non?

Il ne répondit pas. Il contempla les collines du Lubéron d'un œil vague avant de regarder les couples sur la terrasse. Puis il se tourna vers elle avec l'ébauche d'un sourire:
— Ce n'est pas un pari qu'on gagne seul, dit-il enfin. Il faut être entouré d'une équipe.

Et il était assez solitaire dans l'exercice de ses fonctions administratives.
— Je vous aiderai! s'écria-t-elle sur un ton déterminé.

Il sourit de nouveau. Dans deux ans, où serait-elle? se demanda-t-il en terminant son café. Certainement loin de Goult et de sa campagne électorale.
— Voulez-vous un autre café?

Elle regarda sa montre.
— Non merci, ce ne serait pas raisonnable. J'ai vraiment du travail en retard.

Pendant le trajet du retour, Fabien laissa Marion évoquer leurs dossiers en cours. Deux heures carillonnaient au clocher de Goult lorsqu'ils s'arrêtèrent sur le parking de l'étude. Tout compte fait, elle était ravie de ce déjeuner en sa compagnie. Elle le lui dit, très simplement. En franchissant la porte de l'immeuble, elle s'élança vers le secrétariat où les deux lignes téléphoniques sonnaient en même temps.

La température grimpa de plusieurs degrés dans le cours de l'après-midi. Marion ouvrit une fenêtre et laissa la porte de son bureau entrebâillée. Lorsqu'il emprunta le couloir pour aller s'entretenir avec un des clercs, Fabien remarqua la porte ouverte.

— Le concierge m'a confirmé que le technicien viendrait demain matin pour réparer la climatisation, dit-il en passant la tête dans le bureau de Marion.

— Je sais, répondit-elle, la comptable m'en a parlé, elle meurt de chaud dans son espace réduit!

Fabien regagna son bureau et laissa également sa porte entrouverte. De son côté, Marion venait de rassembler les pièces annexes du certificat d'hérédité d'un client lorsqu'elle perçut la vibration de son téléphone portable. Elle pêcha l'appareil dans la poche de sa veste accrochée à son fauteuil. Mais en découvrant le numéro d'appel, elle rejeta la communication. Trois semaines plus tôt, elle avait rompu avec Lionel. Elle n'avait pas pu s'empêcher de ressentir un pincement au cœur devant son visage déconfit. «Ai-je une chance de te faire changer d'avis?» avait-il demandé d'une voix où perçait la tristesse. Elle avait répondu par la négative. Mais elle avait compris qu'il n'abandonnerait pas pour autant et, depuis, il essayait de la joindre dix fois par jour.

Soudain, les deux clercs firent irruption dans le secrétariat en s'invectivant, chacun exigeant que son dossier soit traité en priorité. Marion tenta de les arrêter et, de guerre lasse, frappa du plat de la main sur son bureau.

— Par moments, vous me donnez l'impression d'arbitrer une classe de maternelle! Aucun de vous n'a un rendez-vous ce soir? Alors peu importe dans quel ordre je m'occuperai de vos affaires… l'essentiel est que les dossiers soient prêts demain matin. Et ils le seront. Maintenant, laissez-moi travailler!

Ils quittèrent le secrétariat en maugréant. Depuis son bureau, Fabien avait suivi l'empoignade et la repartie déterminée de Marion. Il avait bien failli éclater de rire en voyant la mine dépitée de ses clercs.

De retour dans son bureau après leur déjeuner, il avait consulté le fichier du personnel. La jeune fille avait vingt-quatre ans.

Marion se laissa absorber par son travail et l'après-midi s'envola sans qu'elle s'en aperçoive. Toutefois, elle sentait la présence de Fabien de l'autre côté du couloir. Elle lui apporta des documents à vérifier ou à signer, lui transmit des appels téléphoniques. De temps en temps, elle tournait la tête vers lui, et à chaque fois, elle découvrit que ses yeux étaient déjà posés sur elle.

Il était presque 20 heures lorsqu'elle arrêta son ordinateur et rangea le dessus de son bureau. Puis elle enfila sa veste et chercha son trousseau de clés dans son sac. Lorsqu'elle passa devant le bureau de Fabien, il l'arrêta :

— Marion ? Je me suis rendu compte aujourd'hui à quel point la vie publique vous intéressait. Est-ce que cela vous plairait d'assister à l'inauguration du nouveau groupe scolaire la semaine prochaine ?

— Avec plaisir.

— Un cocktail sera organisé au mas Ponty après l'inauguration, je vous remettrai une invitation.

Le domaine familial des Goldberg !

— Oh ! merci ! Je serai ravie de venir.

Après son départ, Fabien resta dubitatif. Pourquoi l'avait-il invitée au cocktail ? Les mots lui avaient échappé presque malgré lui. C'était trop tard pour revenir en arrière.

7

Marion décida de garder ses cheveux épars sur ses épaules. Elle les lissa du bout des doigts, vérifia son maquillage et jeta un dernier coup d'œil dans la psyché. Pantalon blanc, blazer vert olive assorti au tee-shirt imprimé, c'était parfait. Elle prit son sac et descendit dans la cuisine.

Victoire épluchait des carottes en écoutant la radio. En voyant Marion, elle se lava les mains et l'embrassa.

— J'ai préparé ton petit-déjeuner.

Elle versa de l'eau bouillante sur un sachet de thé à la bergamote et tendit la tasse à Marion avec une assiette garnie de toasts dorés.

— Tu commences de plus en plus tôt le matin!
— Il y a tellement de travail, maman, si tu savais! J'aime bien mettre à profit ces deux heures calmes avant que les collègues investissent les bureaux.
— Tu t'en sors?
— Oui, tout à fait. Il n'y a rien de compliqué.

Victoire souleva le couvercle de la cocotte d'où s'échappait un délicieux fumet de bœuf mijotant dans une sauce au vin.

— Chouette, de la daube! s'écria Marion en tartinant une couche de confiture de prune sur son pain grillé. Tu attends des invités?

— Non, pourquoi ?
— Si j'en juge par la taille du faitout...
— Ton frère et Élise viendront peut-être dîner demain. Mais je compte préparer des barquettes et les congeler pour tes grands-parents.
— Ça fait une semaine que je n'ai pas pris le temps d'aller les voir, je m'en veux un peu. Comment va grand-mère ?

Victoire ne put réprimer un long soupir.

— Je l'accompagne chez le neurologue à 10 heures. D'ailleurs, il faut que je me dépêche.

Elle régla la chaleur sous la cocotte et plongea les carottes dans l'eau froide. Puis elle marcha vers la porte, et s'arrêta brusquement sur le seuil :

— J'allais oublier. Ton père m'a demandé d'organiser un dîner vendredi prochain. Il a invité trois clients de passage, et Élise n'a guère le temps de s'en occuper. Tu seras des nôtres, j'espère ? Ton père compte sur toi, tu es la seule à parler allemand dans la famille.

— Je t'ai déjà dit que vendredi j'assistais à l'inauguration du nouveau groupe scolaire de Goult, et Me Goldberg m'a donné une invitation pour le cocktail au mas Ponty.

— Tu ne penses pas que l'entreprise familiale est plus importante que les affaires de Me Goldberg ? Ton père sera déçu.

— Il ne s'agit pas de mon travail, là. Je ne pouvais pas refuser, c'est mon patron, tout de même.

— Pour si peu de temps. Et tu as trouvé quelqu'un pour t'accompagner ?

— Maman ! J'ai 24 ans, tu exagères un peu... Tu vas t'inquiéter pour cette soirée alors que je vis seule toute l'année dans une métropole de cent mille habitants !

Victoire ne répondit pas. À Bordeaux, Béatrice veillait au grain. Elle fronça les sourcils et dévisagea sa fille en silence.

— Il y a de l'eau dans le gaz entre Lionel et toi ? demanda-t-elle au bout d'un moment. Il m'a appelée deux fois en s'étonnant de ne pas pouvoir te joindre.

— J'ai rompu avec lui.

— Tu aurais pu me prévenir ! J'ai eu l'air d'une idiote en essayant de te trouver des excuses pour ne pas prendre le temps de le rappeler. Que s'est-il passé ?

Marion faillit répliquer que c'étaient ses affaires, mais elle préféra se montrer conciliante.

— Il voulait que nous emménagions ensemble à la rentrée, et je ne suis pas prête. Je le lui ai dit.

Victoire imaginait très bien la scène et elle comprenait le désarroi du jeune homme. Marion avait le droit de rompre, si tel était son souhait, mais en douceur.

— Tu pouvais ne rien brusquer, et laisser le temps dénouer les liens...

— Pour qu'il se fasse davantage d'illusions ? De toute façon, ce n'est pas vraiment l'homme avec lequel j'ai envie de faire ma vie.

— Et il y a quelqu'un d'autre ?

— Mais non, qu'est-ce que tu vas chercher ?

— Tu sais que tu peux me faire confiance, n'est-ce pas ? dit-elle en posant un baiser sur le front de sa fille. Je file, je ne voudrais pas être en retard au rendez-vous avec le médecin de grand-mère. À ce soir, ma chérie.

*
* *

Marion était fascinée en contemplant le décor autour d'elle. Le grand salon disparaissait sous un océan de roses et d'orchidées qui se reflétaient dans les miroirs vénitiens. Les portes à double battant étaient grandes ouvertes sur la bibliothèque. Les lustres, les chandeliers brillaient de mille feux et de loin en loin des tables nappées de blanc étaient dressées. Les invités allaient et venaient d'une pièce à l'autre jusqu'au buffet aménagé sous un chapiteau monté sur la terrasse, du côté ouest de la demeure. Au-delà, les jardins s'étendaient sur plusieurs niveaux jusqu'aux rives d'un immense plan d'eau où scintillaient les derniers rayons du soleil. Tout ce que le canton et le département comptaient de notables était là, dans les salons ou sous la fraîcheur des platanes et des micocouliers. Marion se sentait un peu perdue.

Soudain, Fabien l'aperçut. Dans la cohue de l'inauguration du groupe scolaire, il n'avait pas eu l'occasion de lui parler. Il joua des coudes pour la rejoindre au milieu des convives et lui serra la main. Elle était ravissante dans sa robe fourreau bleu nuit, une étole blanche négligemment jetée sur ses épaules...

— Je suis ravi que vous soyez venue au cocktail, dit-il. Puis-je vous offrir quelque chose à boire ?

Le champagne coulait à flots, accompagné de mets froids qu'une escouade de serveurs s'affairait à faire circuler parmi les convives. Certains invités s'arrêtaient près de Fabien, le félicitaient. Il répondait de quelques mots, d'une poignée de main, aimable et souriant.

— On tente une avancée en force jusqu'au bar ? demanda-t-il à Marion. En ce qui me concerne, je meurs de soif.

— C'est parce que vous avez trop parlé. À ce propos, bravo pour votre discours d'inauguration, je l'ai trouvé excellent !

— Merci.

Ils se frayèrent un chemin dans la foule. À quelques pas du chapiteau, Fabien fut accaparé par quelques personnes réunies autour d'une table. Marion avait de plus en plus chaud. Elle se faufila en direction de la terrasse. Mais avant de l'atteindre, elle s'arrêta et fixa le tableau accroché au mur juste devant elle. Un Cézanne ! Elle n'en revenait pas, c'était fabuleux ! Fabien la rejoignit et lui tendit une flûte de champagne rosé qu'elle prit machinalement.

— C'est une des nombreuses représentations de la montagne Sainte-Victoire, quelle splendeur ! Il est authentique, n'est-ce pas ?

— Connaissant mon père et mon frère, sûrement.

— Chez Cézanne, l'étude de la nature prévalait sur toute autre, expliqua-t-elle, tout est exprimé par la seule modulation de la couleur.

— Vous avez l'air de vous y connaître, lança une voix dans son dos.

Elle se retourna et Fabien s'empressa de faire les présentations.

— Mon frère cadet Lucas.

Lucas était blond, de taille moyenne; Marion lui donna environ trente-cinq ou trente-huit ans. Son visage aux traits vifs et réguliers pétillait de gaieté. Il ne ressemblait guère à son frère aîné. Réservé, calme, Fabien avait toujours l'air tellement sérieux. À cet instant, il fut accosté par deux hommes qui l'attirèrent à l'écart. Restée seule avec Lucas, Marion lui demanda si le Cézanne était un héritage familial.

— C'est une longue histoire qui remonte à la Seconde Guerre mondiale. À l'époque, mon grand-père Isaac était marchand d'art à Paris. Ses affaires étaient florissantes, et il était réputé pour avoir une collection de toiles de maîtres impressionnante. En 1942, il a échappé de justesse à une rafle. Ce jour-là, sa femme Sarah, et leurs trois enfants, Joshua, Armand et Miria ont été arrêtés. Il ne les a jamais revus. Sa famille entière est décédée dans les camps, dix-neuf personnes en tout.

— Et qu'est-il advenu de votre grand-père?

— Il a réussi à rejoindre l'Angleterre, puis l'Irlande et il a travaillé clandestinement à Dublin. Dans un port, c'était facile de passer inaperçu. Il a rejoint la France à la fin de la guerre.

— Il a retrouvé sa collection de tableaux?

— Oh non! Les nazis les avaient saisis et beaucoup de ses œuvres ont été détruites ou envoyées en Amérique du Sud. Avant de s'enfuir, il avait eu la présence d'esprit de dissimuler trois des tableaux de sa précieuse collection dans une cachette au fond de la cave d'une maison de campagne familiale. À son retour, la maison avait été pratiquement détruite par les bombardements, mais les toiles étaient toujours là. Le Cézanne est le seul qui nous reste des trois tableaux miraculés.

— Et les deux autres ?

— Après la guerre, mon grand-père n'avait plus rien, tous ses biens étaient perdus. Il s'est remarié avec une jeune fille dont les parents avaient fait fortune dans l'immobilier. À cette époque, tout était à reconstruire. Il a vendu les deux autres tableaux et investi dans la pierre. En moins de dix ans, il s'était rebâti une fortune. Plus tard, il a tout revendu pour revenir à ses premières amours : l'art. Une activité presque héréditaire que mon père et moi perpétuons.

— Vous avez bien connu votre grand-père ?

— Il est décédé l'année de mes seize ans. C'était quelqu'un de très rigoureux, très pieux. Il respectait scrupuleusement les coutumes de notre religion. A contrario de mon père qui ne nous a pas élevés dans les traditions, mon grand-père n'a jamais manqué un seul *shabbat* de sa vie. Il exigeait que nous célébrions le nouvel an juif, le grand pardon en famille. Je garde d'agréables souvenirs de lui. Il avait toujours de bonnes histoires à raconter, et il préparait le strudel et le *rugelach* comme personne. Des pâtisseries juives, expliqua-t-il devant le regard étonné de Marion.

— Et votre frère aussi était proche de lui ?

— En réalité, Fabien est mon demi-frère. Mais c'est un autre volet de l'histoire de la famille. Et si je vous composais une assiette, au lieu de vous ennuyer avec mes récits de guerre?

— Vous ne m'ennuyez pas du tout, au contraire. C'est une période qui me passionne.

Ils s'approchèrent du buffet et prirent des assiettes. Marion garnit la sienne de viande froide en gelée et de légumes. Ils s'éloignèrent du buffet et trouvèrent un coin tranquille où s'installer. Elle raconta la mort de sa tante et de sa grand-tante à Oradour-sur-Glane. Lucas reporta alors toute son attention à son récit.

— Oh! Je suis navré de l'apprendre, je compatis sincèrement. Et je comprends votre intérêt pour cette sombre époque. Ah! voici Fabien, je vous laisse. J'ai été enchanté de vous rencontrer, mademoiselle.

Une ravissante jeune femme accompagnait Fabien. Vêtue d'une robe lilas, des cheveux noirs lissés avec soin, le visage ovale rayonnant de candeur, elle semblait être là par mégarde, comme si elle n'était pas vraiment à sa place. Elle prit le bras de Lucas et l'entraîna à l'extérieur.

— C'est Hannah, l'épouse de Lucas, précisa Fabien. Je vois que vous avez pu atteindre les victuailles.

— Avec peine! Votre frère m'y a aidée.

— Lucas est quelqu'un de prévenant. Vous vous êtes découvert un centre d'intérêt commun? demanda-t-il en pointant le Cézanne du regard.

— Il m'a raconté l'histoire de votre grand-père. C'est captivant, et effroyable à la fois. Toute la lignée décimée. Il a eu la chance de se remarier et d'avoir d'autres enfants, heureusement.

— Oui, dans la famille, on ne supporte pas le veuvage très longtemps. Et...

Il s'interrompit brusquement et changea de conversation :

— Suivez-moi, je vais vous montrer quelque chose qui passionnera le futur commissaire-priseur que vous êtes.

Il l'entraîna vers l'escalier hélicoïdal qui ouvrait à l'étage sur une immense galerie bordée d'une balustrade de chêne sculpté. Marion monta les premières marches. En se retournant, elle croisa le regard d'un homme qui la fixait. Il était de grande taille et maigre. Ses prunelles d'un gris bleuté brillaient derrière des lunettes rectangulaires à monture d'écaille noire qui soulignaient la symétrie du visage au front large, aux lèvres minces et au menton anguleux. Elle ne le connaissait pas personnellement, mais elle avait vu sa photo dans les journaux. C'était Simon Goldberg, le père de Fabien et de Lucas.

Le parquet de la galerie était recouvert de tapis d'Orient. Des vases reposaient sur des meubles anciens. L'éclairage subtil des appliques rehaussait la beauté des bronzes posés sur des consoles. Des toiles encore, mais d'inspiration contemporaine. Un Buffet suspendu au-dessus d'une bergère Louis XVI.

Fabien s'arrêta devant une porte équipée d'un boîtier électronique. Il saisit un code avant de pousser le battant, et il s'écarta pour laisser entrer Marion.

La pièce octogonale était dépourvue de mobilier, mais un tapis persan aux teintes brun doré occupait les trois quarts du parquet Versailles. Les murs recouverts de boiseries chêne clair et l'éclairage étudié avec un soin méticuleux mettaient en valeur une douzaine de tableaux. Marion resta bouche bée. Picasso, Matisse, Léger...

— Depuis la fin de la guerre, mon grand-père s'est ingénié à reconstituer sa collection privée, puis mon père a pris le relais.

Sous le charme, Marion allait d'une toile à l'autre, incapable de proférer un son. Un autre Cézanne. Une nature morte. Ce style particulier qui se prêtait aux recherches de l'artiste sur l'espace, la géométrie des volumes, le rapport entre les formes et les couleurs.

— Je ne pensais pas provoquer un tel mutisme!

— Il y a de quoi! s'exclama-t-elle enfin. C'est prodigieux. Ces chefs-d'œuvre faisaient partie de la collection familiale avant la guerre?

— Je ne pense pas, non. En tout cas, pas tous. J'ai toujours entendu mon grand-père raconter que la plupart des rescapés des camps de concentration avaient tout perdu. Quand ils avaient la chance de retrouver une partie de leurs biens, bon nombre d'entre eux étaient contraints de les vendre. J'imagine que mon grand-père a su faire de bonnes affaires.

Marion admira longtemps le Picasso, puis une toile signée Francis Bacon.

— Je resterais là toute la nuit, si je m'écoutais. Mais notre absence va être remarquée, la vôtre surtout.

— D'autant plus que, connaissant mon père, je suis certain qu'on ne peut pas rester indéfiniment dans cette pièce sans que notre présence soit détectée quelque part.

— Alors sauvons-nous avant de déclencher l'alarme générale!

Pourtant, Marion s'accorda un dernier regard circulaire. Soudain, elle s'arrêta et fronça les sourcils. Quelque chose l'intrigua. Le Matisse. Elle revint se planter devant la toile. *Soleil couchant à Collioure*. Elle était sûre d'avoir lu quelque chose à propos de cette œuvre, mais elle était incapable de se rappeler dans quelles circonstances. C'était flou dans son esprit, un détail incongru, une anomalie… Près d'elle, Fabien respectait son silence, amusé par la fascination qu'il lisait dans ses yeux. Mais au bout d'un moment, il ne put s'empêcher de lui demander:

— La découverte de ces chefs-d'œuvre renforce-t-elle votre envie de devenir commissaire-priseur?

À ces mots, Marion se souvint. C'était en travaillant avec Béatrice qu'elle avait entendu parler de ce tableau. Il faisait partie des œuvres référencées par l'association Dernière chance comme n'ayant jamais refait surface depuis la fin de la guerre. Elle resta figée devant la toile, l'examina sous tous les angles. Elle était presque sûre qu'il s'agissait de ce Matisse. Un doute infime subsistait cependant. Aussi prit-elle le parti de ne rien dire à Me Goldberg.

8

Marion était à cran. Une semaine avait passé depuis la soirée au mas Ponty, et elle ne cessait de penser au Matisse. Les doutes l'obsédaient, et elle finissait par s'égarer dans des réflexions totalement contradictoires. Un instant, elle pensait s'être trompée. Puis elle réfléchissait et devenait beaucoup plus catégorique. Elle aurait voulu se confier à quelqu'un. Mais ce n'était pas le genre d'information qu'elle pouvait partager avec ses parents. Et ce n'était pas le moment d'importuner Béatrice qui défendait deux affaires très délicates au civil. Évidemment, il était hors de question d'en parler à Me Goldberg tant qu'elle avait si peu de certitudes. Lundi matin, elle l'avait remercié de son invitation et il lui avait demandé si la visite de la collection privée de son père l'avait intéressée. Elle avait acquiescé, et elle avait changé de conversation un peu trop rapidement sans doute. Une certaine gêne s'était alors glissée entre eux. Elle avait posé le plateau et le mémo des appels urgents. Puis elle s'était retirée, coupant court à leur entretien quotidien. Au début de son stage, elle s'était rebiffée contre la corvée du café. Corinne Dubois lui semblait bien trop dévouée, presque condescendante à l'égard de son patron.

Contre toute attente, elle s'était pliée au rituel. Un matin, Me Goldberg avait insisté pour qu'elle l'accompagne : « Prenez une tasse vous aussi, nous ferons le point de la journée en buvant notre café ensemble. » Quelques minutes d'intimité courtoise qui se renouvelaient chaque matin. Il était clair qu'ils y prenaient plaisir tous les deux.

Mercredi soir, de plus en plus embarrassée et à court d'idées, Marion décida d'appeler Béatrice. Sans lui dévoiler ses préoccupations, elle s'invita à passer le prochain week-end à Bordeaux. Un déplacement d'autant plus justifié qu'elle devait remettre les clés de son studio à ses locataires canadiens.

Le reste de la semaine lui parut interminable. Chaque vendredi, l'étude fermait en début d'après-midi. Ce jour-là, Me Goldberg était retenu par ses fonctions administratives. À 15 heures sonnantes, Marion salua ses collègues et quitta les bureaux. Son sac de voyage était déjà rangé dans le coffre de sa voiture. Avant de prendre l'autoroute de l'Ouest, elle fit un détour par l'entreprise familiale. Son père guidait des visiteurs dans l'atelier de fabrication des fruits confits. Elle se joignit au groupe et l'écouta dérouler un exposé qu'elle connaissait par cœur. Les cerises sortaient de la dénoyauteuse et glissaient dans de grands bacs fumants.

— C'est la phase de la blanchie, expliqua Pierre Tourneur. On plonge les fruits dans un rapide bain d'eau chaude, suivi de nombreux rinçages à l'eau très froide. Ils sont ensuite soigneusement égouttés.

Puis il guida les visiteurs vers les autres bacs où le sirop de sucre chaud coulait sur les cerises.

— On remplace le sirop plusieurs fois, et au cours des opérations successives qui durent de deux à trois semaines, le sucre se substitue à l'eau des fruits, leur assurant une conservation parfaite. C'est le confisage.

Au moment de passer dans les séchoirs, Pierre se détacha du groupe et rejoignit sa fille.

— Tu pars pour Bordeaux?

— Oui, dans cinq minutes. J'étais juste passée t'embrasser, mon petit papa.

— Fais un crochet par l'accueil. Je t'ai préparé un paquet.

Elle avait une petite idée du contenu. Un assortiment de cerises à peine confites. Clara et elle en raffolaient, et il le savait. Elle enroula ses bras autour des épaules de son père et lui plaqua un baiser tonitruant sur les joues.

— Et n'oublie pas d'appeler ta mère quand tu seras arrivée. Tu sais à quel point elle s'inquiète de te savoir sur la route.

Marion acquiesça d'un geste de la main et s'en alla. Elle ne voulait surtout pas le déranger plus longtemps. L'usine tournait à plein régime, et la saison commençait juste. Bientôt, la cueillette des fruits d'été précipiterait encore la cadence. Outre ses propres vergers, l'entreprise familiale avait conclu un partenariat avec des producteurs de fruits locaux. Ce qui avait largement contribué au développement de la production et facilité l'ouverture des marchés à l'exportation. Les délices d'Apt étaient une référence internationale dans la fabrication des fruits confits. Et depuis deux ans, sous l'égide de Pascal, la société s'essayait à lancer de nouveaux produits tels que le melon, la tomate ou le gingembre confits.

Elle s'arrêta dans les bureaux et embrassa son frère et sa belle-sœur. Élise lui remit une petite liste d'emplettes à faire pour elle dans les confiseries bordelaises.

— Je t'ai noté le parfum des macarons, et demande une facture !

Marion la rassura et se dirigea vers l'accueil. Elle récupéra son paquet de fruits confits et prit enfin la route.

20 heures sonnaient à la cathédrale Saint-André lorsque Marion aborda l'immeuble où résidait sa sœur. Fin juin, les Bordelais étaient encore chez eux, et les premiers touristes ralliaient déjà la ville. Elle tourna en rond pendant un quart d'heure avant de trouver une place de parking. Béatrice et Xavier habitaient un superbe appartement en centre-ville, près des quais de la Garonne. Marion entra et posa son sac près de la porte qui ouvrait sur le séjour. Béatrice avait meublé l'espace de fauteuils de cuir blanc, de tables design et d'une immense bibliothèque laquée aux lignes épurées. Des rideaux rouges rehaussaient le décor.

Clara sauta dans les bras de sa tante en lui demandant si elle lui avait apporté un cadeau. Marion pêcha un DVD de Walt Disney dans son sac.

— Et grand-père m'a donné des cerises.

— Ah non ! s'écria Béatrice qui arrivait de la cuisine en s'essuyant les mains. Pas avant le dîner.

Béatrice accueillit sa sœur à bras ouverts. Marion était toujours auréolée d'un petit air de bonne humeur, mais Béatrice n'était pas dupe. Au son de sa voix, elle avait compris que quelque chose la tracassait.

— Xavier n'arrivera pas avant vingt et une heures. C'est sa soirée de bénévolat au dispensaire. Pose ton sac dans la chambre d'amis et rejoins-moi au salon. On pourra discuter en sirotant un verre.

Tandis que Marion s'éloignait, Clara sur les talons, Béatrice sortit une bouteille de Graves blanc et un morceau de fromage du frigo. Elle prépara un plateau avec des verres et du jus d'orange pour Clara qui ne manquerait pas de réclamer *son* apéritif. Marion la rejoignit quelques minutes plus tard, la fillette pendue à son cou. Elles s'installèrent avec leurs verres et une assiette garnie de tomates cerises, de radis et de petits cubes de fromage. Béatrice planta son regard dans celui de sa cadette.

— Maintenant, dis-moi ce qui ne va pas.

Marion dégusta une gorgée de vin délicatement fruité, et elle décrivit la fête au mas Ponty, la visite de la collection privée de Simon Goldberg et sa stupéfaction en découvrant le Matisse.

— Et tu es sûre que c'est bien *Soleil couchant à Collioure*?

— Presque… Dès que je suis rentrée à la maison, j'ai pris des notes en essayant de me rappeler un maximum de détails.

— Tu en as parlé à quelqu'un?

— Non, j'ai encore un soupçon de doute. Et surtout, à qui d'autre que toi pourrais-je en parler?

Béatrice jeta un rapide coup d'œil à sa montre.

— Nous avons le temps de consulter quelques archives avant l'arrivée de Xavier.

Elles abandonnèrent Clara devant la télévision, avec son verre de jus de fruits et une provision de tomates cerises. Béatrice s'installa à son bureau, alluma son ordinateur portable et accéda à la banque de données de l'association Dernière chance. Elle ouvrit l'icône « chefs-d'œuvre égarés » avant de saisir le nom du peintre. Les œuvres défilèrent sur l'écran. La plupart avaient appartenu à des musées allemands. Considérés comme des tableaux issus d'art dégénéré, ils avaient été vendus dans des pays étrangers par le ministre de la propagande Goebbels. Les yeux rivés à l'écran, Marion suivait chaque séquence avec attention. Soudain, elle poussa un cri :

— C'est celui-là ! À présent, j'en suis sûre.

Béatrice lança aussitôt une recherche sur l'historique de l'œuvre. Peint par Matisse en 1905, le tableau avait toujours appartenu à la famille Kleinh de Varsovie. Le dernier propriétaire, Jonas Kleinh, avait fui la Pologne en 1939 pour se réfugier à Paris, en emportant une partie de ses précieux tableaux. Arrêté quelques mois plus tard, il fut déporté vers les camps d'extermination avec toute sa famille. Aucun d'eux n'avait survécu.

Il subsistait peu d'informations sur la collection Kleinh, et rien à propos du Matisse. On perdait sa trace à la fin de la guerre.

— Il n'a été référencé nulle part depuis cette époque, précisa Béatrice.

Marion se tapit dans le creux de son fauteuil.

— Et comment peut-on interpréter cette absence de traces ?

Béatrice hésita un peu.

— Ça laisse peu d'options. Ou c'est un tableau volé pendant la guerre et qui a été vendu clandestinement, ou c'est un faux.

— Merde… Qu'est-ce qu'on est censé faire dans ce cas ?

— Rien pour l'instant.

— Tu crois que je dois en parler à Me Goldberg ?

Depuis qu'elle côtoyait le notaire, Marion se rendait compte qu'il ne la laissait pas indifférente. Plus le temps passait, plus elle se sentait réceptive à son charme et à sa gentillesse. Elle était femme aussi. Son instinct lui soufflait que les prémices de cette attirance étaient réciproques. Béatrice observait sa petite sœur dont les doigts s'étaient refermés sur la liasse de papiers posée devant elle tandis qu'un joli sourire éclairait son visage.

— C'est trop tôt pour parler de cette affaire à qui que ce soit, répliqua-t-elle. Je n'ai fait que survoler les sites de recherches. Il y a d'autres pistes à explorer.

À cet instant précis, la porte d'entrée claqua et elles entendirent le cri de Clara :

— Papa ! Tante Marion m'a apporté le DVD de *La Reine des neiges* !

Béatrice referma les différents fichiers de recherche et éteignit son ordinateur, pendant que Marion rangeait les verres vides sur le plateau.

— Je m'occupe de cela dès lundi, reprit Béatrice, et si je trouve quelque chose je te tiens informée. Mais ça risque de prendre du temps. Alors d'ici là, motus et bouche cousue.

9

Victoire se posta à la fenêtre de la cuisine et observa la démarche de son mari. Depuis qu'elle avait cessé de courir entre la fabrique et la maison, elle était beaucoup plus attentive à la santé de Pierre. Il se voûtait et paraissait fatigué. Sa tendinite dans l'épaule droite ne le lâchait plus. Le médecin lui avait prescrit des séances de kinésithérapie, mais il n'avait toujours pas pris rendez-vous. La récolte des fruits battait son plein, à la merci du moindre orage. Dans l'incapacité de trouver du personnel saisonnier, Pierre se rongeait les sangs. Il avait chargé Victoire de faire le tour des mairies avoisinantes. En dépit du bon salaire proposé et du repas de midi assuré, c'est à peine si elle avait pu recruter trois personnes supplémentaires.

Victoire sortit le répertoire, décrocha le téléphone et appela le cabinet de kinésithérapie. Le rendez-vous fixé, Pierre ne pourrait plus atermoyer davantage. Puis elle regagna la cuisine et prit le poisson dans le frigo. Elle l'écailla et le lava avant de l'envelopper dans du papier absorbant. Elle avait choisi un magnifique sandre chez le poissonnier. Elle préleva deux filets qu'elle cuisinerait pour ses parents, assaisonnés de crème et de citron. Elle jeta un rapide coup d'œil à la pendule et glissa les tasses du petit-déjeuner dans le lave-vaisselle.

Puis elle se rendit au premier étage et effectua une dernière vérification des chambres. Les fenêtres à demi fermées sur la chaleur plombante de juillet, des fleurs, quelques friandises pour les garçons et un album à colorier *Dora l'exploratrice* dans la chambre de Clara... elle n'avait rien oublié ! Toute la famille se retrouverait pour le long week-end du 14 juillet. Victoire ne ménageait pas sa peine, veillant au moindre détail, mais au fond d'elle-même, elle était ravie. Rien ne la comblait davantage que voir toute sa nichée rassemblée sous son aile. En passant devant la chambre de Marion, elle marqua une pause, puis elle poussa la porte et s'arrêta sur le seuil, ébahie. Des vêtements en boule sur le lit, des papiers étalés un peu partout sur les meubles, ce désordre ne lui ressemblait pas. Tout, dans le comportement de sa fille, l'intriguait ces derniers temps. Elle toujours si volubile, si enthousiaste, que lui arrivait-il ? Elle ne se confiait plus à sa mère, elle ne parlait plus de son travail à table. Victoire était inquiète. Au début, elle avait imaginé que Marion rencontrait des difficultés dans son stage. Remplacer une assistante expérimentée dans un milieu professionnel inconnu s'avérait peut-être plus difficile qu'elle ne l'avait envisagé. Puis Victoire avait pensé à sa rupture avec Lionel. Était-il capable de harcèlement à son égard ? Marion éludait chacune de ses questions avec une pointe d'agacement. À force de déductions et d'extrapolations, Victoire en arrivait à s'interroger à propos des rapports de sa fille avec Me Goldberg. Lorsqu'elle avait confié à Marion l'échec de ses démarches pour recruter du personnel saisonnier, sa fille s'était écriée sur un ton enjoué: «Je vais en parler à mon patron!» Trois jours plus tard, au cours du dîner, Marion avait annoncé que quatre personnes se présenteraient à l'usine de la part de Me Goldberg. Victoire avait alors remarqué son sourire épanoui, l'intonation vibrante de sa voix. Par ailleurs, c'était elle qui avait insisté pour que cette année ils aillent assister au feu d'artifice du 14 juillet à Goult.

Victoire soupira. Elle aurait voulu repousser ses craintes que rien ne justifiait réellement. Malgré cela, il y avait ce petit doute qui revenait la tarauder, et dont elle n'arrivait pas à se libérer. Avant de descendre, elle entreprit de mettre un peu d'ordre dans la chambre de Marion.

*
* *

Toute la famille attendait le feu d'artifice. Ils avaient dîné à Roussillon, puis Victoire avait raccompagné ses parents chez eux. Ils s'étaient sentis trop fatigués pour veiller jusqu'au spectacle. Après la canicule de l'après-midi, l'air fraîchissait doucement. L'obscurité gagnait les collines par petites touches, et le paysage prenait des couleurs plus légères… cet instant subtil où l'on ne voit plus le soleil, et pas encore les étoiles.

Pour tromper leur attente, ils se promenaient dans les rues bordées de massifs aux plantes luxuriantes dont le feuillage brillait sous la lumière des réverbères. Les garçons trottaient devant en trépignant. La perspective du spectacle les excitait. Ils ne tenaient plus en place et demandaient l'heure toutes les cinq minutes. Marion, qui les suivait de près en tenant la main de Clara, répondait de bonne grâce en essayant de tempérer leur impatience. Victoire et Béatrice marchaient derrière Marion et les enfants ; Pierre, en compagnie de son fils aîné et de son gendre, fermait la marche. Sébastien et Gaëtan gardaient les yeux fixés sur le moulin de Jérusalem d'où partirait la première salve d'étincelles. Pour la énième fois, Marion leur raconta l'histoire du moulin qui devait son nom aux croisades du seigneur de Goult.

— À cette époque, toute la vie du village était construite autour du château qui était protégé par des remparts creusés dans les rochers...

Soudain, Marion aperçut Me Goldberg qui s'avançait dans la ruelle, accompagné de son frère, de sa belle-sœur et de trois autres personnes. Il la vit à son tour et s'écarta du groupe pour la rejoindre. Marion le présenta à sa famille. Il serra les mains tendues avec un mot de bienvenue, et s'adressa à Pierre :

— Je vous félicite, monsieur Tourneur, vous avez une fille remarquable. Elle est intelligente, compétente, et toujours très ponctuelle. Je suis enchanté qu'elle ait accepté ce stage dans mon étude.

Son regard glissa alors vers la jeune fille. Elle était jolie à couper le souffle dans sa jupe blanche assortie d'un boléro en dentelle noire. Elle le fixait de ses yeux rieurs, d'un bleu si pur. Des yeux à s'y noyer, disaient les poètes. Et pendant un court instant il se dit que ce devait être bien agréable… Marion se sentit rougir et détourna la tête. Victoire observait leur manège, rythmé comme un jeu de rôle, pendant que Pierre se confondait en remerciements pour les saisonniers qui s'étaient présentés de la part du notaire. Pour dissimuler son trouble, c'est avec un entrain un peu forcé que Fabien répliqua:

— Je suis ravi d'avoir pu vous rendre service. Si on prend en compte le nombre de chômeurs dans notre pays, ça me paraît normal de trouver quelques personnes disponibles ! Et je vous remercie pour les friandises, mais je vous assure que ce n'était pas la peine.

Aidée de son père, Marion avait composé une corbeille de mandarines et d'oranges confites qu'elle avait offerte à Fabien.

— Marion m'a expliqué que, enfant, c'était elle qui dégustait vos nouveaux produits en priorité, et que, aujourd'hui encore, elle n'y résiste pas !

— Mais aujourd'hui, répliqua la jeune fille en désignant ses neveux et sa nièce, j'ai de la concurrence.

À cet instant précis, Fabien croisa le regard glacial de Victoire.

— Je vous laisse en famille…

Il leur souhaita une bonne soirée en assurant que le feu d'artifice ne saurait tarder. Puis il rejoignit ses amis qui l'attendaient un peu à l'écart, non sans un dernier sourire adressé à Marion. Elle le suivit des yeux un instant avant de reprendre la main de Clara.

— C'est qui ? demanda Gaëtan.
— Mon patron et c'est aussi le maire de la commune.
— Alors il doit savoir quand le feu d'artifice va commencer.
— Tu n'as pas entendu ? Il a dit « dans quelques instants ».

Gaëtan fit deux pas en avant et se retourna vers sa tante :

— Ça fait une heure qu'on nous dit ça !

Béatrice se rapprocha et prit l'autre main de Clara. Elle observait Marion à la dérobée. Des groupes les dépassaient avant de se diriger vers les espaces aménagés le long de la rue de la République. Les voix, les rires emplissaient l'atmosphère de vibrations joyeuses. Tout à coup, Victoire vint se ranger à côté de Marion et lança à brûle-pourpoint :

— Il y a quelque chose entre Me Goldberg et toi ?

Marion resta figée, en équilibre sur ses talons hauts.

— Excuse-moi ?
— Ces regards énamourés, ces sourires, je te jure que ça peut prêter à confusion !
— Maman, ça ne va pas ? Tu es folle ou quoi ?
— Si c'était le cas, j'espère que tu nous le dirais ?

Soufflée, Marion toisa sa mère d'un regard peu amène et sa réponse fusa :

— Mêle-toi de ce qui te regarde !

Puis elle reprit la main de sa nièce et, d'un pas vif, elle se lança à l'assaut des jardins. Toutefois, sa colère à peine exprimée, elle la regrettait déjà. Mais c'était trop tard. Dans son dos, elle entendit sa mère l'appeler à plusieurs reprises. Son père demanda ce qui se passait, surpris d'entendre le ton monter entre elles. C'était si rare. Elle ralentit le pas en réfléchissant à la manière d'alléger cette mésentente. À cet instant précis, la première fusée jaillit dans le ciel indigo constellé d'étoiles.

*
* *

Un rayon de soleil réveilla Marion. Elle se retourna et regarda l'heure. 9 h 30. En règle générale, elle ne dormait jamais aussi tard. Elle s'assit dans son lit, calée contre des coussins, et prit son livre de chevet. Elle parcourut quelques pages. La fenêtre était restée ouverte toute la nuit, et un courant d'air frais agitait les rideaux. Le parfum suave des rosiers envahissait la chambre. Elle entendit des cris et des rires dans le jardin. Visiblement, ses neveux avaient dormi moins longtemps qu'elle. Elle referma son livre et repoussa les couvertures. Elle ne pouvait détacher son esprit des événements de la veille. La rencontre fortuite avec Me Goldberg, la réaction démesurée de sa mère. Comment avait-elle pu imaginer une liaison entre eux ? Et pourtant... Pourquoi repousser l'évidence ? Elle se sentait attirée par cet homme. Était-il marié ? Il ne portait pas d'alliance, mais il y avait certainement une femme dans sa vie. Il était bien trop séduisant, bien trop en vue pour ne pas être la proie d'une nuée de femmes superbes. Brusquement, elle se sentit lucide. Comment pouvait-elle s'imaginer que son attirance pour lui était réciproque ? Elle s'était bercée d'illusions... La veille, il avait parfaitement cerné son rôle : la petite remplaçante, compétente et ponctuelle. Elle n'existait pas en tant que femme...

Elle se promit qu'à l'avenir, elle adopterait une attitude strictement professionnelle. Elle était en stage, à la recherche d'une expérience juridique qu'elle porterait fièrement sur son CV. Et l'étude de Me Goldberg répondait à cette attente.

Elle quitta son lit et ouvrit les deux battants des volets. Les oliviers frémissaient doucement, encore une belle journée en perspective. Elle regarda ses neveux pousser Clara sur la balançoire. Elle se rappelait le temps, si proche encore, où elle était assise sur la planche en appelant Béatrice à la rescousse pour la pousser «tout en haut du ciel». Elle se dirigea vers la salle de bains. Et le tableau ? pensa t-elle en se lavant les dents. Elle n'avait pas eu l'occasion d'en reparler avec Béatrice et ignorait les résultats de ses recherches.

En sortant de la douche, elle noua une serviette de bain sous ses bras et s'assit à la table rustique qui faisait office de bureau. Elle lança son ordinateur portable et vérifia ses e-mails. La plupart émanaient de ses amis de fac qui lui rappelaient que les résultats des examens seraient connus le 16 juillet. Ils avaient déjà planifié une soirée pour fêter les reçus et remonter le moral des recalés. Elle répondit à quelques messages, ignora celui de Lionel qui comptait bien la voir à cette fête. Après une légère touche de maquillage, elle enfila un pantacourt et un tee-shirt. Une tenue idéale pour se promener. Elle avait promis d'accompagner Béatrice et Clara au marché local. Le soleil était déjà haut, la journée s'annonçait torride. Elle glissa un flacon de crème solaire dans son sac avant de descendre. Elle emprunta l'escalier mais, à mi-chemin, elle s'arrêta. La voix de sa mère lui parvenait depuis la cuisine dont la porte était ouverte :

— Je t'assure, Béa, je suis inquiète. Je suis certaine qu'il y a quelque chose entre eux.

— Pourquoi t'es-tu fourré cette idée en tête ?

— Tu as vu leurs échanges de regards, ces sourires en catimini ? Et la réaction de ta sœur quand je lui ai posé la question ? Elle était folle de rage ! Si ce n'est pas un aveu, ça !

— Je suis sûre que tu te trompes, maman. Tu connais Marion, elle est beaucoup plus rationnelle que ça, répondit Béatrice. Jamais elle ne s'engagerait dans une aventure pareille.

— Et moi je te dis qu'elle n'est pas dans son état normal en ce moment. Elle ne me dit plus rien, elle ne parle plus de son travail. Alors qu'au début, tous les soirs j'avais droit à un compte rendu détaillé de sa journée.

Et ce depuis la maternelle, pensa-t-elle... Son exaspération s'envola et elle se sentit triste.

— Quelque chose ne va pas... reprit-elle, je le sens.

En sirotant son café, Béatrice pensa au tableau, mais elle ne dit rien.

— Fais lui un peu confiance, maman.

— Et si tu lui parlais, toi ?

Marion prit appui sur la rampe d'escalier. Que se passait-il dans sa vie, brusquement ? Une nouvelle fois, ses pensées la rapprochèrent de Fabien. Elle aurait voulu se persuader que ses sentiments pour lui étaient sans ambiguïté. Une attirance amicale, teintée d'un soupçon de curiosité et de gratitude pour l'opportunité professionnelle qu'il lui offrait. Mais il y avait chez lui une nostalgie latente, empreinte de charme, qui la déstabilisait. Et c'était un sentiment nouveau pour elle.

Dans le fond, sa mère avait raison. Elle n'avait pas envie d'en parler. Elle se sentait incapable d'apporter une once de clarté à toutes ses incertitudes. Elle fit demi-tour et regagna sa chambre, bien décidée à n'en plus bouger jusqu'à ce que l'on vienne la chercher.

10

Marion s'affairait depuis 7 heures du matin en buvant café sur café. L'étude était déserte. Dès son arrivée, elle avait ouvert toutes les fenêtres et, de temps à autre, un courant d'air s'engouffrait dans les bureaux, emportant quelques feuilles de papier dans un tourbillon. Elle avait renoncé au pont du 14 juillet pour partir à Bordeaux aussitôt son travail terminé. Les résultats des examens seraient connus le lendemain, et elle avait reçu des textos de plusieurs amis qui s'inquiétaient de sa présence à leur soirée. Elle avait promis de faire une apparition. Chanceux, recalés, tous seraient réunis autour de flots de cocktails, rien de bien nouveau. Parmi tous les messages, il y avait celui de Lionel, quelques mots plutôt gentils et, entre les lignes, l'espoir qu'ils pourraient se parler au cours de la fête. Elle n'en avait pas envie mais elle était bien en peine de trouver une échappatoire.

À 16 heures, elle éteignit son ordinateur et boucla son attaché-case. Puis elle rassembla tous les documents destinés à Me Goldberg et traversa le couloir pour rejoindre le bureau du notaire. La pièce, fermée depuis trois jours, baignait dans une fraîcheur agréable. Elle alluma le plafonnier et étala les diverses chemises sur le bureau dans un ordre précis. Chaque pochette était référencée et annotée. Elle jeta un dernier coup d'œil, satisfaite de savoir qu'il trouverait le travail terminé mardi matin. Elle inscrivit son numéro de téléphone mobile sur un Post-it au cas où il aurait besoin de la joindre, en lui rappelant qu'elle serait de retour mercredi.

Ils ne s'étaient pas revus depuis la soirée du 14 juillet. Pour la première fois depuis qu'elle travaillait seule avec lui, elle ne lui préparerait pas son café mardi matin. Elle éprouva une petite pointe de regret. Un peu intimidée, elle fit le tour de la pièce. Sur les murs, des diplômes encadrés voisinaient avec des aquarelles et des pastels. Deux bronzes posés en vis-à-vis sur le meuble de classement en acajou attirèrent son attention. Ils étaient magnifiques. Elle examina les rayonnages qui couvraient le mur du fond. Ils étaient garnis de manuels juridiques, de documents, de biographies et de quelques policiers. Conan Doyle, Simenon. Un certain classicisme à l'image de Me Goldberg.

Marion découvrit, à moitié dissimulée entre deux rangées de livres, une photographie enchâssée dans un cadre vieil argent. Le cliché représentait une jeune femme à demi allongée sur une méridienne, un bébé lové au creux de son ventre. Elle portait une jupe fleurie, un petit haut décolleté, juste ce que permettait la décence. La coupe et les coloris des vêtements rappelaient la mode des années soixante-dix. Marion prit le cadre et observa la jeune femme avec attention. Une masse de cheveux auburn retenus par des peignes de nacre... les traits du visage rappelaient ceux de

Fabien. Le regard aussi, de grands yeux sombres légèrement oblongs.

Soudain, elle prit conscience de son indiscrétion. Elle remit le portrait à sa place et quitta le bureau en éteignant la lumière.

*
* *

Dans un quart d'heure, je m'éclipse…
Elle se répétait la même petite phrase depuis une heure. Les fenêtres grandes ouvertes sur les jardins de la résidence ne parvenaient pas à alléger l'atmosphère. Le mélange d'odeurs de la fumée, des corps qui s'agitaient au rythme d'une musique assourdissante, des relents d'alcool lui montait à la tête. Elle avait l'impression de manquer d'air. Les bouteilles vides s'entassaient sur le balcon avec les plateaux et les emballages de pizzas et autres plats à emporter. Quelqu'un monta encore le son de la musique. Marion regarda sa montre. Cette fois, c'était décidé, elle quittait la fête. Elle n'en pouvait plus de fuir Lionel en passant d'un groupe à l'autre, d'éviter les verres tendus, les invitations à danser. Soudain, elle fut accostée par un étudiant qui lui demanda ses résultats. Marion avait validé tous ses examens avec d'excellentes notes en art médiéval, où elle avait choisi d'analyser une page d'enluminure. Et elle s'était plutôt bien défendue en art moderne, grâce à l'étude des *Glaneuses* de Millet. Elle était prête à affronter la deuxième année. Pourtant, quelque chose la chagrinait à l'idée de revenir s'installer à Bordeaux en octobre. D'une

oreille distraite, elle écoutait les conversations autour d'elle, les plaisanteries parfois grossières de certains étudiants, leurs traits d'humour qui étaient tout, sauf drôles. Elle s'ennuyait à mourir. Elle ne connaissait pas la moitié des jeunes gens qui étaient présents à la fête, et ils lui semblaient si puérils. Des gamins inconséquents, pensa-t-elle avec lassitude. Ils avaient son âge, cependant. Pourquoi ne pas se l'avouer? Elle avait hâte de rentrer à Roussillon, de retrouver son travail à l'étude. De revoir Me Goldberg et ses collègues.

La veille, Béatrice lui avait expliqué que ses recherches concernant le Matisse n'avaient toujours rien donné. Elle avait pourtant relancé bon nombre de ses contacts, sollicité le fichier centralisé des œuvres d'art retrouvées après la Seconde Guerre mondiale et non réclamées par leurs propriétaires, ainsi que le Conseil international des musées. Aucune trace du tableau. «Mais, lui avait-elle déclaré, je n'ai pas encore dit mon dernier mot. J'ai d'autres pistes à explorer, il me faut un peu de temps. Je te tiens au courant, sœurette!»

Marion avait fini par accepter un jus d'orange. Elle but une gorgée et constata qu'il était fortement alcoolisé. Elle rejoignit l'entrée de l'appartement en se frayant un chemin au milieu d'une bande d'étudiants bruyants et passablement éméchés. La musique jouait à fond, les éclats de voix se réverbéraient jusque dans les escaliers. Était-ce l'ambiance survoltée qui lui renvoyait l'impression d'être une étrangère parmi ces jeunes, qu'elle considérait comme ses amis, il n'y avait pas si longtemps ? Elle sentait venir une migraine. Elle posa son verre sur un coin de table et, en se retournant, elle se retrouva nez à nez avec Lionel. Il lui lança un coup d'œil pénétrant ; elle se figea avec la vague impression d'être prise en faute. Qu'avait-elle à se reprocher ? Elle cherchait déjà une bonne raison de le fuir et d'éviter la moindre discussion. Elle n'avait qu'une hâte, rentrer chez sa sœur et se coucher. Elle planta son regard dans celui du jeune homme et croisa les bras dans une attitude défensive.

— J'ai bien cru que je n'arriverais pas à te parler cinq minutes ! s'écria-t-il.

— Je m'apprêtais à partir.

— Tu me fuis, c'est ça ?

— Mais non, mentit-elle, je suis fatiguée, c'est tout.

Presque de force, il lui prit le coude et l'entraîna vers le buffet. Il lui proposa un verre qu'elle refusa.

— Ton stage se passe bien ?

— Oui, très bien. En acceptant ce job, je ne m'attendais pas à ce que ce soit aussi passionnant.

Elle n'en dit pas plus. Il comprit qu'elle ne voulait pas lui parler. Pourtant, il mourait d'envie de la retenir, de la convaincre de revenir vers lui. Il avait tout simplement envie de la revoir.

— Tu me manques, dit-il dans un souffle.

— Nous en avons déjà parlé, répliqua-t-elle en réprimant un bâillement. Excuse-moi, mais il faut que je rentre. Il est tard, et je prends la route très tôt demain matin.

Elle ajusta la lanière de son sac sur son épaule et s'éloigna. La perspective de rendre Lionel malheureux l'attristait malgré tout. Mais comme disait Béatrice : « C'est la vie ma puce, il s'en remettra... »

Lionel se servit une bonne rasade de whisky. Il s'était promis de lui parler, de lui arracher une explication, il n'avait pas été à la hauteur. Il se rendit compte qu'il avait du mal à endiguer la colère qui le submergeait. Et, la rage au cœur, il regarda Marion quitter la pièce sans saluer personne.

*
* *

La dernière réunion du conseil municipal avant les congés d'été avait duré jusqu'à pas d'heure. Toute l'équipe était réunie autour de Fabien pour le traditionnel verre de l'amitié. Il prononça quelques mots, évoquant les projets de la rentrée, et le budget bien sûr.

— Prochaine réunion le 24 août, conclut-il en gratifiant l'assemblée d'un chaleureux sourire. Et d'ici là, je vous souhaite de bonnes vacances à tous !

Alain Leroux s'avança vers lui, tenant deux verres. Il lui en tendit un :

— À la tienne, dit-il en trinquant, et à nos projets. Avant qu'on se sépare, je tiens à te dire que tu as fait très bonne impression lors de notre réunion départementale. En haut lieu, on n'attend plus que ton aval pour annoncer officiellement ta candidature aux législatives.

Fabien prétexta le rythme effréné de ces dernières semaines pour avouer qu'il n'avait pas encore bien réfléchi à la question.

— On en reparle quand tu seras prêt! lança Leroux avant de s'éloigner.

Les conseillers municipaux s'éclipsèrent les premiers et Fabien libéra les assistantes qui étaient restées jusqu'à la fin du conseil pour servir le cocktail.

— Sauvez-vous, mesdames, je fermerai les portes.

Vingt minutes plus tard, il fit un rapide tour des lieux, vérifia qu'il n'avait rien oublié avant de quitter la mairie. Deux sacoches bourrées de documents à bout de bras, il se dirigeait vers le parking des élus lorsque la voiture de son père se rangea près de lui. Simon Goldberg claqua la portière et rejoignit son fils en deux enjambées.

— Ça t'arrive d'écouter tes messages? demanda-t-il sans préambule. Je ne t'en ai pas laissé moins de quatre depuis hier.

Fabien avait pris connaissance des appels de son père, mais n'avait pas eu le temps, ni vraiment l'envie, de le rappeler. Lucas avait vendu un tableau de George Stubbs à un acheteur du Qatar. La toile n'avait pas été exposée depuis plus d'un siècle, elle stagnait dans la galerie d'un collectionneur privé. À sa mort, ses héritiers, abasourdis par sa valeur, l'avaient mise sur le marché. Lucas avait emporté les enchères. Il avait confié le tableau à un restaurateur d'art, et trouvé un acquéreur. Une vente de plusieurs centaines de milliers d'euros que Simon voulait fêter en même temps que l'anniversaire de sa femme, le 30 juillet. Il ne concevait pas cette fête sans la présence de son fils aîné.

— Excuse-moi, papa, je voulais être sûr de ma réponse avant de te rappeler.

— Ah! Parce qu'il y a lieu d'hésiter?

Le ton péremptoire de Simon trahissait son exaspération, comme chaque fois qu'on n'abondait pas dans le sens de ses désirs. Fabien se renfrogna. Comment décliner cette invitation sans provoquer une énième dispute? Où trouver le courage de dire à son père que ces soirées pseudo-culturelles l'ennuyaient au plus haut degré? Les interminables palabres artistiques, les bavardages insipides de sa belle-mère, l'épreuve lui semblait au-dessus de ses forces.

— Je ferai mon possible, dit-il sans conviction.

Simon se plaça devant lui, et Fabien crut qu'il cherchait à lui barrer le chemin.

— Tu dois être présent! J'ai invité deux clients japonais de passage, et un marchand d'art installé à New York. L'image de la famille est primordiale dans certains aspects de notre profession. Et puis ce sont toujours des contacts intéressants.

Simon croyait à l'importance des relations, «des réseaux», disait-il, persuadé que la réussite d'un homme se mesurait à son carnet d'adresses. Fabien n'était pas dupe. Trop d'eau avait coulé et toujours dans le même sens, celui de la volonté patriarcale. Il avait perdu ses illusions dans leurs flots. Depuis toujours, il était passé maître dans l'art de s'abstraire de l'ambiance familiale, en dépit des efforts de son père pour l'attirer à découvert.

— Je ne connais personne dans le monde des arts.

— Il n'en demeure pas moins que ce sont des gens influents.

— Qui évoluent dans un milieu qui ne m'intéresse pas vraiment.

— Oh ça, je le sais! Ce n'était pas le monde de ta mère.

Fabien se raidit. Il avait l'habitude des ruses de son père. Il lui tendait un piège. S'il s'engouffrait dans la brèche, il enclencherait la dispute qu'ensuite son père lui reprocherait. Et comme à l'accoutumée, il en sortirait meurtri. Car, des deux, c'était lui qui n'avait pas oublié et qui souffrait toujours.

Simon avait épousé Constance Liemann en 1972 et Fabien était né l'année suivante. La famille de Constance était composée d'une longue lignée de juristes et de courtiers immobiliers. L'année de ses 6 ans, on éloigna Fabien de sa mère, atteinte d'un cancer. Une longue maladie, affreusement courte à ses yeux. Elle s'éteignit en quelques semaines avec courage, en lui demandant d'être fort et de ne pas l'oublier. Il n'avait jamais cessé de penser à elle. Un an après son veuvage, Simon se remariait avec Natacha. En dépit des années écoulées, le souvenir de Constance planait toujours entre eux.

L'air furieux, Simon regagna sa voiture. Il s'assit au volant, et baissa la vitre:

— Si tu pouvais te rendre compte à quel point c'est horripilant, cette manière de te retrancher dans tes pensées au beau milieu d'une conversation! Alors, tu viendras le 30, oui ou non? Tu pourrais au moins faire un effort pour Natacha, c'est aussi son anniversaire.

Fabien chercha ses clés de voiture. Il n'avait pas envie de faire le moindre effort pour sa belle-mère. Il rattrapa de justesse une des sacoches qui glissait sous son bras.

— Oui, je viendrai, dit-il à regret.

Il actionna la télécommande de sa voiture et, tandis qu'il installait ses documents sur le siège arrière, il se maudit de sa lâcheté.

11

Marion contemplait d'un air navré les rapports épars devant elle. Comment mettre un terme à la conversation en restant courtoise ? Corinne Dubois l'appelait pour la troisième fois depuis le début de la semaine. Pendant la convalescence qui avait suivi son opération, elle était restée discrète. Mais aujourd'hui, c'était clair : elle se languissait de son travail.

— Tout va bien avec Me Goldberg ? Je le connais, vous savez... Sous un aspect cordial, il peut être impitoyable quand ça ne va pas comme il veut.

Marion lui assura que tout se déroulait au mieux. À cet instant, elle aperçut Fabien qui raccompagnait un client. Elle lui fit signe en posant sa main sur l'écouteur :

— C'est Mme Dubois, puis-je vous la passer ?

— Bon, d'accord, répondit-il avec un haussement de sourcils qui en disait long.

— Je vous mets en communication avec Me Goldberg, madame Dubois, il va pouvoir vous rassurer !

Bien sûr que tout allait bien, se dit Marion en raccrochant. Comme elle s'en était fait la promesse, elle restait sur ses gardes, attentive à contrôler la plus infime expression de son attirance pour son patron. Mais son pouls s'accélérait lorsqu'ils travaillaient ensemble, ou qu'il entrait dans son bureau à l'improviste, comme ce matin. Il avait déposé un pain au lait près de sa tasse de café en lançant :

— Bonjour, Marion, quelle belle journée ! C'est dommage de s'enfermer dans un bureau, non ?

Elle l'avait remercié pour la viennoiserie avec un bref sourire.

Elle se replongea dans le dossier Buisson qui l'accaparait depuis plusieurs jours. « Une succession qui dure depuis des années, lui avait expliqué Me Goldberg. Dès le début de la procédure, un des héritiers avait disparu. Nous avons enfin retrouvé sa trace, et je voudrais régler cette embrouille une bonne fois pour toutes... »

Documents à l'appui, Marion cernait toute la complexité de l'affaire. Le défunt s'était marié trois fois, et avait eu des enfants issus de son premier et de son troisième mariage. Ses héritiers comptaient une infirmière qui avait séjourné dix ans dans les coins les plus reculés du continent africain, et un peintre des rues un peu bohème. Depuis des années, personne n'avait de leurs nouvelles. Me Goldberg avait requis les services d'un généalogiste successoral. Il avait découvert que l'infirmière était décédée au Togo, et que le peintre devenu marginal vivait dans le Sud-Ouest de la France.

Fabien avait demandé à Marion si elle acceptait de préparer l'acte de succession. Un des clercs était en congés et l'autre, débordé, frôlait la dépression. Plongée dans le rapport du généalogiste, Marion n'entendit pas la sonnette. La porte du secrétariat s'ouvrit et une ravissante jeune femme s'avança dans le bureau en retirant ses lunettes noires et son foulard de soie. Une magnifique chevelure dorée tombait sur ses épaules. Ses gestes étudiés étaient gracieux.

— Puis-je voir Me Goldberg ?

La voix était suave, sensuelle, à l'image de son sourire voluptueux.

— Vous avez rendez-vous ?

— Non, mais dites-lui que je viens de la part de son père.

Marion lui demanda son nom et appela Fabien.

— Elle vous a fait part de l'objet de sa visite ? s'informa-t-il à l'autre bout du fil.

— Non, maître. Voulez-vous que je me renseigne ?

— Ce n'est pas la peine, je vais la recevoir.

Marion guida la visiteuse le long du couloir et remarqua la démarche chaloupée, les vêtements de haute couture, les bijoux. L'instant d'après, elle la fit entrer dans le bureau du notaire et referma la porte derrière elle. L'entretien dura une demi-heure et Fabien reconduisit la jeune femme. Avant de rejoindre son bureau, il s'arrêta au secrétariat et tendit une pochette à Marion :

— Il faut ouvrir un dossier au nom de Marine Moreau.

— Ah ! Vous êtes sûr que ce n'est pas plutôt Marilyn Monroe ?

— Je vous avoue que je ne sais pas trop, dit-il en riant. Mon père ne peut pas supporter l'idée de me voir devenir vieux garçon. Il m'envoie très souvent une de ces créatures superbes en consultation.

Puis il retrouva son sérieux :

— Je suis désolé, Marion, j'ai conscience que le dossier Buisson est un véritable casse-tête.

Marion avait rassemblé l'acte de notoriété, l'origine de la propriété, son évaluation et l'attestation immobilière publiée au bureau des hypothèques.

— Le décès de l'infirmière complique encore les choses. Sa mère s'est remariée après s'être séparée de notre client. Ce qui fait que les trois enfants qu'elle a eus ensuite sont, de droit, des héritiers utérins de l'infirmière.

— Et vous allez vous en sortir ? demanda Fabien visiblement impressionné.

— Oui, je pense. Je dois encore rassembler quelques pièces, revoir certains rapports. J'espère boucler ce soir.

— Vraiment ? Vous n'imaginez pas le soulagement que cela représente pour moi. Ça fait huit ans que cette succession traîne. J'ai hâte qu'on en finisse. Si vous terminez ce soir, vous me laisserez le dossier sur mon bureau ? J'ai des rendez-vous à l'extérieur cet après-midi, et une réunion départementale en soirée.

— Vous pouvez compter sur moi, maître. Quelle que soit l'heure, je terminerai aujourd'hui.

22 heures sonnaient au clocher de Goult lorsque Marion grimpa dans sa voiture avec une migraine carabinée. Elle avait prévu de passer embrasser ses grands-parents en quittant son travail, mais ils étaient certainement couchés depuis longtemps. Ce n'était pas ce soir non plus qu'elle appellerait sa sœur. Tant pis. Elle était pressée de prendre une

douche et de se glisser dans son lit. Elle repoussa un léger sentiment de culpabilité. Elle détestait remettre à plus tard ce qu'elle avait décidé d'accomplir le jour même.

Le lendemain matin, Marion trouva une carte posée sur son ordinateur. Me Goldberg la remerciait pour avoir terminé l'acte de succession Buisson.
Bravo et merci. Personne n'était encore venu à bout de ce dossier! Si vous êtes libre ce soir, me ferez-vous le plaisir d'accepter une invitation à dîner? Vous l'avez bien mérité! Envoyez-moi un texto pour confirmer.
Marion sentit ses mains devenir moites. Elle était libre. Mais dans le cas contraire, rien n'aurait pu l'empêcher d'accepter l'invitation.

*
* *

Il lui avait donné rendez-vous dans un restaurant étoilé au cœur du Lubéron. Marion arriva la première et resta dans sa voiture jusqu'à ce qu'elle aperçoive le véhicule de Fabien se garer sur le terre-plein devant le restaurant.

— Je suis un peu en retard, s'excusa-t-il en la retrouvant à l'entrée. C'est toujours comme ça. On se dépêche, et il suffit d'un coup de fil au moment de partir.

— Vous n'êtes pas retard, dit-elle, c'est moi qui suis en avance.

Ils entrèrent dans la salle au décor épuré où le bleu pastel dominait. Le maître d'hôtel salua Fabien en l'appelant par son nom et leur suggéra de s'installer en terrasse. La température avait frôlé les 37° au plus fort de l'après-midi, et une chaleur oppressante régnait encore sous les arbres. Le maître d'hôtel alluma les bougies, leur tendit la carte et proposa un apéritif.

— Que souhaitez-vous ? demanda Fabien en regardant Marion. Un verre de vin, du champagne ?

— La même chose que vous.

— Alors ce sera du champagne. Une bouteille. Je suppose que c'est déjà chose faite, mais nous pouvons encore fêter la réussite de vos examens, qu'en pensez-vous ?

Marion approuva d'un signe de tête et le maître d'hôtel se retira. Ils consultèrent le menu sans dire un mot. Un garçon revint peu après avec un seau à champagne, des flûtes et des amuse-bouches. Il emplit les coupes et glissa la bouteille dans la glace :

— Je viendrai prendre votre commande un peu plus tard.

Fabien leva sa flûte en direction de Marion et sourit. Il semblait ne pas se rendre compte de son charme et c'était en cela qu'il était attirant. Marion oublia toutes ses résolutions. Consciente de son trouble, elle n'osait pas croiser son regard. Pour se donner une contenance, elle but une gorgée de champagne. Il était délicieux.

Soudain, Fabien sortit un paquet enrubanné de sa poche et le glissa vers elle.

— C'est pour moi ? s'étonna-t-elle. Mais pourquoi ?

— Pour vous remercier du travail que vous accomplissez au sein de l'équipe.

— C'est normal, vous m'avez engagée pour ça !

— C'est vrai, mais il n'était pas prévu dans votre contrat que vous restiez au bureau neuf ou dix heures par jour. Et je voulais vous féliciter pour la réussite de vos examens.

Elle délia les rubans et découvrit un écrin contenant un magnifique stylo griffé d'un grand couturier. Elle resta bouche bée et il se méprit sur les causes de son mutisme.

— Ah ! Je comprends, c'est totalement ringard pour une jeune fille comme vous… Je suis désolé, c'était le couturier préféré de ma mère.

Marion prit le stylo et le retourna entre ses doigts.

— Dior reste et restera une référence pour toutes les femmes, quel que soit leur âge… Mais vraiment, maître, je suis gênée.

— Considérez que cela me fait plaisir autant qu'à vous. Seriez-vous également gênée à l'idée de m'appeler par mon prénom ?

Surprise, elle marqua une pause avant de balbutier :

— D'accord, je vais essayer, maî… Fabien.

Le garçon s'approcha de la table, un carnet dans les mains. De concert, ils commandèrent une terrine de truite en gelée safranée et des souris d'agneau aux petits légumes rôtis. Fabien refusa la carte des vins en affirmant qu'ils poursuivraient leur repas au champagne. Les tables s'étaient remplies autour d'eux. Les derniers rayons du soleil, tamisés par les frondaisons, glissaient derrière les collines du Lubéron. Un air un peu plus frais traversa les jardins et la terrasse.

— Je n'ai pas pu m'empêcher de remarquer le portrait de votre mère dans votre bureau, dit Marion, c'était une femme magnifique.

— Elle était la plus belle femme du monde à mes yeux. Mais comme elle est décédée l'année de mes six ans, je crains de ne pas être objectif.

— Que c'est triste! Vous aviez votre père, heureusement.

— Hélas! il n'a jamais eu la vocation de parent isolé. Il s'est remarié et il m'a envoyé en pension dans un endroit suffisamment éloigné pour s'économiser les week-ends en famille. Pourtant, j'ai longtemps imaginé qu'il me reprendrait à la maison. Mais il faut croire qu'il avait découvert le charme d'une vraie famille sans moi, surtout après la naissance de Lucas.

Il se tut tandis que le garçon servait les entrées. Marion s'extasia sur la finesse de la terrine de poisson, et Fabien se chargea de remplir les coupes. Son regard se fixa un instant sur le paysage au-delà des jardins. La mort de sa mère l'avait plongé dans une solitude effroyable. Il se souvenait de ses premières nuits en pension. Pelotonné sous ses couvertures, il restait éveillé pendant des heures, terrorisé à l'idée d'oublier sa mère durant son sommeil. Il se recroquevillait, les yeux grands ouverts, et se concentrait sur chaque détail de son visage pour la garder vivante. Il imaginait alors que le lendemain était à des années-lumière et que le jour d'après ne commencerait jamais. Les crises d'angoisse s'étaient succédé, il était devenu un enfant solitaire et renfermé. Et il avait grandi à l'ombre de cette mère absente, que son imagination sublimait. Elle l'avait quitté au faîte de sa beauté, en lui imposant l'image parfaite de la femme idéale. Aucune autre n'avait pu rivaliser avec elle.

Marion perçut la tristesse à travers son silence. Comme s'il se repliait brusquement sur lui-même.

— Un enfant ne devrait jamais perdre sa mère. Elle a dû vous manquer terriblement…

— Ça fait des années, mais parfois j'ai l'impression que c'était hier, et je ressens encore le poids de son absence… Alors, vous êtes prête à aborder la deuxième année d'histoire de l'art ? ajouta-t-il, changeant brusquement de sujet.

— Oui, je crois.

— Vous n'en êtes pas sûre ?

— Depuis que je travaille à l'étude, j'ai découvert toute la complexité et la richesse des professions juridiques.

— Vous aimeriez devenir notaire ?

— Ou avocate. Et il y a tant d'autres carrières possibles. Quoi qu'il en soit, je me pose des questions.

Elle acheva de boire son champagne. Le garçon leur présenta les souris d'agneau et s'inquiéta de la cuisson.

— Et vous, demanda Marion après son départ, qu'est-ce qui vous a poussé vers le droit alors que votre famille est impliquée dans le monde des arts ?

— Ma mère! J'en reviens toujours à elle. C'est d'elle que je tiens cette passion ainsi que la fortune qui m'a permis de choisir mes études et de m'installer. Au grand dam de mon père, qui a vécu mes choix comme des trahisons. Comme mon engagement politique, d'ailleurs!

— Mais il devrait vous admirer, au contraire!

Fabien eut un sourire crispé.

— En tout cas, s'exclama Marion, moi je vous admire!

— Merci.

Un couple s'arrêta près de leur table. Fabien fit les présentations. Ils se saluèrent et Marion surprit les interrogations dans les yeux du couple. Fabien n'y prêta aucune attention. Il échangea quelques mots avec l'homme, évoquant un problème de contrat avec le syndicat des eaux. Puis, après une formule de politesse, ils s'éloignèrent. Fabien s'appuya contre le dossier de sa chaise et planta son regard dans celui de Marion. Il prit sa coupe et en fit tourner le pied entre ses doigts.

— Maintenant, à votre tour de me parler de vous. Racontez-moi votre enfance.

— J'ai quelques scrupules, maintenant que je connais la vôtre. Ce furent de si merveilleuses années! J'étais la plus jeune de la portée, et j'ai l'impression d'avoir grandi dans un cocon.

Fabien ne pouvait détacher son regard de la jeune femme. La flamme des bougies vacilla sous la brise et fit scintiller ses yeux.

— Bien sûr, il y avait des règles, des exigences, poursuivit-elle, mais j'ai reçu tant d'affection en retour. Avec un frère et une sœur aînés, c'est un peu comme si j'avais eu quatre parents. Et si vous ajoutez les grands-parents, pas question de faire un seul faux pas en dehors du droit chemin ! Je me suis sentie tellement entourée, aimée. Une égratignure au genou ? Ma mère et ma sœur se précipitaient en même temps. Mon père et mon frère ont redoublé d'ingéniosité et de patience pour m'apprendre à faire du vélo, du patin à roulettes, ou encore m'aider à construire une cabane au fond du jardin.

En l'écoutant, Fabien envia l'harmonie, le bonheur tranquille qu'il devinait dans chacun de ses mots. Il imaginait un foyer serein avec des photos de famille disséminées partout, les éclats de rire des enfants à table et le ton gentiment réprobateur des parents. Un couple qui vieillit dans la tendresse, les enfants dans leur sillage. Une famille parfaite. Où situer un enfant à demi orphelin et une belle-mère dans ce tableau ? Maintenant, il comprenait pourquoi Marion donnait l'impression de respirer le bonheur. Durant tout le dîner, elle n'avait cessé de l'étonner. Tantôt rieuse, tantôt grave, les cheveux cachant presque son visage quand elle secouait la tête en riant.

Pendant qu'ils conversaient, le ciel s'était obscurci autour d'eux. L'air doux, la brise sur leurs visages, l'éclairage tamisé, tout concourait à dissiper la gêne qu'ils avaient ressentie au début du dîner. Une certaine intimité était née. L'espace d'un instant, il eut le sentiment qu'il partageait avec elle quelque chose de léger et d'infiniment fragile.

— Alors à votre tour, vous fonderez une merveilleuse famille quand le moment sera venu.

Les enfants reproduisent toujours le schéma des jeunes années de leur vie.

Elle fut à deux doigts de lui demander si c'était la raison de son célibat. Mais elle ne dit rien, se contentant de sourire.

— Voyez, moi! Je suis toujours célibataire, dit-il comme s'il avait deviné ses pensées.

— Il n'est pas trop tard, j'imagine. Il paraît que les hommes se marient à tout âge.

— Je ne rentre peut-être pas dans les statistiques. J'ai une activité professionnelle prenante. Les journées sont longues et les années bien courtes. Et, au final, le temps passe...

Il avait bien eu quelques aventures, mais sans conséquence. Aucune ne lui avait donné envie de s'engager. Et les clones de sa belle-mère que son père s'entêtait à lui présenter n'étaient pas du genre à modifier ses aspirations. Parfois, il lui arrivait de se dire que si: c'était trop tard.

Le garçon leur proposa la carte des desserts, mais ils s'accordèrent pour commander un café gourmand. Puis, posant les coudes sur la table, Fabien se pencha vers Marion:

— Je suis sûr que vous mourez d'envie de me dire que vous n'avez rien à faire des états d'âme d'un vieux garçon comme moi.

— C'était justement ce que je pensais, dit-elle sur le ton de la plaisanterie.

Il rit et elle l'imita en repoussant ses boucles derrière ses oreilles où brillaient deux petites étoiles.

— Est-ce que vous redoutez d'avoir raté le coche? demanda-t-elle plus sérieusement.

— Il y a si longtemps que je vis seul... Le matin, en me rasant, je vois... ce que vous voyez en ce moment. Un quadra qui assume sa solitude. Il m'arrive même de l'apprécier. Je ne sais pas si je saurais scinder vie professionnelle et vie affective.

Il se tut, embarrassé.

— Cette solitude ne vous pèse pas ?

— Si, sans doute. Mais j'essaie de ne pas y penser. Le travail a toujours prévalu dans mon quotidien. Que ce soit à l'étude ou à la mairie, j'aime être celui vers lequel les autres se tournent dans les difficultés.

— Quelqu'un sur qui on peut compter...

— C'est cela, et ça me procure un sentiment d'accomplissement.

— J'ai l'impression que vous évoquez vos activités comme une justification. N'est-ce pas plutôt un rempart que vous avez construit autour de vous... pour éviter toute incursion dans votre pré carré, peut-être ?

Il lui sourit d'un air triste. Comment pouvait-elle si bien le comprendre ? Et pourquoi se confiait-il à cette jeune fille qu'il connaissait à peine ? Il la laissait entrouvrir des portes qu'il avait lui même condamnées. Il regarda sa montre avant de s'exclamer :

— Il est 11 heures et demie, mademoiselle !

— Déjà ! Je n'ai pas vu le temps passer.

— Je prends cela comme un compliment... Attendez-moi une seconde.

Il se leva en fouillant dans la poche intérieure de sa veste. Marion le regarda s'éloigner puis jeta un œil sur les tables autour d'elle. Elles s'étaient vidées peu à peu.

Elle était à la limite de succomber et d'accepter l'idée de tomber amoureuse. Tout dans cet homme la fascinait. Il était attentif et chaleureux, sans doute par habitude professionnelle. Elle admirait sa manière de s'exprimer, cette précision grammaticale parfaite, presque pointilleuse. Et cette façon qu'il avait de marquer les liaisons en souriant. Ce qu'elle sentait naître en elle la surprenait jusqu'à l'effrayer. Un délicieux mélange de peur, d'excitation et d'affolement. Elle éprouva un léger vertige. Le champagne, sans aucun doute.

Lorsqu'il revint, Fabien tint le dossier de sa chaise, puis sa veste tandis qu'elle l'enfilait. Ils quittèrent le restaurant. La nuit était tombée. Ils rejoignirent le parking et échangèrent quelques mots sur la fraîcheur, le ciel indigo d'une rare clarté, signe avant-coureur d'un lendemain caniculaire. Ils marchaient côte à côte. Soudain, la hanche de Fabien frôla celle de Marion.

— Pardon, murmura-t-il.

Elle sourit, légèrement gênée, et chercha ses clés de voiture.

— Je vais vous suivre jusque devant chez vous, dit-il.

— Merci, mais ce n'est pas la peine. Je suis une grande fille !

— Je n'en doute pas, mais je serai plus serein si je sais que vous êtes bien rentrée.

Ils se souhaitèrent une bonne nuit et, juste avant de monter dans sa voiture, Marion se retourna vers Fabien et murmura :

— Vous devriez vous présenter à la députation.

Elle prit la route de Roussillon et vit les feux de la voiture de Fabien qui la suivait à une certaine distance. Lorsqu'elle bifurqua vers le domicile familial, il lança un appel de phares avant de filer tout droit en direction d'Apt.

Fabien retrouva la fraîcheur de son appartement dont les volets étaient restés fermés. Il ouvrit la fenêtre du salon, prit appui sur l'encadrement et alluma une cigarette. Un vague sentiment de mélancolie l'envahit. Quelle étrange soirée! Il y avait bien longtemps qu'il ne s'était pas senti le cœur aussi léger. Il n'était tout de même pas en train de tomber amoureux de cette gamine? Il se remémora leur conversation en essayant de trouver dans les propos échangés une raison susceptible de... susceptible de quoi? Depuis que Marion remplaçait Corinne, il percevait ce vent d'enthousiasme qu'elle insufflait à son quotidien. C'était bien plus qu'une connivence professionnelle qui s'immisçait entre eux au fil des jours. Il n'était pas seulement troublé par sa jeunesse. C'était autre chose... un mélange subtil d'assurance et d'innocence. Et cette sollicitude à son égard, comme si elle savait exactement ce qu'il éprouvait et qu'elle le comprenait. Il revoyait son visage dans le clair-obscur des chandelles, son sourire, et il avait encore dans la tête sa voix légère, musicale. Il restait fasciné par son regard d'eau pure qui semblait contenir tant de joies, tant de promesses. En prenant conscience de leur différence d'âge, il se traita d'imbécile. Mais en cet instant, il aurait tout donné pour remonter le temps de quelques battements de cœur.

Il regarda l'heure. Il était trop tard, mais demain il appellerait Alain Leroux. Il se sentait prêt à relever le défi des prochaines législatives.

12

Le rouleau de papier Cellophane en place, Pierre Tourneur relança la machine. Ce samedi matin, les claquements répétitifs de l'empaqueteuse résonnaient dans l'atelier désert. La machine les avait lâchés la veille en pleine préparation d'une importante commande qui devait être livrée lundi matin sans faute. Pierre avait rameuté toutes les bonnes volontés, et deux employés avaient accepté de travailler samedi. Il en aurait fallu le double. Informée de la mauvaise nouvelle, Victoire avait aussitôt offert son aide, mais s'était désistée au dernier moment. En proie à une violente crise d'angoisse, sa mère s'était montrée particulièrement agressive envers son mari. Victoire était rentrée chez elle au bord des larmes. Il était clair que son père ne tiendrait plus très longtemps, et elle n'imaginait pas ses parents vivre séparés l'un de l'autre. Pierre avait compris, il savait combien elle aimait ses parents. Mais il s'était demandé par quel miracle la commande serait prête lundi matin. Devant son désarroi, Marion avait proposé de lui prêter main-forte. « On s'y attelle dès le lever du jour, papa. Ça me rappellera mes vacances d'ado ! »

Ils étaient là depuis 6 heures du matin, conjuguant travail, pauses-café et discussions anodines.

Pierre ne boudait pas son plaisir. Les moments d'intimité avec sa benjamine devenaient si rares.

À l'autre bout de la chaîne, Marion entassait les corbeilles vides et surveillait leur remplissage d'un œil exercé. Après les bannettes de mandarines, la machine emballait des cerises. De temps en temps, elle chipait un fruit qu'elle dégustait en suçant le bout de ses doigts. Elle goûtait la joie de renouer avec l'atmosphère et les odeurs qui avaient enchanté ses vacances d'adolescente. Soudain, elle croisa le regard de son père qui l'observait en souriant :

— Es-tu fatiguée, ma grande ?
— Mais non, répondit-elle dans un éclat de rire.

Ils étaient seuls dans l'atelier. Les deux employés transportaient les caisses et les palettes jusqu'au quai de chargement.

Marion observa la huitième palette qui s'éloignait de l'empaqueteuse.

— J'ai l'impression qu'on a bien avancé, non ?
— Le pari n'est pas tout à fait gagné... Mais si on continue à la même cadence et sans pépin, à midi on sera presque dans les clous !
— Je peux rester cet après-midi aussi, répliqua Marion. Je n'ai rien prévu, et je travaille tellement toute la semaine que je finis par m'ennuyer le week-end.

Elle savait que Fabien était parti en déplacement, et elle n'avait aucune nouvelle de Béatrice qui cherchait toujours à reconstituer l'historique du Matisse.

Amusé, Pierre considérait la moue désabusée de sa fille qui craignait le désœuvrement. Marion, toujours si joyeuse, si enthousiaste. Béatrice disait souvent de sa cadette qu'elle était née heureuse. Il aimait tous ses enfants d'un même amour, mais Marion avait été la plus merveilleuse des surprises pour Victoire et pour lui. Il revoyait la petite-fille joufflue, avec ses boucles brunes qui lui mangeaient toujours le visage malgré les barrettes et les pinces que sa mère persistait à lui accrocher dans les cheveux. Elle ne tenait pas en place plus de cinq minutes, elle chantait tout le temps, et ses éclats de rire résonnaient encore dans sa tête. Puis elle était devenue une adolescente facile à vivre. Excellente élève, elle acceptait les règles familiales sans rechigner. Aujourd'hui, la chrysalide s'était transformée en une délicieuse jeune femme. Depuis quelques jours, elle lui paraissait plus enjouée et plus resplendissante que jamais. Avait-elle renoué avec son petit ami ? À moins qu'il ne s'agisse d'un autre garçon... ou d'un homme ? La soirée du feu d'artifice à Goult lui revint en mémoire. Il y avait peut-être un moyen d'en savoir un peu plus. Il régla la machine pour la fixation de corbeilles plus grandes, destinées à l'emballage d'un assortiment de fruits confits mariant les formes, les couleurs et les saveurs. Il surveilla le démarrage quelques secondes. Les corbeilles garnies glissaient sur les rails puis, par pression à chaud, la Cellophane les entourait en éliminant l'air. Pierre soupira. Bon, ça ne se passait pas trop mal. Il se rapprocha de Marion. Il espérait bien orienter la conversation sur son stage chez le notaire de Goult. Mais il fut interrompu par l'arrivée de son fils aîné.

Pascal s'inquiétait de l'avancement du travail. Il avait abandonné son père et sa sœur, contraint de superviser les récoltes des vergers appartenant à la famille. On annonçait des orages et, en août, ils pouvaient s'avérer violents. Pascal repensait à la dispute qui avait failli éclater entre sa femme et lui au cours du petit-déjeuner. Élise travaillait d'arrache-pied toute la semaine à l'usine, gérant une grande partie des tâches administratives, et elle avouait volontiers qu'elle aimait son travail. Mais dès le début de son implication dans l'entreprise, elle avait posé ses conditions : le week-end appartenait à ses enfants. Et ce matin, en dépit de l'urgence, elle s'était montrée intraitable et avait refusé de les aider. Il ruminait toujours sa déception quand il reçut son texto. Elle se rachetait en invitant l'équipe à déjeuner.

— Vous avez fait un sacré boulot ! s'écria-t-il devant la pile de palettes prêtes à partir. Pause de midi obligatoire, Élise a préparé un en-cas pour tout le monde.

*
* *

Son dernier client avait pris congé au bout d'une heure d'un entretien poignant. Béatrice se servit un verre d'eau fraîche et revint s'installer à son bureau. Elle avait du mal à se départir du malaise qui l'avait habitée face à ce père désespéré. Elle était avocate… Elle était censée aider ses clients à obtenir justice, et, parfois, elle était décontenancée. Comment justifier auprès de son client le fait qu'un homme n'obtenait pratiquement jamais la garde de ses enfants ? Quand bien même prouverait-il l'inconduite notoire de son épouse... Béatrice rédigea un mémo à l'attention de son assistante, partie une demi-heure plus tôt. Puis elle passa en revue le planning de la soirée. La nounou attendrait Clara à la garderie, et, entre deux clients, elle avait passé une commande sur le site du supermarché le plus proche. Xavier se chargerait de récupérer les achats au drive, en quittant son cabinet. Cette mise au point terminée, elle réalisa qu'elle avait un peu de temps devant elle. Elle saisit le dossier posé sur le coin de son bureau. Elle l'avait référencé sous le titre *Matisse-Marion*. Elle appela son amie Fenella Stevenson à la Brigade des arts et antiquités à Londres. Cette branche spécialisée de Scotland Yard était chargée d'enquêter sur les faux et les contrefaçons d'œuvres d'art. Fenella lui apprit qu'elle avait sollicité tous ses réseaux sans récolter la moindre information sur le Matisse. Béatrice raccrocha. Elle but son verre d'eau, puis elle ouvrit le tiroir de son bureau et piocha un biscuit dans le paquet destiné à sa fille. Elle mourait de faim. À peine avait-elle eu le temps d'avaler un yaourt et deux fruits à l'heure du déjeuner. Elle essuya les miettes de biscuits sur son bureau et ouvrit le dossier. Tous les rapports étaient classés dans l'ordre de ses recherches. Ses collègues de l'association Dernière chance avaient contacté la CRA[1], organisme international incontournable pour établir la traçabilité des œuvres d'art. De son côté, Béatrice

---

1. Commission de restitution artistique, créée en 1944 pour recevoir les doléances des familles spoliées pendant la guerre, diligenter les enquêtes et tout mettre en œuvre pour retrouver les biens volés et les rendre à leurs propriétaires.

avait consulté des tonnes d'archives. Elle s'était intéressée aux actes de décès, aux testaments, aux titres de propriété et de transfert remontant à plusieurs décennies. Elle avait repris maintes fois le compte rendu de ses investigations, craignant qu'un indice lui ait échappé. Elle ne trouva pas la moindre allusion à la vente, à l'achat ni à l'échange du Matisse. Désormais, elle avait l'intime conviction que le tableau avait été vendu frauduleusement à la fin de la guerre. Ou bien c'était un faux. Dans l'un ou l'autre cas, elle ne pouvait pas en rester là. Elle avait l'obligation de prévenir l'Office central de lutte contre le trafic de biens culturels.

Auparavant, elle devait avertir sa sœur. Elle appela le domicile de ses parents à Roussillon, mais sa mère lui apprit que Marion n'était pas encore rentrée.

— Elle arrive de plus en plus tard... Son patron exagère, quand même! Si ton père se permettait de traiter ses employés comme ça! C'est confortable d'être le maire de la ville!

Béatrice ne releva pas les récriminations de sa mère, et prit le parti de rédiger un e-mail pour sa sœur. Dans le fond, ce serait plus facile de lui expliquer la situation par écrit.

Ne m'en veux pas, sœurette, conclut-elle, *mais je n'ai pas d'autre choix. Je suis contrainte de prévenir les autorités. J'espère que ça ne perturbera pas tes relations avec Me Goldberg. D'ailleurs, à ta place, je prendrais les devants et je lui en parlerais la première...*

*
* *

Prendre les devants... Elle en avait de belles, Béa ! Comment présenter les faits à Fabien ? Si elle trouvait le courage de lui parler, elle ne saurait même pas par où commencer. Elle ne s'imaginait pas déboulant dans son bureau en déclarant qu'elle avait remarqué le Matisse et demandé à sa sœur de fouiller dans la vie privée de sa famille. Elle était sûre de gâcher leurs relations qui devenaient de plus en plus amicales. Un ballet de regards furtifs avait suivi leur dîner en tête à tête. Des coups d'œil, des sourires. Ils s'épiaient en catimini. Que ferait-il quand il saurait ce qu'elle avait fait ? Et s'il décidait de la licencier ?

Elle réfléchit pendant quatre jours sans trouver la moindre idée pour sortir de cette impasse. Ses craintes tournaient à l'obsession, et elle était consciente de ses sautes d'humeur, de son agressivité à fleur de peau. Matin et soir, sa mère lui demandait ce qui n'allait pas. Béatrice lui expédiait e-mail après e-mail, impatiente de savoir comment Me Goldberg prenait les choses. Chaque jour, Marion échafaudait un plan, y renonçait aussitôt, persuadée qu'elle courait au-devant d'une catastrophe.

Fabien n'était pas né de la veille. Après la délicieuse complicité de ces derniers jours, il avait décelé une nette évolution dans le comportement de la jeune fille. Il avait le sentiment qu'elle l'évitait. Trois matins d'affilée, il était arrivé avant elle. Elle lui apportait son café et coupait court à toutes ses tentatives pour engager la conversation. Visiblement, elle avait pris ses distances.

N'était-il pas fautif? Avec cette invitation dans un restaurant de luxe, le champagne, les chandelles et le stylo de marque, il y était sans doute allé un peu fort. Décidément, son père avait raison, il ne comprenait pas les femmes et ne saurait jamais s'y prendre avec elles. Il était déçu, mais il se répétait que c'était peut-être mieux ainsi. Qu'avait-il donc espéré devant le sourire de cette gamine?

Il ouvrit grands les deux volets de la fenêtre. L'air frais s'engouffra dans le bureau, repoussant les ombres qui rampaient de toutes parts autour de lui depuis sa prime enfance. Il s'installa à sa table de travail et jeta un coup d'œil alentour. Il aimait cette pièce avec ses hauts plafonds, ses fenêtres anciennes à double battant, ces meubles patinés que son prédécesseur lui avait cédés avec l'étude.

Il repensa à Marion, et ses doutes revinrent plus pressants encore. Il n'y avait pas si longtemps, il aurait juré qu'un courant de sympathie passait entre eux. Chaque matin, il se sentait nerveux et impatient à l'idée de la voir, de lui parler. Elle répondait toujours à son approche, enjouée, radieuse. Il n'avait pas oublié son cri de joie lorsqu'il lui avait annoncé qu'il acceptait de se présenter à la députation. Comme si elle était directement concernée par sa décision. Mais à présent, il la sentait sur la défensive, chaque jour un peu plus tendue. Et pourtant... lorsqu'il croisait son regard, il se sentait prêt à jurer que ce changement d'attitude n'était pas de son fait. Il y avait autre chose. Mais quoi? Un souci au sein de sa famille dont elle n'osait pas lui parler? Dans son travail, peut-être? Rencontrait-elle des difficultés avec un membre du personnel… avec Corinne qui piaffait d'impatience de reprendre son poste ? Il avait beau envisager toutes les conjectures, il demeurait perplexe. À telle enseigne qu'il prit la décision d'en avoir le cœur net et se rendit au secrétariat. Marion était installée à son ordinateur, toutes sortes de documents étalés autour d'elle. Elle n'avait pas pensé au café. Il lui sourit et s'empara de la cafetière.

— Oh! Je suis désolée, j'ai oublié.

— Ce n'est pas grave, je sais quand même faire un café.

Il lança la machine en glissant deux tasses sous le bec verseur. Puis il posa l'une d'elles à côté de Marion avec un sachet de sucre.

— Vous ne croyez pas qu'il est temps de me dire ce qui ne va pas?

— Mais… tout va bien, répondit-elle d'une voix mal assurée.

— Vous savez que vous n'êtes pas convaincante ? Je suis sûr que vous pouvez mieux faire.

Marion soupira, elle ouvrit le sachet de sucre qu'elle versa dans sa tasse. Fabien prit une chaise et s'assit près d'elle.

— Je vois bien que quelque chose vous tracasse depuis quelques jours. Est-ce lié à votre travail ici?

— Non, enfin… je ne sais pas.

— Expliquez-moi.

— C'est tellement délicat.

Soudain, un des clercs entra et marqua un temps, surpris de trouver son patron attablé devant une tasse de café en compagnie de la stagiaire.

— Pardon ! Juste un mot, Marion, merci pour le dossier, c'est parfait. Puis-je emprunter votre relieuse ? La mienne est HS...

Marion acquiesça et il se retira en emportant la machine à relier.

— Suivez-moi, dit Fabien en se levant et en prenant sa tasse, allons dans mon bureau, nous serons plus tranquilles.

Marion le suivit et il referma la porte derrière eux. Elle prit un siège et but une gorgée du café qui avait refroidi.

— Je vous écoute, dit Fabien, vous disiez que c'était délicat.

Elle hésita encore avant de se lancer.

— Cela remonte au cocktail après l'inauguration du groupe scolaire.

Surpris, Fabien leva les sourcils. Qu'est ce que cette soirée avait à voir avec les soucis de la jeune femme ?

— Je parie que c'est mon frère qui vous a importunée avec ses histoires de famille, dit-il comme une boutade.

Mais au regard embarrassé qu'elle lui adressa, il comprit que l'affaire était sérieuse.

— Lorsque vous m'avez montré la collection de tableaux de votre père, j'ai remarqué un Matisse, *Soleil couchant à Collioure...* Je vous ai dit que ma sœur était bénévole dans une association qui recherche les biens culturels volés. Il m'arrive de l'aider dans ses investigations.

Elle s'enhardit et lui rapporta ses doutes au sujet du tableau, les conversations qu'elle avait eues avec Béatrice, les recherches entreprises par celle-ci. Sur le qui-vive, elle épiait Fabien, guettant le moindre de ses mouvements, appréhendant le moment où il s'emporterait. N'observant pas la réaction redoutée, elle poursuivit avec un peu plus d'assurance.

— Le tableau n'a jamais été référencé nulle part après la fin de la guerre. D'après les investigations de Béatrice et de ses collègues, il est toujours considéré comme disparu.

Fabien écarquilla les yeux, visiblement incrédule.

— Et qu'est-ce que cela signifie ?

Marion hésita encore, évaluant chaque mot qu'elle allait prononcer.

— Ou bien il a été volé pendant la guerre et vendu frauduleusement ensuite, ou c'est un faux. Mais croyez bien que je ne mets pas l'honnêteté de votre famille en cause...

— Moi non plus !

Fabien avait certes des griefs à l'encontre de son père, mais il ne lui viendrait jamais à l'esprit de douter de sa probité.

— Vous avez raison, dit-il, c'est délicat. Je ne suis pas capable de juger de l'authenticité de cette toile mais, quoi qu'il en soit, je suis sûr que mon père a une explication. À votre avis, mon père pourrait-il avoir été berné au moment de l'acquisition ?

— Bien sûr, il ne serait pas le premier.

Elle lui parla alors de l'obligation pour Béatrice de notifier les faits aux organismes compétents. Soudain, le visage de Fabien s'assombrit.

— Vous pensez que mon père pourrait avoir des ennuis avec la justice ? demanda-t-il après un bref silence.

Marion s'était presque détendue. Mais la question de Fabien la figea. Elle chercha une réponse adaptée.

— Ce n'est pas un délit de vendre ou d'acheter un faux si les acteurs l'ignorent en toute bonne foi et preuves à l'appui. Si c'est le cas de votre père, je ne crois pas qu'il puisse être inquiété. Au pire, sa crédibilité de marchand d'art pourrait en pâtir.

Elle peut même en prendre un sacré coup, pensa Fabien. Et il ne se voyait pas porteur de la nouvelle.

— Avant d'aborder le sujet avec mon père, je vais en parler à mon frère.

— Je peux vous transmettre une copie des conclusions de ma sœur, si vous voulez.

— Je veux bien. Si elle possède des rapports émanant d'organismes officiels, ça peut certainement aider mon père.

— Ils sont sur ma messagerie personnelle. Je vous les enverrai ce soir.

Chacun s'installa dans ses pensées durant un court instant, puis Marion s'enquit avec un soupçon d'inquiétude dans la voix :

— Vous ne m'en voulez pas ? Je me sens tellement gênée, j'ai l'impression de m'être mêlée de ce qui ne me regardait pas.

Fabien se leva :

— Vous avez bien fait, au contraire. Si mon père est victime d'une fraude ou d'un quelconque trafic, il doit le savoir. Et ça prouve que vous allez faire un excellent commissaire-priseur !

Elle lui rendit son sourire tandis qu'il la raccompagnait jusqu'à la porte, heureux de constater qu'elle avait retrouvé son air enjoué.

— Merci d'avoir si bien compris mon embarras, je vous avoue que je me sens libérée d'un poids énorme.

— Alors au travail ? demanda-t-il en ouvrant la porte devant elle.

— Au travail...

13

Fabien étudia attentivement le rapport de Béatrice Fayard. Un compte rendu conforme aux faits, sans fioritures et étayé de conclusions pertinentes. Passablement inquiet, il appela son frère, et ils convinrent de se retrouver à la galerie en fin de matinée. Fabien eut du mal à trouver une place de parking dans le centre-ville d'Avignon. Il avait une demi-heure de retard lorsqu'il entra dans le bureau de Lucas, une petite pièce sans fenêtre aménagée au fond de la galerie. Durant le trajet, il avait tourné et retourné dans sa tête la meilleure façon d'aborder l'objet de sa visite. Il choisit la manière la plus directe et exposa les faits en trois phrases. Puis il remit le dossier de Me Fayard à son frère et l'observa tandis qu'il en prenait connaissance. Fabien se comportait ainsi avec ses clients. Il observait, attentif au moindre signe d'inquiétude, de manipulation ou de cupidité sur les visages. Lucas avait pâli. Le front plissé, les lèvres crispées, il changea peu à peu d'expression. Soudain, il leva la tête et croisa le regard de son frère :

— Je boirais bien un whisky, pas toi ? La bouteille et les verres sont là, ajouta-t-il en désignant la bibliothèque de merisier dans un coin de la pièce.

Le meuble comportait un minibar équipé d'un réfrigérateur. Fabien versa un peu d'alcool et de la glace dans deux verres, et en tendit un à son frère.

— Je ne peux pas le croire! s'écria Lucas en refermant le dossier. C'est un ramassis de conneries...

— Je te livre les faits tels qu'ils m'ont été rapportés.

— Tu es sûr de tes sources?

Fabien expliqua qui était Me Fayard, son rôle au sein de l'association Dernière chance. Et, à son corps défendant, il fut bien obligé d'établir le lien avec Marion.

— Pour que Me Fayard annonce son intention d'informer l'Office central de lutte contre le trafic d'œuvres d'art, j'imagine qu'elle est sûre de son fait. Maintenant, l'important est de savoir comment et par qui papa s'est laissé abuser. Compte-t-il un tableau volé ou un faux dans sa collection?

— L'acquisition du Matisse est certainement l'œuvre de notre grand-père, répliqua Lucas, et les deux hypothèses sont totalement impensables. Je te rappelle que c'était un marchand d'art renommé.

Ils burent leur whisky et le tintement des glaçons dans les verres brisa le silence. Après quelques gorgées, Fabien posa son verre sur le bureau. Il n'aimait pas les alcools forts et préférait de loin un verre de bon vin à l'apéritif.

— Alors, qu'est-ce qu'on fait? demanda-t-il en se levant.

— Il faut en parler à papa...

— Ne compte pas sur moi, Lucas! C'est toi le spécialiste.

— Tu vas au moins m'accompagner. C'est toi qui as levé le lièvre, non ?

— Bon, d'accord, répondit Fabien après un instant d'hésitation. Mais dans ce cas, débrouille-toi pour qu'on le rencontre en début d'après-midi, j'ai une journée chargée !

Il n'avait pas encore quitté Avignon que Lucas lui envoyait un texto confirmant que leur père les attendait au mas Ponty après le déjeuner.

En début d'après-midi, Fabien s'arrêta devant la propriété familiale. La voiture de son frère était déjà garée sur le terre-plein à l'ombre des châtaigniers, juste à côté du coupé sport flambant neuf de sa belle-mère. Il espérait bien que Lucas aurait déjà abordé l'objet de leur visite et il s'attendait à un accueil glacial de la part de son père. Contre toute attente, il les trouva installés dans le salon, discutant calmement de la vente d'un Degas chez Christie's à Londres. Il s'assit face à son père et remarqua aussitôt qu'aucun document ne se trouvait sur la table Louis XV qui les séparait.

— Alors ? s'impatienta Simon, que se passe-t-il ? J'ignore ce que vous voulez tous les deux, mais j'ai autre chose à faire, moi !

— Fabien a quelque chose à te dire, lâcha Lucas sans regarder son frère.

Puis il tourna la tête vers la porte comme s'il cherchait une issue. Fabien n'était pas loin d'éprouver le même sentiment, emprunter quelque chemin de traverse et différer le moment de parler. Il maudit la couardise de son frère qui ne voulait surtout pas contrarier leur père. Pourtant, c'était lui le galeriste. Il lui lança un regard furieux.

— As-tu au moins apporté le dossier ?

Lucas sortit une chemise de son attaché-case, il la tendit à son frère qui la passa aussitôt à leur père, comme si elle lui brûlait les doigts. Puis il s'efforça de résumer la situation tandis que Simon parcourait les pages en diagonale.

— C'est ahurissant ! s'offusqua-t-il, la voix empreinte d'une rage subite.

Enfant, Fabien avait redouté les colères paternelles. Il avait pris l'habitude de se terrer dans un coin de sa chambre et d'attendre, la peur au ventre. Mais avec le temps, il s'y était accoutumé. Il fallait simplement laisser passer l'orage. Mais là ! C'était une tempête qu'il venait de déclencher. Simon se leva en jetant le dossier sur la table. Les feuilles s'éparpillèrent jusque sur le tapis.

— Mais de quoi se mêle-t-elle, cette pétasse d'avocate ? Et de quel droit tu montres ma collection à la première gourde venue ?

Fabien n'avait pas pu éviter de révéler l'origine de l'affaire à son père, et il s'attendait à son déchaînement de hargne envers Marion. Il resta silencieux, et Lucas se cala au fond de son fauteuil sans piper mot. Le cartel Louis XV sonna trois coups et imposa un instant de silence.

— Alors, tu es sourd ? s'emporta Simon brusquement.

Fabien finit par se sentir pris en faute sous le regard inquisiteur de son père.

— Que veux-tu que je te dise ? Nous avons affaire à des spécialistes.

— Spécialistes de quoi, ces fouille-merde? Ce sont des manœuvres pour me déstabiliser et, croyez-moi, ça ne va pas se passer comme ça!

Lucas jugea bon de voler au secours de son frère avant que l'entretien ne dégénère en une de ces disputes dont ils avaient le secret.

— Le tableau appartenait à grand-père, n'est-ce pas? Tu dois bien avoir les documents attestant son authenticité.

Simon se calma d'un coup, et reprit sa place près de ses fils. À cet instant, une femme d'un certain âge entra, avec un plateau, des tasses et une cafetière. Elle le posa sur la table et se retira promptement.

— Mon père travaillait essentiellement avec Raoul Beinstein, expliqua Simon, on ne peut pas exiger mieux en matière d'expertise.

Raoul Beinstein était un célèbre expert en œuvres d'art, connu et respecté dans le monde entier. Il passait pour une sommité en matière d'impressionnisme. Au lendemain de la guerre, Isaac Goldberg avait ouvert sa galerie avec l'aide de Beinstein qui l'avait présenté à un collectionneur polonais ruiné, soucieux de vendre quelques tableaux pour survivre.

— Beinstein était en affaires avec votre grand-père depuis 1955, poursuivit Simon. Jusqu'à sa mort en 1998, il a authentifié la plupart des toiles que nous avons achetées et vendues. Je suis sûr que le Matisse en fait partie.

— Et son expertise ne peut être remise en cause? s'enquit Fabien. Elle est fiable?

— Certainement plus que celle de ton avocate à la con!

Quelque peu rasséréné devant l'assurance de son père, Lucas fit une tentative pour le ramener au calme:

— Papa, si tu as tous les documents légaux en ta possession, inutile de t'emporter. Tout va bien.

— J'ai fait augmenter les garanties de toutes nos polices d'assurance récemment. Je ne pense pas que les compagnies s'engageraient sur des sommes faramineuses sans avoir agréé l'authenticité des toiles! Tous les documents sont dans le coffre, à la banque. Je suis couvert.

— Tu me tiendras au courant? demanda Fabien. Enfin, c'est surtout Lucas qu'il faut rassurer.

— Évidemment, toi on sait que tu t'en fous, riposta Simon. En attendant, prends tes responsabilités! Je compte sur toi pour museler ta stagiaire et sa conne de sœur avec ses théories fumeuses.

Fabien pensa à Marion, et à son embarras pour lui révéler les faits. Heureusement, elle ne saurait rien des insultes de son père. C'était du Simon tout craché! Dès qu'il était sur la sellette, il s'évertuait à maltraiter l'intelligence et les compétences des autres. Simon proposa du café, mais Lucas refusa.

— Où est maman? demanda-t-il.

— Occupée quelque part, embrigadée dans ses relations mondaines. Une amie est venue la chercher. Tu veux l'attendre?

— Non, je file. J'ai un rendez-vous à la galerie. Tu viens? ajouta-t-il à l'adresse de son frère.

Fabien déclina l'offre.

— Je voudrais te dire un mot, papa, si tu as une minute.

— Pas plus ! Je rencontre un client à 15 h 30.

Lucas s'éclipsa après avoir embrassé son père et échangé une brève poignée de main avec Fabien. Il y avait eu si peu d'embrassades entre eux. Fabien se rassit et se versa une tasse de café. Il devinait l'impatience de son père au tapotement de ses doigts sur le bras de son fauteuil. Pourtant, il prit le temps de boire tranquillement son café.

— Je suis pressenti pour la députation de notre circonscription, dit-il sur un ton détaché, feignant de ne pas accorder trop d'importance à la nouvelle.

Mais au regard que son père lui lança, il comprit qu'il ne ferait pas l'économie d'un nouvel affrontement.

— Et tu as accepté ?

La politique... éternelle pomme de discorde entre eux.

— J'y réfléchis, mentit-il pour couper court à une autre discussion virulente. C'est dans deux ans, j'ai le temps de voir.

— Dans ce cas, j'espère que pour une fois, tu prendras la bonne décision !

— Pour une fois ? Ce qui veut dire ?

— Envoie-moi paître tous ces politicards. Ils sont aussi inutiles et pompeux que leurs discours. Je n'ai jamais compris comment tu pouvais accepter de perdre ton temps avec eux !

— C'est ton opinion, papa, moi je n'ai pas l'impression de perdre mon temps à la mairie, et je suis convaincu que je saurai être utile en tant que député.

— C'est vrai, tu es investi d'une mission! Tu as toujours été à côté de la plaque, mon pauvre garçon, avec tes petites idées étriquées, ton idéal au service des autres.

Fabien accusa les remarques sarcastiques de son père. Les narines pincées, il se racla la gorge:

— Tu peux penser ce que tu veux. Mais à mon âge, je ne vais pas te laisser décider de ma vie, comme tu as toujours dirigé celle de Lucas. Je me présenterai à la députation si telle est ma décision, et que cela te plaise ou non.

Il se leva précipitamment et, dans sa hâte, heurta le plateau de marbre qui recouvrait la table basse. La douleur lui arracha un gémissement. Il détestait cette maison. Son père l'avait transformée en musée, toutes ces antiquités, les tentures, les tapis précieux... et ces toiles partout. Jusqu'aux domestiques à la voix contenue qui se fondaient dans cette atmosphère oppressante.

— De toute façon, quoi que je fasse, ce ne sera pas ce que tu espérais...

«Ignare, tu n'y connais rien en art!» Son père lui avait asséné cette petite phrase lapidaire tout au long de sa vie, comme si c'était une infamie.

—... Tu ne me pardonneras jamais de ne pas avoir suivi tes directives en m'impliquant dans l'art, comme le veut la tradition familiale.

— Je te l'accorde! Tu as choisi la voie dictée par la famille de ta mère, seulement pour me contrarier.

— Seulement parce que cette voie me plaisait, rectifia Fabien, mais tu as Lucas pour perpétuer les traditions.

— Et lui au moins répond à tous mes espoirs, la galerie, une femme, des enfants…

Fabien rassembla les papiers épars et laissa le dossier de Me Fayard sur le coin de la table. Il avait pris soin de le photocopier avant de venir.

— Si tu as un souci et que je peux t'aider en quoi que ce soit…

Sur ces mots, il prit congé avant que son père ne lui reproche sa triste vie de vieux garçon.

Il était encore sous pression lorsqu'il arriva à l'étude. Il s'enferma dans son bureau et travailla sans répit jusqu'à 21 heures. Pourtant, il ne put éviter de se laisser distraire par les réminiscences de la discussion familiale. Il résista à l'envie d'appeler Marion, de s'assurer que les recherches de sa sœur valaient réellement le lancement d'une procédure. Trafic d'œuvres d'art ! Ce n'était pas rien, et il avait du mal à imaginer son père engagé dans une sale affaire.

Ce fut une crampe d'estomac qui lui rappela que l'heure avait tourné. Il mourait de faim. Il rassembla ses papiers, rangea sa table de travail et, en quittant le bureau, il se retrouva nez à nez avec Marion qui fermait la porte du secrétariat. Il la voyait de profil dans la lumière feutrée du couloir. Son visage avait pris un teint doré avec de jolis reflets rosés. Il eut brusquement envie d'y poser les doigts, d'en dessiner les contours.

— Je vous croyais partie depuis longtemps, dit-il avec un léger toussotement pour chasser son trouble.

— J'aime bien travailler le matin de bonne heure et le soir tard, quand il n'y a personne. J'ai l'impression de décupler mes capacités.

— Tout comme moi !

Ils longèrent le couloir en silence et Fabien décida de ne pas le briser. Qu'aurait-il pu lui dire ? Il sentait bien qu'il se passait quelque chose entre eux. Il était de plus en plus difficile de repousser les tentatives d'approche que lui dictait son cœur. Il ouvrit la porte, s'effaça devant elle et enclencha l'alarme. Elle attendit qu'il ait terminé et marcha à ses côtés vers le parking.

— Je sais que ça ne me regarde pas, mais avez-vous parlé à votre frère, Fabien ?

Lorsqu'il lui avait demandé de l'appeler par son prénom, elle avait cru ne jamais y parvenir. Elle s'était entraînée en secret. Et c'était venu simplement.

— C'est normal que vous me posiez la question, répondit Fabien. Oui j'ai pu m'entretenir avec Lucas, et nous avons parlé à notre père. Il nous a assuré que concernant le Matisse, il avait tous les documents légaux en sa possession.

— Donc, vous n'avez pas à vous inquiéter.

— Non...

Et pourtant, elle aurait juré qu'il s'inquiétait. Et elle ne put s'empêcher de penser que c'était sa faute.

— Je suis désolée de vous avoir mis dans un tel embarras. Je me sens affreusement mal à l'aise.

Ils étaient arrivés près de la voiture de Fabien. Il lui prit gentiment le bras.

— Je voudrais que vous vous ôtiez cette idée de la tête. Vous n'êtes en rien responsable. En outre, mon père est serein, alors…

Il a peut-être tort, pensa Marion. Mais elle se contenta de serrer la main que lui tendit Fabien. Après un rapide bonsoir, elle s'éloigna.

Elle fit quelques pas, le cœur battant. Soudain, elle fit volte-face et revint vers lui.

— J'ai un avantage sur vous, je sais exactement ce que je veux, dit-elle en plantant son regard dans celui de Fabien. Que ce soit entre deux avis, deux robes, ou deux sentiments contradictoires, je choisis toujours très vite!

Elle noua les mains sur sa nuque et posa un baiser sur ses lèvres. Puis elle se détacha de lui, et s'enfuit, le laissant appuyé contre la portière de sa voiture, abasourdi.

14

Le samedi, Fabien décida de ne pas quitter son appartement. Il avait apporté plusieurs dossiers pressants de l'étude et s'y attela. Il abandonna résolument son portable sur la desserte de l'entrée et résista au désir d'appeler Marion. Il mourait d'envie de s'assurer qu'il n'avait pas imaginé cette brève étreinte, et ce baiser enflammé, et... Et quoi ? Vers 20 heures, il grignota des restes de la veille, en écoutant un concerto de Brahms. Puis il prit un livre et se coucha tôt. Il espérait qu'une bonne nuit de repos lui apporterait le calme dont il avait besoin. Mais ce ne fut pas le cas. Il se réveilla maintes fois, avant de sombrer dans un sommeil lourd.

À 10 heures le dimanche matin, il sursauta, surpris d'avoir dormi aussi longtemps. Il s'étira longuement avant de se lever et se rendit dans la cuisine où il mit la cafetière en marche. Il se servit un verre de jus d'orange et lui trouva un goût étrange. Depuis combien de temps la brique se trouvait-elle dans le frigo ? En sortant les œufs et le jambon de leur emballage, il vérifia les dates de consommation. Voilà exactement ce dont il avait envie. Un petit-déjeuner consistant.

En attendant que son café soit prêt, il retourna dans le salon et se cala dans son fauteuil avant de tirer vers lui la pochette bleue qui n'avait pas bougé de la table basse depuis vendredi soir. Alain Leroux lui avait remis un dossier exhaustif qui expliquait en détail le rôle du député, le déroulement d'une campagne législative. Fabien referma la pochette et la repoussa sur le côté. Il n'avait pas le cœur à cela. Il alluma la télévision, actionna la télécommande, jonglant d'une chaîne à l'autre, et finit par couper le son avant de regagner la cuisine. Il sortit la poêle, une assiette, un verre... Encore vingt-quatre heures. Demain, à la même heure, il prendrait son café en compagnie de Marion. Quel comportement adopterait-il ? Et elle, comment réagirait-elle après son baiser ? Il n'avait cessé de chercher un message, quelque chose d'implicite dans la façon dont elle avait brusquement fait demi-tour pour l'embrasser. Il était désemparé au point de douter de la scène. Pourtant, il la revoyait encore et encore. Les images défilaient en boucle. Elle s'éloignait de lui... une volte-face... Le baiser. Et le désir qui l'avait brutalement saisi et propulsé contre la portière de sa voiture, sans réaction. Et il avait finalement compris ce qui s'était passé : elle avait décidé pour lui. Il se sentait dans la peau d'un adolescent qui échange un baiser sous le préau de l'école. Sauf qu'il n'avait rien d'un adolescent. Il avait quarante-quatre ans, et la gamine dont il était tombé fou amoureux vingt ans de moins... Il posa le jambon sur l'assiette, accompagné de tranches de gruyère, et versa l'huile dans la poêle.

Il réfléchissait toujours au dossier d'Alain Leroux. Au cours de leur dernière réunion, ils avaient amorcé l'ébauche d'un programme électoral. Depuis, il pensait au temps qu'il devrait dégager, aux choix qui s'imposeraient. Promouvoir l'un ou l'autre de ses clercs, par exemple. Ou bien prendre un jeune notaire comme associé. L'huile grésillait dans la poêle. Il cassa les œufs avec précaution ; il détestait les jaunes éclatés.

Soudain, la sonnerie du téléphone fixe retentit dans le silence, et persista à intervalles réguliers. Fabien retira la poêle du feu et alla répondre. Il entendit un cri, une succession de mots inaudibles et reconnut la voix de sa belle-sœur.

— Hannah, calme-toi... je ne comprends pas un mot de ce que tu dis.

— C'est Lucas, expliqua-t-elle entre deux sanglots. Il est blessé. Viens vite, je t'en prie !

— Mais où es-tu, Hannah ? Vous avez eu un accident ?

— Non, je suis à la galerie. Il y a eu un cambriolage, et Lucas a été agressé, il est blessé... J'ai peur !

Fabien sentit lui aussi une vague appréhension le gagner. Il resta un instant immobile, la main crispée sur le téléphone.

— Tu as appelé les secours ?

— Oui, ils sont en route, et j'ai prévenu ton père aussi.

— Et la gendarmerie ?

— Non, je n'y ai pas pensé.

— Je vais le faire depuis mon portable. Ne touche à rien surtout, j'arrive.

Fabien réussit à joindre le capitaine Lartigue. C'était un client de l'étude et l'un de ses amis aussi. Bien que de repos ce week-end-là, il promit de se rendre sur place immédiatement.

Une demi-heure plus tard, Fabien se garait à proximité de la galerie. Il remonta la rue Frédéric-Mistral en courant. Ce qu'il vit en approchant le plongea dans l'effroi. Une ambulance et des véhicules de la gendarmerie étaient arrêtés sur le trottoir. Un cordon de police limitait l'accès à la galerie. Il dut faire valoir sa parenté avec le propriétaire pour accéder à l'entrée. Dans la première salle, des meubles étaient renversés, des colonnes brisées. Les hurlements de Natacha attirèrent Fabien dans l'espace grand public. Il vit alors le corps de son frère allongé par terre, entouré de secouristes. Les gendarmes empêchaient Natacha d'approcher. Simon Goldberg la maintenait, mais elle se débattait en appelant son fils. Fabien chercha sa belle-sœur et la découvrit recroquevillée sur une marche d'escalier. Elle était en compagnie du capitaine Lartigue. Il les rejoignit et tendit les bras vers Hannah qui se jeta contre son torse. Il sentait sa respiration saccadée, mais elle restait étrangement calme. Le capitaine respecta leur moment d'intimité, et échangea quelques mots avec les urgentistes. Puis il revint vers Fabien qui s'inquiéta de l'état de son frère.

— Les pompiers font le maximum. Il a été frappé à la tête avec un objet contondant, et, apparemment, il a perdu beaucoup de sang. Je crois qu'ils hésitent à le transporter pour l'instant... Ils essaient de le stabiliser d'abord. Je suis désolé, madame Goldberg, ajouta-t-il avec un léger bruit de gorge, je sais à quel point c'est dur, mais pouvons-nous reprendre ?

Hannah acquiesça d'un mouvement de tête.

— Donc, votre mari a l'habitude de se rendre à la galerie très tôt ?

— En semaine, oui. Mais c'est très rare le dimanche. Il aime consacrer le week-end à sa famille.

— Que vous a-t-il donné comme explication ?

— J'étais à moitié endormie quand il est parti. Il m'a dit qu'il voulait terminer un travail urgent, et qu'il m'appellerait vers 9 heures pour me préciser quand il rentrerait.

En parlant, Hannah s'était détachée de Fabien et avait repris sa place, appuyée contre la rampe d'escalier.

— Qu'avez-vous fait ensuite ? demanda le policier.

— J'ai lu un moment, puis je me suis levée et les enfants se sont réveillés peu après. J'ai vaqué à mes occupations et, à 10 heures, j'ai trouvé surprenant de ne pas avoir de nouvelles de mon mari. J'ai appelé sur son portable, mais à chaque fois, je tombais sur la messagerie. J'ai essayé le téléphone fixe de la galerie, il sonnait occupé en permanence. J'ai fini par m'inquiéter, je suis venue voir et je l'ai trouvé là. Il avait de la peine à respirer, je ne suis même pas sûre qu'il m'ait reconnue. J'ai tout de suite appelé les secours.

Fabien observait sa belle-sœur. Le visage blême, elle fixait le corps de son mari, les gestes des secouristes. Puis elle regarda en direction du bureau de

Lucas, et Fabien remarqua l'expression qui passa rapidement dans ses yeux. Il aurait juré que c'était de la frayeur, comme si elle luttait contre un violent sentiment de panique.

À cet instant précis, un médecin urgentiste s'approcha d'eux et s'adressa à Hannah :

— Je suis navré, madame, nous avons fait tout ce qui était en notre pouvoir... Hélas ! nous ne pouvons plus rien.

Hannah fit quelques pas, regarda le corps de son mari que les secouristes recouvraient d'un drap. Les larmes roulèrent sur ses joues et elle s'effondra dans les bras de Fabien. Il la guida vers un siège et la sentit trembler en dépit de la chaleur de cette matinée d'août. Elle flageola et se laissa tomber sur la chaise qu'il lui offrait. Il resta près d'elle, une main posée sur son épaule, incapable de trouver le moindre mot à dire. Comme elle, il ne pouvait pas croire à la mort de Lucas. Le médecin présenta ses condoléances. Fabien le remercia, mais Hannah ne dit rien ; elle gardait la tête baissée, les mains nouées entre ses genoux serrés.

Depuis qu'elle avait appris le décès de son fils, les hurlements de Natacha couvraient toutes les voix. Elle s'écroula à genoux près du corps de Lucas, cherchant à retirer le drap, mais un policier l'interrompit.

— Je suis désolé, madame, mais nous devons le transporter à l'institut médico-légal pour pratiquer une autopsie.

— Jamais je ne vous le permettrai ! Vous n'avez pas le droit de profaner le corps de mon fils, il doit être enterré immédiatement, dans le respect de notre religion.

Le policier présenta de nouvelles excuses.

— Nous sommes en présence d'un meurtre, madame, nous ne pouvons pas éviter l'examen médico-légal. Mais je vous promets d'exiger qu'il soit le plus rapide possible.

— Je vous interdis! explosa-t-elle en se ruant sur le gendarme. Lâchez-le... Laissez-le-moi! Je me plaindrai à vos supérieurs, je vous jure que vous entendrez parler de moi.

Son mari tentait de la retenir. Visiblement, il faisait des efforts pour ne pas s'emporter contre les policiers. Il apostropha Fabien:

— Qu'est-ce que tu fous, nom de Dieu? Tu pourrais m'aider, non?

— Je m'occupe de Hannah. Tu as remarqué qu'elle était toute seule dans un coin?

Simon Goldberg eut un regard surpris en direction de sa belle-fille, comme s'il découvrait brusquement sa présence. Le médecin urgentiste s'approcha avec un verre d'eau et des comprimés qu'il tendit à Natacha. Simon dut jouer de toute son autorité pour qu'elle accepte de les avaler. Fabien n'en laissait rien paraître, mais il était secoué par le désespoir de sa belle-mère, en plein déni, au contraire de Hannah qui affrontait déjà l'inacceptable. Il prit la main de sa belle-sœur pendant que les brancardiers chargeaient le corps de Lucas.

— Où sont les enfants? demanda-t-il.

— Je les ai laissés avec leur gouvernante. Ils ne savent rien... Comment vais-je leur annoncer qu'ils ont perdu leur père?

Le cœur de Fabien se serra. Comment vivraient-ils la mort de leur père à 8 ans, 5 ans et 2 ans et demi ? Il pensa à la tristesse qui le rongeait depuis trente-huit ans, à son dénuement, à l'incompréhension qui avait suivi l'instant où il avait compris qu'il ne reverrait jamais sa mère.

— Je voudrais rentrer, murmura Hannah, mais je ne sais pas si je peux partir.

Fabien se rapprocha du capitaine Lartigue qui s'entretenait avec ses hommes. Il lui demanda la permission d'emmener Hannah.

— Dis-lui que je la verrai un peu plus tard à son domicile. J'aurai certainement d'autres questions à lui poser.

En quittant la galerie, Fabien constata que sa belle-mère s'était enfin calmée.

À peine assise dans la voiture de Fabien, Hannah appela sa sœur Lina, médecin à l'hôpital d'Avignon.

— Il y a des démarches à faire, expliqua-t-elle à son beau frère, et il faut que je m'organise pour les enfants.

— Je suis là, Hannah, tu sais que tu peux compter sur moi. Et j'imagine que mon père...

— Je ne sais pas si je m'en sortirai, le coupa-t-elle brutalement, mais ce n'est pas auprès de ton père que je chercherai de l'aide !

Médusé, Fabien lui jeta un regard en coin. Au-delà du chagrin, elle affichait une haine dont la violence le troubla.

La sœur de Hannah arriva à la villa des Goldberg quelques minutes après eux. Hannah envoya les enfants se promener dans le parc en compagnie de leur gouvernante, puis elle monta se rafraîchir et changer de vêtements. En redescendant, elle trouva Lina et Fabien qui chuchotaient dans le salon.

— Comment te sens-tu ? demanda Lina en tendant les bras à sa sœur.

Hannah se raidit, respira profondément, mais ne répondit pas.

— Merci d'avoir été là, dit-elle en se tournant vers Fabien, mais ça va aller maintenant. Lina est là.

— Tu es sûre ? Je peux rester si tu as besoin de moi. Et ta voiture, veux-tu que je me charge de la ramener chez toi ?

Elle le regarda droit dans les yeux, et marqua un temps d'hésitation.

— Non, merci. Lina me conduira à Avignon plus tard… Je préférerais que tu te tiennes au courant de l'enquête. Il m'a semblé que tu connaissais bien le capitaine.

Fabien devina à demi-mot. Elle redoutait quelque chose dont elle ne voulait pas parler, et elle n'avait pas confiance en ses beaux-parents. Il n'insista pas et prit congé en promettant de revenir dès que possible.

Lorsqu'il revint à la galerie, l'ambulance était partie et le cordon de sécurité avait disparu. Les techniciens de la police avaient pris la relève des secouristes. Le capitaine Lartigue était toujours là et Fabien le rejoignit.

— Mon père est parti ?

— Il a raccompagné son épouse qui tenait à peine debout. Le choc et les sédatifs que le médecin lui a donnés, j'imagine.

Fabien observa les techniciens qui prenaient des photos et relevaient les empreintes.

— As-tu une idée de ce qui s'est passé ?

— À première vue, tout laisse à penser qu'il s'agit d'un cambriolage. La porte n'a pas été forcée mais l'alarme était désactivée. On peut en déduire que ton frère était dans son bureau au moment des faits et qu'il s'est laissé surprendre. Nous avons constaté que des tableaux avaient disparu, trois dans cette salle, deux dans l'autre. À ton avis, il manque autre chose ?

Soudain, Fabien pensa au Matisse. Et si la mort de son frère avait quelque chose à voir avec l'authenticité de ce tableau ?

— J'ai bien peur d'être incapable de te répondre, dit-il, la galerie n'est pas mon domaine de compétence. Seul mon père pourra t'en dire plus.

Ils échangèrent encore quelques mots en faisant le tour de la grande salle d'exposition.

— Il y a des bandes organisées qui sévissent dans la région depuis quelque temps, reprit le capitaine Lartigue. La section de recherches a enregistré des dizaines de cambriolages dans des châteaux, des résidences secondaires…

Fabien réfléchissait. Que faisait son frère à la galerie un dimanche matin ? Et pourquoi Hannah paraissait-elle aussi effrayée, aussi en colère ?

Soudain, la porte s'ouvrit à toute volée, et Simon Goldberg entra, son portable calé contre l'épaule. Il semblait en communication avec une compagnie d'assurances. Fabien attendit qu'il termine sa conversation et prit des nouvelles de Natacha.

— Si ça t'intéressait vraiment, tu serais présent!

— Et qui est présent aux côtés de Hannah et de ses enfants, qui sont tes petits-enfants, je te rappelle?

Simon fit un pas vers Fabien, l'air menaçant.

— Tu crois que c'est le moment de chercher chicane? Je viens de perdre mon fils.

— Qui est aussi mon frère...

— Ton demi-frère!

Fabien s'apprêtait à riposter, mais il jugea préférable de se taire. Inutile de déclencher une dispute devant le capitaine. Et il n'était pas disposé à entendre détailler de la généalogie familiale ni à laisser son père l'accuser de négliger ses responsabilités. Sa hargne était sa façon à lui d'exprimer sa peine en ignorant les sentiments des autres, et en particulier les siens. Ses paumes devinrent moites et la tristesse lui serra la gorge. Depuis qu'il avait découvert le corps de son frère, il ne cessait de penser à tout ce qui les séparait, tout ce qui les rapprochait aussi. Tout ce qui aurait pu être leur vie de frères si leur père n'avait pas opposé son veto à toute ébauche de complicité, d'intimité entre eux. Il sentait la nécessité de se souvenir des moments heureux, si peu nombreux soient-ils, pour ne pas douter d'avoir aimé son frère.

Le capitaine Lartigue s'approcha de Simon.

— Voulez-vous me suivre dans le bureau? C'est la pièce la plus dévastée et j'aimerais que vous dressiez un état des lieux.

Fabien se joignit à eux et garda le silence en découvrant le coffre ouvert, les papiers épars sur le sol, des boîtes métalliques contenant des chèques ou des clés disséminés un peu partout.

— Le bronze! s'écria Simon. Il était là dans cette vitrine! Comment n'y ai-je pas pensé plus tôt?

— C'est une pièce de grande valeur? demanda le capitaine.

Simon haussa les sourcils avec un rictus qui en disait long.

— Mon fils venait de l'acheter, c'est un bronze chinois, un cheval volant du XIe siècle. Son acquisition nous a valu plusieurs articles dans la presse régionale.

— Très bien, reprit le capitaine, nous tenons une information capitale. Nous allons faire le tour des salles d'exposition et vérifier s'il manque autre chose. Et je vous invite à venir faire votre déposition à la brigade, cela facilitera vos démarches auprès de votre compagnie d'assurances.

Il eut un bref regard en direction de Fabien avant de poursuivre:

— L'enquête ne fait que commencer. Comme je l'ai dit à Fabien tout à l'heure, le système d'alarme était désactivé, et un de mes agents m'a signalé que les caméras de surveillance étaient débranchées. Par ailleurs, votre belle-fille a déclaré que votre fils ne venait pas souvent à la galerie le dimanche. Il faudra déterminer ce qu'il y faisait.

Fabien les regarda s'éloigner et jugea qu'il n'avait plus rien à faire ici. Il redoutait de laisser paraître combien le comportement de son père le troublait. Il constata que l'après-midi était déjà bien avancé. Il avait promis de revenir au plus vite chez Hannah. Perplexe, il quitta la galerie.

22 heures sonnaient à l'horloge du salon lorsque Fabien retira sa veste et ses chaussures. Il avait passé la soirée en compagnie de sa belle-sœur et l'avait guidée dans ses premières démarches. Son courage forçait l'admiration ; elle refoulait ses larmes et paraissait presque détendue devant les enfants. Ses efforts pour ne pas les entraîner dans la spirale de son propre chagrin étaient bouleversants. Mais Fabien avait du mal à effacer de son esprit le sentiment de peur, les éclairs de rage qui l'avaient animée le matin. Et cela ne cessait de l'intriguer. Toutefois, ce n'était pas le moment de lui poser des questions.

Il appela son père et, par devoir, demanda des nouvelles de Natacha. Simon répliqua qu'elle ne voulait voir personne jusqu'aux funérailles.

Le corps de Lucas serait rendu à sa famille dans quarante-huit heures. Alors seulement commenceraient les rites funéraires. La veillée du défunt à son domicile, la cérémonie à la synagogue, et l'inhumation dans le quartier juif du cimetière. Fabien avait promis à Hannah d'être à ses côtés et les enfants réclamaient la présence de leur oncle.

Il prit conscience qu'il ne pourrait pas se rendre à l'étude avant plusieurs jours. Il devait s'organiser. Il fit alors ce qu'il avait rêvé de faire durant tout le week-end : il appela Marion. Elle décrocha aussitôt en dépit de l'heure tardive. Elle trouva des mots simples et touchants pour exprimer ses condoléances. En cet instant plus que jamais, il sut apprécier sa gentillesse, sa compassion. Lui qui avait écouté pendant des heures d'interminables discours grandiloquents d'empathie, sincère ou feinte.

— Je ne pourrai pas aller à l'étude cette semaine. J'appellerai l'agence d'intérim d'Apt demain matin à la première heure. Le directeur est un ami, il mettra une secrétaire à votre disposition. Et je contacterai Vignaud à la première heure.

Bertrand Vignaud, le premier clerc, était rentré de congé, tandis que Laurence était absente pour trois semaines.

— Je vous appellerai chaque soir, reprit Fabien, et en cas d'urgence n'hésitez pas à me laisser un message sur mon portable.

Marion lui demanda s'il souhaitait qu'elle joigne Corinne Dubois. Aux dernières nouvelles, elle ne demandait qu'à reprendre du service.

— Vous n'êtes pas sûre de vous en sortir seule? demanda-t-il après un court instant d'hésitation.

— Oh si! sans aucun problème, mais étant donné son ancienneté, je...

— Organisez-vous avec Vignaud, Marion. J'ai toute confiance en vous.

15

Marion n'avait jamais assisté à des funérailles juives. Elle navigua sur Internet et pêcha quelques informations. Puis elle essaya d'en apprendre davantage sur la personnalité de Lucas Goldberg. Elle consulta le site de la galerie et n'apprit pas grand-chose. C'était Simon Goldberg et surtout son père, Isaac, qui avaient posé les fondements de la fortune familiale.

Le jour des funérailles, Marion demanda à son père de l'accompagner. La cérémonie à la synagogue était réservée à la famille, mais plusieurs centaines de personnes se pressaient dans les allées du cimetière sous un soleil écrasant. La presse était là aussi, quelques photographes qui tentaient de dénicher une célébrité dans la foule. Deux violonistes et un violoncelliste jouaient Mozart et Schubert. Le cortège arriva enfin et s'arrêta sur un terre-plein aménagé. Le sérail du monde artistique avignonnais se rassembla autour du cercueil gravé de l'étoile de David. Il s'ensuivit une infime bousculade. Simon Goldberg entama le rituel des célébrations du défunt. De sa place, Marion n'entendait rien des éloges funèbres. Il y avait les bruits alentour, et au-delà du cimetière le chant des cigales. Soudain, elle aperçut Fabien. Il tenait le bras de sa belle-sœur et, de temps à autre, leurs visages se rapprochaient. Ils se parlaient et se tournaient vers Natacha Goldberg qui sanglotait dans les bras de son mari. Marion ne la connaissait pas, mais elle compatissait à son chagrin. Elle n'imaginait pas ses parents perdre un de leurs enfants. L'attente dura une éternité. Le mistral se leva, couvrant le bruit des voix et la musique.

À la fin des hommages, Fabien joua des coudes dans la foule et se rapprocha de Marion, accompagné de sa belle-sœur. Ils se serrèrent la main et Marion murmura quelques mots de soutien. Le plein soleil rehaussait l'éclat azur de ses yeux et elle pencha légèrement la tête de côté, comme une adolescente attentive. Ce geste lui était si naturel qu'il en devenait attendrissant. Bouleversé, Fabien pensa à son baiser, à leur bref enlacement. Il suffit alors d'un tressaillement de la main de la jeune fille au creux de la sienne et il la pressa un peu trop fort, un peu trop longtemps avant de se ressaisir et de saluer Pierre Tourneur. Puis, se tournant vers Marion :

— Pouvez-vous m'accorder une faveur ? Notre religion exige que les femmes et les hommes soient séparés pour accompagner le défunt jusqu'à sa sépulture. Puis-je vous confier Hannah ? Sa sœur n'est pas venue, elle s'occupe des enfants.

— Bien sûr, Fabien, avec plaisir.

Marion ne vit pas le regard ébahi de son père. Fabien proposa à Pierre de rester à ses côtés, et Marion les vit rejoindre le groupe des hommes. La foule se scinda en deux longues files qui longèrent les allées bordées de jarres en terre cuite emplies de fleurs, de massifs d'hortensias et de romarin. Les fragrances des plantes se mêlaient à l'odeur âcre de la pierre. Marion prit le bras de Hannah et elles avancèrent en silence. Les murs d'enceinte du cimetière chauffés à blanc reflétaient les feux du soleil qui tombaient sur la foule comme une chape. Marion proposa à Hannah de marcher plus lentement. Elle refusa d'un mouvement de tête et resserra son étreinte autour du bras de la jeune fille. Le cortège s'immobilisa enfin. Marion aperçut Corinne Dubois à quelques mètres d'elle. Le visage fermé, les lèvres pincées, elle lui lança un coup d'œil mauvais. Marion soutint son regard une seconde puis détourna la tête.

Un peu en retrait, les femmes assistèrent à la descente du cercueil. Les hommes jetèrent quelques poignées de terre. Puis Hannah lâcha le bras de Marion et murmura : « Merci beaucoup, mademoiselle » en esquissant un timide sourire. Elles s'observèrent un instant. Marion ouvrit la bouche, mais se ravisa. Quelque chose s'était passé entre elles, un regard, un signe… un moment de sympathie. Hannah se dirigea vers Fabien qui l'attendait à quelques pas, et Marion rejoignit son père. Il la fixait d'un air étrange et elle devina qu'il brûlait d'envie de lui poser des questions. Mais il se contenta de lui demander si la cérémonie était achevée. Elle acquiesça.

— Dans ce cas, il est temps de rentrer, tu ne penses pas ?

Déçue, Marion le suivit. Comment justifier son envie de rester plus longtemps ? Et si Fabien avait encore besoin d'elle ? Elle le chercha des yeux dans la foule mais ne le vit pas. En revanche, elle aperçut Simon Goldberg au croisement de deux allées, en compagnie d'un homme. Le vent dans les cyprès entravait le bruit de leur conversation, mais visiblement ils se disputaient. Simon était beaucoup plus grand que son interlocuteur, plus âgé aussi. Il piétinait avec des gestes menaçants. Marion crut qu'ils allaient en venir aux mains. Brusquement, Simon Goldberg bouscula l'individu et fit demi-tour.

*
* *

La semaine suivante, Marion géra l'activité courante de l'étude. Le clerc administrait les dossiers urgents et elle reportait tout ce qui pouvait attendre jusqu'au retour de Fabien. Il l'appelait chaque soir ; elle lui résumait rapidement le travail de la journée et il la félicitait sans réserve. Elle lui demandait des nouvelles de sa belle-sœur et de ses neveux. Puis ils parlaient encore un moment de choses et d'autres, avant de raccrocher.

Au volant de sa voiture, Marion quitta Roussillon et prit la route de Goult. Elle était partie une demi-heure plus tôt et la circulation était fluide. Sa mère lui avait demandé de déposer un panier de linge propre chez ses grands-parents. Elle entra dans la ville et, au premier croisement, remonta l'allée bordée de clématites et de rhododendrons. Le mistral s'était levé au petit jour. Lorsqu'elle descendit de voiture, sa jupe s'envola. Elle trouva son grand-père sur la terrasse abritée du vent. Une tasse de café à portée de main, il lisait le journal, les sourcils froncés, ses lunettes demi-lune glissant sur son nez. Dès qu'elle approchait la maison de ses grands-parents, Marion revivait ses vacances d'enfant, et les souvenirs revenaient à foison. Tous les matins, elle s'installait devant son bol de chocolat au lait, ses tartines généreusement beurrées, et elle écoutait son grand-père qui lisait le journal en commentant les nouvelles avec mansuétude et compassion. Il y avait tant de générosité en lui qu'il pardonnait tout à tout le monde. Il était âgé, maintenant. Mais il avait toujours ses yeux bleus, incroyablement doux, son sourire malicieux.

Lorsqu'il aperçut sa petite-fille, son visage s'illumina. Il lui proposa un café, mais elle refusa. Elle n'osait pas lui avouer qu'elle était habituée aux expressos. Le café des vieilles cafetières d'antan lui semblait horriblement amer.

— Alors, un jus d'abricot ?
— Oh oui papy, avec plaisir !

Elle piocha une galette au beurre dans la coupelle posée sur le plateau tandis que son grand-père retournait à l'intérieur de la maison. Il revint peu après avec une bouteille et un verre. Marion l'observa. Il se déplaçait à petits pas, avec des gestes alentis. Il lui tendit le verre et elle y trempa les lèvres avec délices. Pendant des décennies, son grand-père avait lui-même fabriqué son jus de fruits avec les abricots de son verger. Elle l'aidait à coller les étiquettes sur les bouteilles, à les ranger dans les casiers. Aujourd'hui, il confiait ce travail à la coopérative. C'était délicieux, certes, mais elle avait la certitude qu'il manquait quelque chose au nectar de son enfance.

Lucien reprit sa place à table et replia son journal. Il regardait sa petite-fille déguster le jus d'abricot. Une fine pellicule se forma au coin de ses lèvres. Il sortit de sa poche un mouchoir de batiste qu'il développa et le lui tendit. Un léger parfum de lavande s'envola.

— Alors, demanda-t-il, taquin, toujours pas de petit fiancé?

— Je n'ai pas encore 25 ans, papy, tu ne crois pas que j'ai le temps?

— Si, mais à ton âge...

Il s'arrêta, et Marion comprit ce qu'il ne disait pas. À son âge, sa grand-mère avait perdu son enfant en même temps que toute sa famille dans l'enfer d'Oradour.

— Comment va grand-mère? dit-elle, exprimant ainsi la concordance de leurs pensées.

— Elle s'affaiblit de jour en jour, et elle est devenue tellement imprévisible, c'est une surveillance de chaque instant.

— Maman s'inquiète beaucoup pour toi. Elle anticipe le moment où tu ne pourras plus la surveiller seul.

— Avec les visites de l'infirmière à domicile, la présence de la femme de ménage, ça ira. Mais c'est affreux de la voir décliner ainsi, elle toujours si gaie, si active. Je t'avoue que parfois je l'envie un peu, pourtant.

— Ne dis pas ça, grand-père! Elle est en train de perdre la raison, jusqu'à oublier qui elle est.

— C'est vrai, elle vit dans le monde qu'elle s'est choisi. Au fond, elle a la chance de ne plus voir le temps passer.

Ses yeux perdirent leur éclat et s'égarèrent au-delà du jardin. Marion avait toujours entendu dire qu'avec son regard d'un bleu limpide, son teint clair, c'était à lui qu'elle ressemblait. Elle résista à l'envie de le prendre dans ses bras, de lui dire combien elle l'aimait. Subrepticement, elle regarda l'heure au moment où il se tournait vers elle :

— Je suppose que tu es passée en coup de vent en allant à ton travail ? Ne te mets pas en retard. Et si tu restes là, nous allons disserter sur le temps qui passe, et le mystère des mondes imaginaires…

— … dans l'esprit des jeunes filles en fleurs, c'est ça ?

— Ou dans celui d'un vieux fou qui radote ! File, ma chérie…

Marion se leva et prit son sac.

— Maman t'apportera les repas un peu plus tard. On est vendredi, elle va d'abord faire son tour au marché. Et demain, c'est moi qui viendrai vous chercher pour déjeuner à la maison.

Lorsque Marion se gara sur le parking de l'étude, elle vit que la voiture de Fabien occupait déjà sa place réservée. Une bouffée de joie la saisit. Ils ne s'étaient pas revus depuis les funérailles de Lucas. Il se débattait avec la cafetière quand elle entra au secrétariat. Un plateau était déjà dressé avec deux tasses et un sachet de viennoiseries. Fabien avait du mal à insérer la capsule dans l'appareil.

Soudain, il se retourna et vit Marion sur le seuil. Un bonheur sourd monta en lui.

— Laissez, dit-elle, je vais m'en occuper.

Elle se plaça devant lui, enleva la capsule bloquée dans la cafetière et en glissa une autre. Une veine battait sur son cou où brillait une petite chaîne en or. Elle était si jolie, si fraîche. Il comprit en cet instant combien elle lui avait manqué.

— Comment allez-vous, Fabien?

Elle l'appelait par son prénom désormais. Et il avait l'impression que personne ne l'avait prononcé comme elle. Pourquoi n'avait-il jamais remarqué l'intonation de sa voix quand elle lui parlait? Il continuait de la dévisager, stupéfait de l'attirance qu'il éprouvait, et qu'il lisait aussi dans son regard. Devait-il lui serrer la main comme au cimetière? Pouvait-il se permettre de l'embrasser sur la joue? Elle prit les devants, effleura sa main et réitéra sa question:

— Comment allez-vous?

— Ça va... Je crois que je n'ai pas eu le temps de vous remercier d'avoir pris soin de ma belle-sœur pendant les funérailles. Sur l'instant, je n'ai vu que vous pour l'aider. Ma belle-mère en était totalement incapable.

Elle le gratifia d'un large sourire et ils burent leur café. Il avait abandonné son traditionnel costume sombre pour un veston sport sur une chemise blanche légèrement ouverte. Il parla de Hannah et de ses neveux. Il avait passé beaucoup de temps avec eux.

— Elle est forte, elle tiendra le coup. Elle sait que l'équilibre de ses enfants en dépend.

— Et vous ? C'était votre frère, il doit vous manquer.

Il comprit qu'elle se projetait dans son chagrin. Comment lui dire que leurs deux familles n'avaient rien en commun ? Il avait assisté à la veillée de son frère, et depuis il était obnubilé par le souvenir de son corps serré dans ses vêtements noirs, par l'odeur de la mort qui flottait dans la pièce malgré l'encens. Après les funérailles avait débuté le deuil de sept jours. Ni son père ni sa belle-mère ne s'étaient inquiétés de la veuve et des enfants de Lucas. Il avait épaulé Hannah dans ses démarches administratives et passé tous les après-midi de cette longue période de deuil en compagnie de ses neveux avant de retrouver la solitude de son appartement le soir. Malgré le ressentiment qu'il éprouvait à l'égard de son père, il l'appelait chaque jour. Après avoir fait des obsèques de son fils un spectacle pompeux, Natacha refusait les visites. Fabien n'insista pas et décida de reprendre son travail, ce qui suscita la colère de son père : « Ton frère a été assassiné et tu retournes à ton bureau et à ta mairie, comme si de rien n'était ? » Le fossé qui les séparait s'était creusé un peu plus.

Marion respecta son mutisme. Elle n'osa pas l'interroger au sujet de l'enquête. Elle avait lu les premières conclusions dans la presse. La gendarmerie semblait privilégier la piste d'un cambriolage qui aurait mal tourné. Pourtant, elle ne cessait de se demander si le drame avait quelque chose à voir avec le Matisse aux origines douteuses.

Il lui offrit un croissant qu'elle grignota en préparant un second café. Le portable de Fabien sonna dans son bureau, mais il ne réagit pas. Elle lui proposa alors de faire le point sur les dossiers en cours, les rendez-vous reportés en son absence.

— Je ne vous attendais pas si tôt, dit-elle, en raison de la période de deuil.

— Je suis moins respectueux des traditions religieuses que mon père et surtout ma belle-mère.

Fabien avait toujours façonné à sa manière sa relation avec Dieu, persuadé que c'était son comportement de chaque jour qui définissait l'homme qu'il était.

— Et j'avais besoin de revenir au bureau et de me remettre au travail.

Il ne dit pas combien il avait eu hâte de la revoir, mais elle le devina. La gêne entre eux s'était rapidement dissipée. Quand elle se retourna pour prendre le dossier sur le meuble de rangement, il murmura :

— Je vous suis reconnaissant de votre soutien, Marion. Comment vous remercier?

Elle prit l'initiative... s'approcha et piqua un baiser sur sa joue, près des lèvres. Son souffle lui caressa la joue et Fabien tressaillit.

— Un dîner? susurra-t-elle. Plus tard, quand vous vous sentirez mieux.

Ce contact presque innocent bouscula les barrières qu'il avait échafaudées. Sans dire un mot, il lui tendit les bras. Mais le téléphone brisa son élan.

Le téléphone, pensa-t-il.

La vie venait les débusquer dans leur premier moment d'abandon. Le charme était rompu. Marion s'éloigna avec regret et décrocha.

— Passez-moi Me Goldberg!

— De la part de qui, monsieur ?
— Son père. C'est urgent, grouillez-vous un peu !

Marion était tellement choquée par le ton péremptoire, la grossièreté de Simon Goldberg, qu'elle resta sidérée un instant avant de poser la main sur l'écouteur.

— Votre père...

Fabien ne put réprimer un geste d'agacement.

— Je vais prendre l'appel dans mon bureau.

Marion transmit la communication et raccrocha. Puis elle lança son ordinateur et jeta un coup d'œil à l'agenda de la semaine suivante. Elle n'avait pas anticipé le retour de Fabien avant plusieurs jours. Elle devait prendre contact avec les clients pour fixer de nouveaux rendez-vous. Le premier clerc et la comptable arrivèrent en même temps et vinrent la saluer à son poste. Ils laissèrent la porte du secrétariat entrouverte et des éclats de voix leur parvinrent depuis le bureau de Fabien.

— Ça a l'air de barder ! remarqua la comptable.

Ils récupérèrent leur courrier, et Marion prit la précaution de refermer la porte derrière eux. Fabien n'avait pas bu son café qui avait refroidi. Elle introduisit une nouvelle capsule dans la cafetière. Dès qu'il sortirait de son bureau, elle lancerait la machine.

Soudain, elle entendit le signal d'un texto sur son portable. Elle pêcha l'appareil dans son sac, fit défiler les messages et lut celui de Béatrice :

« Tu vas bien, sœurette ? Appelle-moi dès que tu peux. En cherchant sur Internet, je suis tombée sur la vente de certains tableaux par la galerie Goldberg. Il y a quelque chose qui me tracasse. Il faut qu'on en parle. Bises. »

16

La dernière semaine d'août, Marion revint à Bordeaux. Elle remit un peu d'ordre dans son studio et se rendit à l'université afin de déposer son inscription en deuxième année d'histoire de l'art. Depuis le début de ses études, elle faisait partie des bénévoles qui guidaient et conseillaient les nouveaux étudiants. Cette année, en dépit de la pression exercée par les membres de son association, elle refusa de s'investir. En moins d'une heure, elle acheva les formalités et quitta la fac avec une seule idée en tête, rejoindre sa sœur qui avait de nouvelles informations à lui communiquer.

De concert, elles déjeunèrent sur le pouce d'un croque-monsieur et d'un café avant de s'enfermer dans le bureau de Béatrice. Celle-ci sortit un dossier de son attaché-case, et Marion remarqua qu'il était très épais. Béatrice en extirpa plusieurs feuillets assemblés par des agrafes.

— J'ai consulté les catalogues de ventes de la galerie Goldberg sur les trente dernières années, expliqua-t-elle. Au-delà, il faut compulser des archives, les catalogues sont introuvables en ligne.

Marion ne put s'empêcher de noter sa moue et le froncement de ses sourcils.

— Je te sens dubitative.

— La plupart des transactions paraissent en règle. Les ventes sont bien enregistrées, accompagnées de tous les documents appropriés, factures, certificats d'authenticité. Mais j'ai des doutes pour quelques tableaux. Un Pissarro et un Delaunay notamment.

— Quelque chose te semble anormal ?

Après quelques secondes d'hésitation, Béatrice reprit :

— Isaac Goldberg, le grand-père de ton patron, aurait soi-disant acheté ces œuvres à un galeriste autrichien dans les années cinquante. Ils ont été authentifiés par Raoul Beinstein, un expert très renommé, spécialisé dans les toiles de maîtres. Il paraît inconcevable que son expertise soit remise en cause, et pourtant j'ai un doute. J'ai recoupé avec toutes les banques de données, et comme pour le Matisse on perd la trace de ces toiles pendant la guerre. Puis elles réapparaissent brusquement, comme si elles avaient jailli du néant.

En parlant, Béatrice se leva et augmenta le volume de la climatisation.

— On ne peut pas se renseigner auprès de l'expert ?

— Il est décédé en 1998.

Le regard de Marion se fixa sur l'écran de l'ordinateur où apparaissait le Pissarro. Que signifiait tout cela ? Elle avait l'impression d'avoir ouvert une véritable boîte de Pandore.

— Et sais-tu qui a acheté ces deux tableaux ?

— Les deux toiles ont été vendues à un collectionneur privé aux États-Unis. Il a souhaité garder l'anonymat au moment de la transaction. C'était une pratique courante il y a quelques années. Heureusement, j'ai des relations ! Et j'ai fini par obtenir ses coordonnées. Il vit à Los Angeles...

Elle se tut et les deux sœurs se dévisagèrent un instant sans rien dire.

— Et ? questionna Marion devant le mutisme de son aînée.

— Et j'ai décidé de me rendre sur place. Le cabinet tourne au ralenti, en ce moment. Mon assistante expédiera les affaires courantes en mon absence. J'en ai parlé à Xavier, il est ravi à l'idée de m'accompagner. Excepté quelques week-ends à Apt, nous n'avons pas pris de congés cette année. Cette petite semaine en amoureux sera la bienvenue !

— Maman gardera Clara, je présume ?

— Oui, et puisque tu repars demain, je te la confie.

— J'espère que tu n'as pas parlé des tableaux à maman ?

— Bien sûr que non ! Mais je m'inquiète pour toi, sœurette. Pour l'instant, tu travailles encore à l'étude... jusqu'à la fin septembre, c'est ça ?

— Oui, l'assistante de Fabien revient le 1er octobre. Et je reprends la fac le 4.

— Parfait ! Quelle que soit la tournure que prendront les événements, tu auras quitté le cercle rapproché des Goldberg.

Béatrice avait dit cela sur un ton détaché, mais Marion devina l'expression d'une certaine gêne chez sa sœur.

— Si tu veux me demander quelque chose, n'hésite pas !

— Tu sais que maman se pose beaucoup de questions au sujet de tes relations avec Me Goldberg.

— Elle se pose des questions sur tout ! C'est maman...

— Elle s'imagine que vous avez une liaison.

Le visage de Marion s'empourpra.

— Ce n'est pas le cas. Depuis les funérailles de son frère, je crois que nous sommes devenus plus proches. C'est un homme merveilleux. Il est brillant et profondément chaleureux. Je sais que maman ne pourrait pas comprendre. Même s'il n'y a rien entre nous, je suis heureuse et fière de travailler avec lui.

Béatrice planta son regard dans celui de sa sœur et lui pinça le bout du nez en riant.

— Bref, tu es amoureuse ?

— Je ne sais pas, répliqua la jeune fille en s'éloignant.

— Tu peux tout me dire, je saurai être discrète.

Marion sourit et laissa Béatrice la serrer dans ses bras. Elle était habituée à ses gestes très protecteurs.

— Je vais finir de nettoyer mon studio, dit-elle. Mes derniers locataires ont été généreux, mais sacrément désordonnés. Et je vais préparer mon sac pour demain.

— À quelle heure partiras-tu ?

Marion apprécia que Béatrice ne cherche pas à en savoir davantage à propos de ses rapports avec Fabien.

— On annonce encore une journée caniculaire, je ne voudrais pas que Clara souffre trop de la chaleur en voiture. Je pense partir de bonne heure.

— Tu veux dire « de bonheur » ? demanda Béatrice en ponctuant son jeu de mots d'un sourire entendu.

*
* *

Le lendemain, Marion prit la route au lever du jour. Clara s'endormit aussitôt, serrée dans son siège bébé. Elle contournait Béziers lorsque la fillette s'éveilla et réclama son petit-déjeuner. Elles firent une halte sur une aire d'autoroute. Le soleil déjà haut dispensait une chaleur pesante. Clara but une tasse de lait et dévora un pain au chocolat. En sortant de la cafétéria, elle courut vers l'espace réservé aux enfants. Marion lui permit d'essayer les balançoires, les toboggans, rit avec elle et, pendant ce court intermède, elle oublia ce qui la tracassait. Au bout d'un moment, elle dut élever un peu la voix pour que sa nièce consente à rejoindre la voiture. Elle l'installa à l'arrière et glissa un CD de chansons enfantines dans le lecteur.

Pendant que Clara fredonnait, Marion laissa libre cours à ses pensées. Elle tentait d'évaluer tant bien que mal la gravité des informations que Béatrice avait découvertes. Et si tout cela venait rebattre les cartes de ses relations avec Fabien ? Mais quelles relations ? Il ne s'était rien passé depuis le baiser qu'elle lui avait imposé. À deux ou trois reprises, ils avaient failli se retrouver dans les bras l'un de l'autre et, chaque fois, un événement fortuit avait brisé leur élan. Leur différence d'âge, leurs rapports patron-employée, autant d'arguments qui la poussaient à penser que la prochaine approche revenait impérativement à Fabien. Elle devait attendre et elle trépignait d'impatience, refrénant l'envie de se jeter dans ses bras. Parfois, elle se raisonnait en se traitant d'idiote. À quoi bon rêver d'un homme comme lui? C'était pourtant ce qu'elle faisait depuis leur première rencontre. À peine était-elle éloignée de lui que l'envie de le retrouver surgissait, impérieuse.

Mais depuis la veille, elle redoutait les conséquences des investigations de sa sœur. Que pouvait bien cacher cette histoire de tableaux perdus, et jusqu'où cela pouvait-il entraîner les Goldberg? Tout à coup, elle n'avait plus très envie de connaître la vérité. Pourquoi s'en était-elle mêlée? Ce n'était pas son combat. Elle sentait un danger quelque part, sans pouvoir le nommer, ni deviner d'où il surgirait.

Heureusement, les babillages de Clara la tirèrent de ses pensées. Une heure plus tard, elle quitta l'autoroute à Avignon. Elle longea le Rhône qui roulait ses galets depuis la nuit des temps. Elle le suivait des yeux, et c'était comme si le fleuve la guidait jusqu'à ses racines. Là où l'attendait Fabien.

*
* *

L'après-midi était déjà bien avancé et par bonheur le week-end touchait à sa fin. Fabien éteignit sa cigarette. Il jeta un rapide coup d'œil aux notes qu'il avait prises pendant son entretien avec le capitaine Lartigue. Ce dernier avait envoyé l'ordinateur et le téléphone de Lucas au laboratoire de police scientifique. Ses derniers appels et e-mails étaient en cours d'analyse. L'enquête retenait toujours l'hypothèse d'un crime crapuleux lié à un vol d'œuvres d'art. Le bronze chinois notamment. Les articles publiés dans la presse avaient dû attiser les convoitises. Lartigue avait parlé à Fabien d'une bande organisée d'Europe centrale parfaitement structurée. Il était convaincu que Lucas avait été filé pendant des semaines, ses habitudes, ses horaires de travail et ceux de ses employés examinés à la loupe. Jusqu'à ce dimanche fatidique. Toutefois, Lartigue dut admettre que tout n'était pas clair pour autant. L'enquête suivait son cours. Fabien était perplexe. Il ressassait les mêmes questions. Que faisait Lucas ce dimanche matin à la galerie ? Attendait-il quelqu'un ? Que s'était-il passé ? Il cherchait vainement les réponses. Et il refusait d'interroger Hannah. Il la trouvait plus pâle et plus maigre à chacune de leurs rencontres. Tout son être semblait hurler la peine, la fatigue, l'angoisse.

Il repoussa son fauteuil, s'étira et fit quelques pas pour se dégourdir les jambes. Combien en avait-il vécu de ces dimanches interminables ? Marion lui manquait. Jeudi, elle était partie à Bordeaux. Elle s'était contentée d'un petit signe de la main depuis le seuil de son bureau en lançant : « À lundi, Fabien ». Il était déçu. Mais qu'attendait-il exactement ? Il devait se faire une raison, pourtant. Dans cinq semaines, elle ne serait plus là. Corinne Dubois reprendrait le cours de leurs habitudes, elle préparerait le café, lui rappellerait ses rendez-vous de la journée en remontant ses lunettes sur son nez. Serait-il capable de se comporter comme si Marion n'était jamais venue ? Comment se passer de cette part d'intimité qu'ils avaient appris à partager ? Cette attente teintée d'un soupçon de fébrilité lorsqu'il arrivait avant elle le matin, et qu'il l'attendait. C'était la succession d'instants radieux qu'il savourait par petites touches. Un homme de son âge pouvait-il s'en contenter ? La solitude lui paraissait de plus en plus insupportable.

Il s'arrêta devant le calendrier posé sur le coin de son bureau et, machinalement, il compta les jours. Il mourait d'envie d'inviter Marion pour une soirée, ou un week-end. Mais comment formuler sa demande en refrénant ses désirs, ses espoirs ? Il craignait d'en faire trop et se laissa gagner par sa sempiternelle peur de l'échec. Et si la jeune fille acceptait son invitation, quelles seraient les conséquences d'une liaison ? Était-ce réellement ce qu'elle attendait de lui, ce qu'elle voulait lui laisser entendre par ces petits riens, ces regards, ces gestes à peine ébauchés qu'elle maniait avec tact ?

Fabien fit un détour par la cuisine et but un grand verre d'eau fraîche avant de rejoindre son bureau. Il jeta un coup d'œil aux enveloppes entassées sur le sous-main. Parmi les factures, les dépliants publicitaires, il découvrit une invitation à une vente aux enchères de meubles et bibelots anciens à Valence. Une idée le saisit alors. C'était exactement ce qui plairait à Marion. Il alluma son ordinateur, se connecta sur le Net et trouva rapidement un hébergement en Relais et Châteaux à proximité. Il réserva deux chambres contiguës et confirma sa participation à la vente aux enchères. Et il prit aussitôt conscience des risques. Si Marion refusait son invitation ?

*
* *

Marion avait accepté. Il la regardait, endormie contre son flanc, la tête sur son épaule. Un matin ensoleillé coulait à travers les persiennes. Il la contemplait nue, près de lui dans la lumière du jour. Pour la première fois. Il s'interrogeait, le cœur battant, attendri devant ce corps de jeune femme. Le spectacle le bouleversait. Elle avait surpris chacune de ses attentes. Elle l'aimait, elle était à lui. Elle le lui avait dit avec un soupçon d'impudeur. Il s'était lancé à corps perdu, avec l'envie de bousculer les interdits, d'abattre les barrières.

C'était dimanche. Une cloche sonnait au loin. Ce bruit suffit pour ramener Marion à lui. Elle ouvrit les yeux. *Je suis là, je t'aime aussi.*

17

Au volant de sa voiture, Victoire se faufilait dans les embouteillages qui encombraient les rues d'Avignon. Cette sensation d'être bloquée au milieu d'autres véhicules l'oppressait. Au bout d'une demi-heure, elle emprunta l'autoroute et se sentit un peu plus calme. Encore bouleversée par le diagnostic du neurologue, Victoire coula un regard vers sa mère. Francette n'avait pas bougé depuis qu'elle lui avait fixé sa ceinture de sécurité. Sa tête dodelinait sur le siège, son cuir chevelu transparaissait sous les mèches grises. Le spécialiste avait largement commenté la maladie de sa patiente en laissant peu d'espoir. Il avait conseillé à Victoire d'envisager le placement dans un établissement spécialisé. Elle n'était pas prête à cette solution radicale. Pourrait-elle la différer en engageant une garde-malade à temps plein ?

Soudain, Francette se dressa sur son siège et poussa un cri. Victoire sursauta. Le comportement de sa mère la prenait souvent au dépourvu ; chaque fois, elle éprouvait le même pincement au cœur.

— Je dois mettre mon bébé à l'abri !

Francette porta les mains sur son ventre.

— Jacqueline... je dois l'emmener chez Jacqueline. Mon Dieu, aidez-moi, je vous en supplie !

Impuissante, Victoire voyait la terreur sur le visage de sa mère. La maladie rongeait son cerveau, bouleversant la chronologie des drames de sa vie. Sa mère était si belle sur ses portraits d'adolescente. Les remords, la souffrance avaient fait d'elle cette petite vieille fragile à la peau ravinée et au regard vide. Elle aurait tellement aimé l'aider à retenir sa mémoire. Tirer sur une corde invisible pour l'empêcher de sombrer. Francette s'agita encore un moment, puis elle se laissa aller au fond de son siège et son visage redevint paisible.

Victoire quitta l'autoroute en direction d'Apt. Que lui arrivait-il? Elle avait consacré toute sa vie à prendre soin de sa famille, mais depuis quelque temps elle avait le sentiment que les événements lui échappaient. Elle n'avait jamais connu cette impression désagréable de ne plus rien maîtriser…

Une immense tristesse l'envahit et elle pensa à Marion. Elle s'évertuait à disséquer le comportement de sa benjamine pour y trouver coûte que coûte un signe qui accréditerait ses doutes. Une fois encore, elle n'était pas rentrée dormir à la maison. Sa petite dernière si méthodique, si raisonnable jusqu'au cynisme parfois, elle perdait la tête! Et, visiblement, elle n'avait pas envie de s'expliquer. Elle restait sourde à ses questions, déviant les sujets de conversation, refusant obstinément de dire où elle passait ses nuits. Victoire avait bien une petite idée et elle avait fini par lui demander si cela avait un rapport avec Me Goldberg. Marion avait détourné le regard avec un geste d'agacement, et Victoire avait compris. Elle avait compris depuis le début. À court d'arguments, elle avait abandonné le sujet, bien décidée à revenir à la charge à la première occasion.

Mais ce matin, la dispute avait éclaté pour une broutille. Marion l'avait accusée d'avoir l'esprit mal tourné et des principes de bourgeoise, avant de menacer de prendre toutes ses affaires et de quitter la maison. Elle était partie en claquant la porte et Victoire avait retenu ses larmes. Elle ne reconnaissait plus sa fille. Elle paraissait loin, l'époque où leur amour l'emportait sur les petits soucis du quotidien. Elle savait que dans cette situation elle ne pourrait pas compter sur l'appui de Pierre. Il avait une telle confiance en sa fille.

Victoire contourna Apt et emprunta la route de Goult. En entrant dans la ville, elle aperçut le mas Ponty sur son promontoire. Et cette vision accrut sa colère. Marion avait une liaison avec son patron, elle n'en doutait plus. Elle l'imaginait petite proie fragile à la merci de cet homme jouant de sa situation sociale, de son pouvoir. Toutefois, un point la rassurait. Dans quelques jours, Marion rentrerait à Bordeaux. Victoire savait que peu d'aventures résistent au temps et à la distance.

Elle se gara devant la maison et aida sa mère à descendre de la voiture. En montant les marches du perron, elle fut surprise de ne pas voir son père venir à leur rencontre, impatient de connaître l'avis du médecin. Elle le trouva à demi étendu sur le canapé du salon, face à la télévision éteinte. Il était toujours en robe de chambre.

— J'ai eu un petit coup de fatigue ce matin, dit-il en se levant péniblement.

Victoire pensa alors aux recommandations du neurologue, et elle sentit ses forces l'abandonner.

*
* *

Marion installa le couvert pour deux et disposa des bougies sur la table de la salle à manger. Puis elle déboucha la bouteille de vin que Fabien avait sortie de sa cave. Dans le Frigidaire, elle avait découvert des verrines de saumon, des escalopes de veau et un bavarois au café, son dessert préféré. Selon son habitude, Fabien avait tout prévu. Elle fit un tour minutieux de l'appartement. Ses vêtements dans la chambre, sa trousse de toilette dans la salle de bains, et ses céréales dans la cuisine. Elle se sentait bien. Elle revint dans le salon, sortit sa tablette de son sac et consulta ses messages. 20 heures. Fabien lui avait dit qu'il rentrerait vers 20 h 30, après une réunion à la mairie. Elle découvrait le charme angoissant de l'attente. Un sentiment délicieux et nouveau pour elle qui n'était jamais arrivée la première à un rendez-vous amoureux. Elle frissonna avec un soupçon de désir.

Depuis son premier week-end en tête à tête avec Fabien, elle n'avait cessé de revivre chaque instant en boucle. La route ombragée qui s'ouvrait brusquement sur un vaste terre-plein où se dressait une magnifique chartreuse du XVIIIe siècle. Fabien avait réservé deux chambres, et elle avait apprécié sa délicatesse. Deux grandes pièces contiguës, lambrissées de chêne clair, avec des plafonds sculptés et de hautes fenêtres à meneaux. Elle avait admiré le mobilier de bois massif, les lourdes tentures et les lustres étincelants qui renvoyaient l'image d'un luxe un peu suranné. Ce soir-là, son cœur avait marqué une pause. Il y avait eu une douce intimité et une certaine gêne entre eux, avant qu'ils se retrouvent dans les bras l'un de l'autre. Fabien était entré dans sa vie. De ces heures enchantées, elle se souvenait avoir prononcé des mots, osé des gestes qu'elle n'aurait jamais imaginés avant. Au petit matin, elle s'était éveillée près de lui, les bras serrés contre sa poitrine. Elle avait senti son cœur battre sous ses mains, en écoutant les secondes s'égrener doucement à l'horloge. Les repas qu'ils avaient partagés, leurs promenades dans le parc à la tombée du jour, et ces heures passionnantes à suivre les enchères. Elle ne pouvait imaginer de plus belle vie, à cet instant précis.

Ensuite, ils avaient pris l'habitude de se retrouver chez lui deux fois par semaine et le week-end. Elle avait pris possession des lieux en apprenant à le connaître, à sentir son corps près d'elle, le goût de sa peau. Il puisait au plus profond d'elle des sensations inconnues. C'était un amant tendre et merveilleux. Elle était amoureuse et elle savourait le bonheur d'être aimée en retour. Ce début de romance l'enchantait. Et après ? Après, elle ignorait ce qui se passerait. L'angoisse du compte à rebours avait commencé. Dans douze jours, elle quittait la Provence.

Soudain, elle entendit le bruit de la clé dans la serrure. Elle se précipita. Fabien entra et laissa tomber son attaché-case à ses pieds. Il se pencha vers elle au moment où elle se dressait sur la pointe des pieds pour l'embrasser.

*
* *

Après son séjour aux États-Unis, Béatrice se hâta de rejoindre son cabinet où une pile de dossiers l'attendait. Elle avait plusieurs affaires urgentes à plaider et elle s'attela au travail en retard avec une énergie à toute épreuve. Mais les renseignements collectés pendant son séjour à Los Angeles ne cessaient de l'inquiéter. Elle avait rencontré le propriétaire des tableaux vendus par la galerie Goldberg, et l'affaire prenait un tour sérieux. Les deux toiles faisaient partie des œuvres disparues pendant la Seconde Guerre mondiale. Lorsque Béatrice lui avait demandé de procéder à une expertise, Brad Thompson avait fièrement exhibé les certificats d'authenticité signés par Raoul Beinstein. Béatrice s'était étonnée du défaut de traçabilité.

— Isaac Goldberg m'a vendu ces toiles en 1975 et 1977, avait expliqué Thompson. À cette époque-là, les transactions se faisaient le plus discrètement possible, on réglait une partie en liquide.

Ce qui avait conforté Béatrice dans l'idée que les tableaux pouvaient être des faux ou des œuvres volées. Elle réfléchissait à la stratégie à adopter. Comment aborder la situation avec Marion ? D'autant plus que leur mère était certaine que ses relations avec Me Goldberg avaient évolué.

Désormais, elle était sûre de leur liaison. Quel imbroglio! Béatrice connaissait bien sa petite sœur. Inutile de tergiverser, elle devait jouer franc-jeu avec elle.

Tout à coup, son assistante pointa le bout de son nez par la porte entrouverte:

— Béatrice, M. Junant vient d'appeler, il aura une demi-heure de retard.

Béatrice posa la chemise sur l'imprimante. M. Junant était son dernier rendez-vous de la journée. Et elle disposait d'un peu de temps avant de préparer l'audience de l'affaire qu'elle défendrait jeudi matin. Machinalement, elle ouvrit le dossier Goldberg et en extirpa les notes qu'elle avait prises aux États-Unis. Elle contempla longtemps les documents épars sur son bureau. Ses doigts tapotaient le coin du meuble à intervalles réguliers, et, de temps à autre, elle poussait un profond soupir. Elle était dos au mur et ne pouvait atermoyer plus longtemps. La seule alternative qui s'offrait à elle était de prendre contact avec l'Office central de lutte contre le trafic d'œuvres d'art. Mais où en étaient les activités de la galerie Goldberg aujourd'hui? Après un moment d'intense réflexion, elle rédigea un texte à l'attention de Marion et lui demanda de vérifier si la galerie était ouverte et qui la gérait depuis le décès de Lucas Goldberg.

Marion prit connaissance de la requête de sa sœur au cours de sa pause. Intriguée, elle jugea préférable de ne rien dire à Fabien. Mais le lendemain, en quittant l'étude, elle prit la route d'Avignon. Après quelques déboires pour dénicher une place de stationnement, elle remonta la rue à pied et se posta de l'autre côté, face à la galerie. Elle attendit en faisant mine de téléphoner. Très vite, un couple sortit. Un homme les accompagna jusqu'à la porte et leur serra chaleureusement la main avant de retourner à l'intérieur.

C'était l'homme qui s'était violemment disputé avec Simon Goldberg le jour des funérailles de Lucas.

18

Béatrice chargea la nourrice de prendre Clara à la sortie de l'école. Elle s'était longuement préparée à son entrevue avec l'enquêteur de l'OCBC[1]. Les coudes appuyés sur les accoudoirs de son fauteuil, elle regardait l'heure toutes les cinq minutes, dans l'attente du coup de sonnette. Lorsqu'il se produisit, elle sursauta.

Il lui tendit la main et se présenta : Ludovic Galois. Elle le guida jusque dans son bureau et le pria de s'asseoir. Elle avait fixé leur rendez-vous après la fermeture du cabinet et le départ de son assistante, car il lui avait semblé vital d'entourer leur entretien de la plus grande discrétion. Le jeune homme posa son attaché-case à ses pieds et en sortit une tablette dernier cri. Puis il croisa les jambes et l'observa d'un air engageant. Il avait des manières simples, un physique d'adolescent, mais terriblement séduisant. Quel âge avait-il ? 26, 28 ans ? Il paraissait bien jeune pour un enquêteur auprès d'un organisme aussi rigoureux que l'OCBC. Il lui adressa un sourire et attendit.

Par où commencer ? Le Matisse, bien sûr. Elle décrivit dans quelles circonstances sa jeune sœur

---

1. Office central de lutte contre le trafic de biens culturels

avait découvert la toile dans la collection privée de Simon Goldberg, et les doutes qui l'avaient taraudée. Doutes qu'elle-même avait partagés, à telle enseigne qu'elle avait entrepris des recherches.

— Ces investigations m'ont permis de découvrir deux autres toiles vendues par la galerie Goldberg à un acheteur américain, un Pissarro et un Delaunay.

— Les origines vous semblent-elles suspectes ?

Béatrice eut une grimace dubitative avant d'affirmer :

— Cette absence totale de traçabilité me dérangeait. Je suis donc allée à Los Angeles le mois dernier et j'ai rencontré l'acheteur, Brad Thompson. Il m'a montré les tableaux. Comme pour le Matisse, ils ont été authentifiés par Raoul Beinstein.

— C'est une sacrée référence ! En dépit de cela, vous imaginez que ce pourraient être des faux ?

— Ou qu'ils ont été volés pendant la guerre et vendus frauduleusement ensuite. M. Thompson possédait les certificats d'authenticité accompagnés de vagues attestations de vente, sans références précises. Quand j'ai émis des doutes sur la provenance des œuvres, il ne m'a pas prise au sérieux. Il ne cessait d'invoquer l'authentification de Beinstein, la renommée d'Isaac Goldberg. Toutefois, j'ai fini par le convaincre d'accepter de les soumettre à une nouvelle expertise.

Béatrice revoyait encore la contrariété réprobatrice du collectionneur.

C'était tout juste s'il ne l'avait pas prise pour une folle.

— En attendant les résultats, dit-elle, j'ai préféré vous contacter. Vous avez de nombreuses banques de données à votre disposition, je suppose ?

Ludovic Galois lui demanda la liste des organismes qu'elle avait consultés et les nota dans sa tablette.

— La majeure partie de ma tâche consiste à plonger dans des archives : les registres du commerce de l'art, des testaments, des correspondances, et même des journaux intimes lorsqu'il nous est possible de les consulter.

— Pourquoi est-ce si difficile à l'heure où tout est informatisé ?

— Dans le cas qui nous intéresse, il faut remonter au lendemain de la guerre, à une époque où l'Europe était encore en proie au chaos. Pour trouver des descendants des familles spoliées, nous avons souvent recours aux listes de survivants établies par les synagogues. Parfois, cela relève de l'impossible. Bon nombre d'enfants juifs ont été recueillis par des familles chrétiennes. Leur donner la religion catholique était le plus sûr moyen de les sauver. Par ignorance ou par volonté, certains n'ont jamais retrouvé leurs racines. Je ne vous cache pas que notre mission sera longue et complexe. Souhaitez-vous que nous travaillions ensemble ?

La question surprit Béatrice.

— Oui bien sûr, pourquoi ?

— J'ai cru comprendre que votre sœur était impliquée dans cette affaire.

Béatrice s'accorda une longue minute de réflexion. Marion... Elles n'avaient pas passé beaucoup de temps ensemble depuis son retour des États-Unis. Un déjeuner rapide, une demi-heure à peine, au cours de laquelle Marion avait avoué sa liaison avec Fabien Goldberg. Elle lui avait fait jurer de ne rien dire à leur mère. Béatrice avait promis en ne prenant pas la peine de souligner qu'on trompe rarement une mère. En particulier la leur! Et dans ce contexte, elle était restée évasive à propos de sa rencontre avec Brad Thompson.

— Selon vous, demanda-t-elle, Isaac Goldberg a pu acquérir ces tableaux en toute bonne foi?

— Acheter un faux ou une œuvre volée n'est pas une preuve de malhonnêteté, tant que l'acquéreur l'ignore. Mais deux ou trois fois, voire plus, cela reflète un manque de jugement curieux pour un galeriste de renom. Il est encore plus difficile d'imaginer que l'anomalie ait pu échapper à plusieurs générations de galeristes!

C'était aussi l'avis de Béatrice.

— Comment allons-nous procéder?

— Nous allons étoffer le dossier en attendant les résultats de l'expertise américaine et, le cas échéant, lancer une procédure auprès de la répression des fraudes.

Béatrice avait préparé une copie de tous les documents en sa possession. Elle y ajouta un historique assez succinct des ventes en Suisse, puis en Espagne de certaines toiles avant qu'elles deviennent la propriété d'Isaac Goldberg.

— Mais je n'ai pu retrouver aucune transaction légalement enregistrée.

— Je vais rester quelques jours à Bordeaux et commencer mes investigations. Pouvons-nous établir un planning de travail ?

— Je tiens absolument à dissocier cette enquête de l'activité de mon cabinet, répliqua Béatrice après un moment d'hésitation.

— Je comprends. Je travaillerai dans ma chambre d'hôtel, et nous pourrons nous rejoindre le soir pour faire un point.

Ludovic Galois activa ses réseaux. Il inventoria certaines banques de données à l'accès restreint qui collectaient les informations des associations de récupération d'œuvres d'art. Le jeune homme consulta minutieusement les sites de ventes sur Internet, les archives, les articles de journaux. Le marché de l'art était florissant dans les années 1970-1980. Les milliardaires étaient toujours à la recherche d'un trophée, d'une œuvre rare. Certains étaient discrets, d'autres moins. Le jeune homme retrouva des transactions conduites par Isaac Goldberg. Des toiles de petits maîtres du XIXe siècle vendues à des collectionneurs privés, principalement à l'étranger. Les tableaux avaient transité par des galeries situées dans de petites villes de province. Mais aucune de ces œuvres ne pouvait justifier d'origine clairement établie.

Chaque soir, Ludovic rejoignait Béatrice à son bureau et déroulait le fil de ses découvertes. Le début de l'enquête confirmait l'analyse de la jeune avocate.

Elle avait soulevé une affaire complexe.

— Les résultats sont assez probants pour lancer une procédure, confia Ludovic Galois lors de leur dernière réunion de travail. Toutefois, je vous propose d'attendre le verdict de l'expertise des tableaux de votre contact à Los Angeles.

Elle approuva d'un hochement de tête. Et vendredi, en fin de matinée, il reprit le train pour Paris.

Le soir même, Béatrice quitta son bureau de bonne heure, après une plaidoirie difficile. Elle ne comprendrait jamais comment deux personnes qui s'étaient aimées, qui avaient décidé d'avoir des enfants ensemble, pouvaient se détester au point de faire peser le fardeau de leur haine sur le destin de leur progéniture.

Elle n'avait pas pour habitude de se retrouver chez elle en milieu d'après-midi. En attendant l'heure d'aller chercher Clara à l'école, elle sortit un plat de lasagnes du congélateur et rejoignit le salon. Elle changea l'eau du bouquet que Xavier lui avait offert pour l'anniversaire de leur première rencontre, coupa les tiges des fleurs, et les disposa dans le vase qu'elle replaça sur la desserte. Machinalement, elle laissa tomber quelques paillettes dans le bocal de Ducky, le poisson rouge de Clara. Ce geste la projeta quelques années en arrière et elle se rappela Nemo, le poisson qu'elle avait offert à Marion pour ses 5 ans. La fillette l'avait gardé de longs mois dans son petit aquarium, veillant sur lui chaque jour. Un matin, Victoire avait trouvé le poisson flottant à la surface de l'eau. Sans un mot, elle en avait acheté un autre et l'avait glissé dans le bocal. C'était compter sans la perspicacité de Marion. Elle les avait abreuvées de questions à propos de sa queue plus longue, de sa couleur plus foncée. De guerre lasse, Victoire avait fini par lui dire que Némo était mort et elle lui proposait d'adopter son frère. Béatrice revoyait encore la frimousse décontenancée de sa petite sœur lorsqu'elle s'était écriée : « Pourquoi vous m'avez menti ? » À 5 ans, certains traits de son caractère se dessinaient déjà. Marion ne supportait pas le mensonge. Elle préférait de loin affronter la vérité…

Béatrice se déchaussa et se tapit au creux du canapé en repliant ses jambes sous elle. À travers la baie, elle regarda le jour décliner. Les arbres de l'avenue changeaient de couleur, et les tons ocre et brun doré de l'automne s'harmonisaient avec la pierre blonde des immeubles. Elle se détendit un peu et réfléchit. Marion avait rejoint son studio depuis une semaine et repris les cours à l'université. Cédant à une impulsion, elle prit son téléphone portable et composa le numéro de sa cadette.

— Nous avons prévu d'aller dîner à Saint-Émilion samedi soir, tu nous accompagnes ?

— Désolée, mais je rentre à Apt ce week-end.

— Ah bon ? s'étonna Béatrice. Dans ce cas, embrasse maman et papa de ma part.

— Je ne suis pas sûre de les voir. J'ai promis à Fabien de passer ces deux jours avec lui.

— Je te souhaite un bon week-end, alors ! répliqua Béatrice, un brin décontenancée.

Elle raccrocha et retourna prendre sa place au milieu des coussins du canapé. Comment réagirait

Mᵉ Goldberg quand il découvrirait l'enquête impliquant les œuvres d'art vendues pas sa famille ? Dans quelle aventure Marion s'était-elle embarquée et comment la raisonner ? Béatrice connaissait mieux que personne son penchant à l'entêtement, et cela ne datait pas d'hier ! Elle avait adoré materner sa cadette, lui apprendre tous ses *trucs de fille*. Aujourd'hui, elle avait le sentiment de la précipiter dans un de ces gouffres dont on ne voit ni le début ni la fin, mais auxquels on n'échappe pas.

Elle pensait aussi à toutes ces familles juives dépouillées, décimées, assassinées. Restituer les biens à leurs descendants était une piètre consolation, mais un moyen de rendre une certaine justice. Une compensation insignifiante certes, eu égard au prix de la vie. Elle pensa aussi au nombre de bourreaux jamais retrouvés et qui n'auraient pas à rendre compte de leurs crimes.

C'était le combat qu'elle avait choisi, et elle était bien décidée à le poursuivre, quel qu'en soit le prix.

19

Fabien regagna sa place sous une salve d'applaudissements. Il était officiellement candidat aux prochaines législatives.

— Aucune élection n'est jamais gagnée d'avance, murmura Alain Leroux à son oreille, mais je parierais ma tête sur la tienne.

Il n'y avait pas vraiment de candidat crédible dans les autres camps, et cela décuplait les chances de Fabien. Mais Leroux se garda bien de le lui dire.

Au fil des réunions et des rencontres avec le public, Fabien avait recensé les élus sur lesquels il pouvait compter pour constituer une équipe. En quelques semaines, il avait dessiné les plans de sa campagne, et l'expérience de Leroux s'avérait redoutable. Il était prêt à relever le défi.

Un vin d'honneur suivit le meeting. Fabien évolua d'un groupe à l'autre, échangea autant d'idées, de projets que de poignées de main. Il y avait une majorité de couples autour de lui, et il imaginait Marion à ses côtés.

Une heure et demie plus tard, il rejoignit enfin sa voiture. Il alluma la radio en sourdine et s'abandonna à ses réflexions. Cette soirée était une réussite. Et quelque part au fond de lui, il en était fier. Mais il anticipait aussi la réaction de son père lorsqu'il lirait la presse régionale le lendemain. Il se préparait déjà à son appel et à la salve de reproches qui s'abattrait sur lui.

Ils s'étaient à peine revus depuis le décès de Lucas, et toujours dans un contexte d'affrontement. Confinée chez elle, sous antidépresseurs, Natacha s'était coupée du monde, refusant obstinément de reprendre la moindre vie sociale. Simon devait ronger son frein. Il avait toujours compté sur les mondanités organisées par sa femme pour étayer ses activités. Fabien savait que le fils d'un vieil ami de son père avait repris les rênes de la galerie, sous la gouvernance paternelle. Soudain, les phares d'un véhicule roulant en sens inverse l'éblouirent. Il donna un léger coup de volant et redoubla d'attention. À 44 ans, il n'avait jamais pu se résigner à l'animosité de son père. Chaque discussion lui donnait l'impression de passer l'examen du fils parfait qu'il n'avait jamais été. Pour autant, il avait construit son avenir selon ses aspirations, au prix de douloureux conflits qui le laissaient meurtri. Mais il aimait sa vie, aussi solitaire fût-elle. Cette pensée le ramena à Marion. Au cours des deux mois qui avaient suivi son retour à Bordeaux, leur relation avait changé. En jonglant avec leurs emplois du temps, ils parvenaient à se rejoindre tous les week-ends. Elle venait le plus souvent possible à Apt et, par deux fois, il avait pris un vol Avignon-Bordeaux. Ils avaient partagé l'intimité du minuscule studio d'étudiante où il fallait replier le lit pour ouvrir la table. À Bordeaux ou à Apt, ils sortaient peu. Ils étaient ensemble, rien d'autre ne comptait à leurs yeux.

Ils parlaient, riaient de tout, faisaient l'amour en rattrapant le temps où ils étaient éloignés l'un de l'autre. Pendant la semaine, ils se téléphonaient tous les soirs jusqu'à pas d'heure. Chaque mot avait une résonance particulière. Chaque silence aussi. Elle racontait ses cours, les retrouvailles avec ses amis de fac; il expliquait les siennes avec Corinne Dubois. Sa mainmise sur l'activité de l'étude, l'énergie qu'elle avait consacrée à remettre chaque objet à sa place initiale. Le matin, en ouvrant la porte du secrétariat, il était toujours surpris de la trouver là. Comme une usurpatrice. Cela, il ne le dit pas à Marion. C'eût été lui avouer combien l'étude avait changé depuis qu'elle n'était plus là.

Le temps passait et ils semblaient s'accommoder de cette nouvelle vie. Toutefois, ils n'abordaient pas le sujet de leur avenir. Au fond, qu'attendaient-ils l'un de l'autre?

Fabien éclaira le séjour, et découvrit le signal du répondeur téléphonique. Il sut aussitôt que c'était Marion. Elle n'avait pas voulu le déranger sur son portable. Il appuya sur le voyant rouge: «Coucou! Quelle que soit l'heure, appelle-moi en rentrant. Je veux que tu me racontes comment s'est passée ta première grande réunion publique. Je t'aime...

Il jeta un coup d'œil à sa montre. 2 heures. Pas question de l'appeler maintenant. Elle commençait ses cours dès 8 heures du matin. Il l'imaginait dormant à poings fermés, enroulée dans sa couette. «Comme un rouleau de printemps», disait-elle en riant. Il préféra lui envoyer un texto. Il se débarrassa de son imperméable et vida les poches intérieures de sa veste sur la desserte. Puis il se dirigea vers sa chambre et rangea ses vêtements dans le dressing, en poussant légèrement les cintres appartenant à Marion. Quand elle arrivait chez lui, elle aimait passer d'une pièce à l'autre, semant ses effets un peu partout. Amusé, il suivait son parcours des yeux, saisissant un mouvement, une mimique. Il savourait son parfum, de subtiles fragrances d'iris et de rose. L'attirance physique qu'elle exerçait sur lui l'avait d'abord surpris. Puis l'exaltation avait suivi, exacerbant ses émotions et rendant plus pesants les moments où elle s'en allait. Des vies antérieures, il en avait connu, éphémères, futiles. Il avait su garder ses distances vis-à-vis de ses rares conquêtes, ne leur laissant jamais assez d'espace pour les encourager à s'incruster. Aujourd'hui il était amoureux pour la première fois. Il découvrait toutes les nuances de la personnalité de Marion, son tempérament riche en surprises s'insufflait en lui avec une délicieuse impatience. Elle était à l'origine d'une force nouvelle qu'il n'avait jamais éprouvée. Elle avait réveillé en lui des sensations qu'il croyait enterrées à jamais. Le goût de vivre, de bâtir des lendemains. Il avait compris que l'amour n'était pas une errance. Et ce sentiment le déconcertait. Tôt ou tard, les autres s'en apercevraient. Tant mieux. Il se sentait romantique, ridicule, et tellement heureux.

Il retourna dans la cuisine et lança la cafetière. C'était exactement ce dont il avait besoin, un bon café et une cigarette. Il se hissa sur un tabouret accolé au comptoir et attendit en réfléchissant à toutes les questions qui le hantaient depuis des semaines, aux bouleversements que provoquait la présence de Marion dans sa vie. Il était sûr de vouloir une relation profonde et durable avec elle. Mais, entre ses désirs, ses rêves et la réalité, quelle solution lui restait-il ?

L'idée du mariage lui traversa l'esprit au moment où son téléphone portable résonnait dans le salon.

*
* *

Fabien atterrit à Bordeaux vendredi en début d'après-midi. Il emprunta un taxi qui le conduisit de l'aéroport aux quais et déposa son sac de voyage dans le studio. Il se permit un petit coup d'œil dans le coffret à bijoux de Marion. Puis il quitta l'immeuble et remonta à pied en direction du centre-ville, en suivant le cours de l'Intendance, jusqu'à la galerie des Grands Hommes où s'alignaient les plus prestigieuses boutiques. Ce quartier que les Bordelais appelaient le Triangle d'or. Il effectua quelques achats, se fit recommander un bon restaurant où il réserva une table pour deux.

L'après-midi touchait à sa fin et Fabien flâna encore d'une rue à l'autre. Il se laissa séduire par la sobriété des immeubles cossus, le luxe des vitrines prises d'assaut par les passants. À quelques semaines de Noël, la ville bruissait d'un air de fête. Les derniers rayons du soleil polissaient les façades, embrasaient les toits. Et, déjà, une nappe de brume montait de la Garonne chahutée par un vent léger.

Fabien se laissa gagner par la gaieté ambiante avec l'obscure sensation de jouer son destin. Sa décision était prise, mais il était mort de peur. Il redoutait la réaction de Marion, la force de ses sentiments. Elle pouvait le quitter et il resterait comme un imbécile avec ses regrets. Il avait longtemps douté avant de décider de saisir sa chance. La meilleure qu'il ait jamais eue. Il avait trouvé Marion, et leur rencontre était inespérée. La plupart du temps, le bonheur lui avait semblé inaccessible mais, en cet instant, il avait pris la résolution d'être heureux. Il devrait vivre avec ses craintes, comme un corollaire au bonheur.

De retour au studio, il mit le champagne au frais et les fleurs dans un vase avant de vérifier que l'écrin était bien dans la poche de son pardessus. Les minutes s'égrenaient. Trop vite ? Trop lentement ? Il ne savait plus. Il avait hâte de revoir Marion. Mais il ne pouvait s'empêcher d'appréhender leur discussion. Il entendit le bruit de la clé dans la serrure et il comprit qu'il ne pouvait plus revenir en arrière. Marion l'embrassa longuement, tendrement, avant de se débarrasser de son manteau. Puis elle vit les fleurs ; le bouquet était si imposant qu'il emplissait la kitchenette.

— Je sais, dit Fabien, c'est encombrant ! Je n'ai pas raisonné en termes d'espace en composant le bouquet avec la fleuriste.

— C'est la cuisine qui est minuscule, répliqua-t-elle en plongeant le nez dans les roses.

Puis elle remarqua les coupes à champagne sur le bord de l'évier.

— Qu'est-ce qu'on fête ?

— Rien encore.

Elle avait commencé d'arranger les fleurs dans le vase, mais elle s'arrêta et regarda Fabien d'un air surpris.

— J'ai quelque chose à te demander, reprit-il, et comme je ne connais pas ta réponse, je ne sais pas encore si nous aurons quelque chose à célébrer.

Un instant, il se dit qu'il allait se rendre ridicule, qu'il risquait de tout gâcher. Pire ! Elle allait éclater de rire. Une demande en mariage, à son âge. À leurs âges !

— Ça concerne ta campagne électorale ? Dis-moi, je suis tout ouïe...

— Non, c'est autre chose..., balbutia-t-il. Je ne pensais plus que je prononcerais ces mots un jour, aussi... excuse-moi. J'ai seulement acheté des fleurs et du champagne. J'ai aussi réservé une table au Chapon fin. Voilà...

Marion oublia les fleurs et, de plus en plus intriguée, elle se rapprocha de lui.

— Tu m'inquiètes ! N'hésite pas, dis-moi ce qui te tracasse ainsi.

— Je ne suis plus assez jeune pour vivre au jour le jour sans envisager un lendemain, un futur.

Il effleura sa chevelure d'un geste hésitant.

— Je n'imaginais pas ressentir cela. Tu es ce qu'il y a de plus merveilleux dans ma vie aujourd'hui. Je voudrais... Au fond, je sais très bien ce que je veux. Mon travail me comble, j'aime mon statut d'homme public, et j'accepte de partir à la conquête de l'Assemblée nationale. Je veux tout cela, mais pas sans toi. Marion, veux-tu m'épouser ?

Il prit une longue inspiration. Quelque chose commençait. Maintenant. Il voulait vivre avec elle, tous les jours, toujours. Toute sa vie se jouait en cet instant, dans les mots qu'elle prononcerait. Mais elle ne disait rien. Il remarqua le changement sur ses traits. Avait-elle pâli ? Tremblé ? Les larmes affluèrent au coin de ses paupières. Il les cueillit du bout des doigts.

— Pardon, murmura-t-il, je ne voulais pas te faire pleurer. Tu n'es pas obligée de me répondre tout de suite.

— Tant de choses nous séparent, Fabien.

— L'âge, je sais. J'ai 44 ans, vingt de plus que toi.

— Dix-neuf, rectifia-t-elle, mais ce n'est pas à cela que je pensais. Ta situation, la fortune de ta famille. Et ta carrière politique ! Je ne suis qu'une petite étudiante qui ne possède rien, qui n'a même pas de situation.

Il réfuta l'argument de la fortune en riant. Il aurait voulu lui dire que tout ce qu'il possédait serait à elle.

— Ce sera l'avantage d'épouser un vieux, dit-il en plaisantant. Je t'ai devancée dans la vie. Et la carrière politique, ajouta-t-il plus sérieusement, j'ai accepté le défi des législatives en pensant à toi, en t'imaginant à mes côtés. Tu es celle que j'attendais. Je suis las d'être seul, de vivre sans perspective, je veux vivre avec toi.

— Je le veux aussi.

— Alors rien ne doit nous arrêter, dit-il.

Marion se sentait trembler, des frissons la parcouraient. Soudainement, elle entrevit son destin. Partager la vie de Fabien, construire la sienne aussi, mais à ses côtés. Le quitter chaque matin dans un baiser, le retrouver le soir... tendre les bras et se donner comme une offrande. Un sanglot lui noua la gorge. Elle se jeta sur lui, les bras enroulés autour de son cou, les jambes autour de ses hanches, elle se laissa porter, le souffle court, dans une confusion de rires et de larmes.

20

— Tu n'auras jamais mon approbation !

— J'ai 25 ans, maman, je ne te demande pas ta permission, ma décision est déjà prise.

Surprise par l'attaque frontale de sa fille, Victoire se figea. Elle essayait vainement de réprimer la colère qui grondait en elle. Elles ne s'étaient pas vues depuis trois semaines, et déjà l'état de grâce de leurs retrouvailles était passé. Marion venait d'annoncer son mariage avec Fabien à ses parents. Sous le coup de la colère, Victoire avait appelé son fils aîné à la rescousse.

À présent, ils étaient réunis dans le salon, et personne n'avait songé à s'asseoir. Depuis son arrivée, Pascal n'avait pas lâché son portable. Marion comprit qu'il était question de l'impayé d'une grosse commande. Elle se sentit étrangement détachée, alors qu'il n'y avait pas si longtemps, elle aurait cherché à en savoir davantage et proposé son aide. Pour l'instant, elle en voulait un peu à son frère de ne pas raccrocher ce maudit téléphone. Elle était certaine qu'il ferait un compte rendu détaillé à Élise de ce petit conseil de famille. Dans quel camp se rangeraient-ils ? Elle sentait le regard de sa mère peser sur elle.

— Justement, parlons-en de ton âge, reprit Victoire. D'abord te marier à 25 ans c'est pas sérieux. Je te croyais plus intelligente que ça. Et tes études ?

— Je n'ai pas l'intention de les abandonner, bien au contraire.

— Et la différence d'âge avec ce type ?

— Il s'appelle Fabien. Et je ne vois pas en quoi son âge ou le mien est un problème.

— Quand tu auras 40 ans, il en aura 60 !

Pascal raccrocha enfin son téléphone.

— Vous ne pouvez pas discuter sans hurler, toutes les deux ? Maman a raison, Marion. Il a pratiquement mon âge, ton mec. Tu devrais attendre un peu avant de prendre la décision de l'épouser. Coucher avec lui, passe encore...

— Pascal ! s'écria Victoire, horrifiée.

— Désolé, maman, je ne voulais pas te choquer, mais seulement dire à Marion de ne pas s'emballer, de prendre le temps de réfléchir.

— C'est tout réfléchi.

— Mais tu es folle ! reprit Victoire. Tu es complètement folle, tu m'entends ?

— Le monde entier t'entend, maman. Et tu t'égosilles pour rien. Je ne changerai pas d'avis.

Victoire se tourna vers son mari. À grand renfort de gestes impatients, de mimiques, elle tentait de lui faire comprendre qu'elle avait besoin de lui. C'était le moment qu'il fasse preuve d'autorité. Pierre détourna pudiquement la tête.

— Naturellement, toi, tu ne dis rien ? s'écria-t-elle, furieuse.

Il soupira. Que pouvait-il dire ? La situation était confuse, et il était profondément affecté par cette dispute qui prenait des proportions invraisemblables. Certes, Victoire et Marion s'affrontaient souvent, pour des peccadilles. Mais, il n'y avait jamais eu un tel déferlement d'agressivité entre elles. À son avis, Victoire s'y prenait mal. Elle employait le ton qu'il fallait pour que Marion se bute un peu plus. Comme si elle ne connaissait pas leur fille. Victoire en appelait à lui et, comme elle, il jugeait ce mariage inconcevable. Et pourtant... il avait confiance en sa fille. Il était sûr qu'elle avait déjà envisagé toutes les conséquences de cet engagement. Mais elle était si jeune ! En revanche, il n'aurait su dire ce qu'il pensait de Me Goldberg. Un pervers qui attirait une gamine dans ses rets, comme le croyaient Victoire et leur fils aîné ? À sa décharge, il avait demandé la jeune fille en mariage, alors qu'il aurait pu se satisfaire de leur liaison.

— Je te concède que tu as déjà réfléchi, ma grande, dit-il enfin. Mais je comprends ta mère, elle ne songe qu'à te protéger. Ne pourrais-tu t'accorder encore un peu de temps ?

— Et c'est tout ? protesta Victoire. Dis-lui qu'elle a raison, pendant que tu y es ! Soutiens-la, comme d'habitude.

Marion quitta le dosseret du fauteuil où elle était appuyée et s'approcha de son père. Comme toujours, ses paroles avaient calmé son sentiment de révolte.

— Merci de me faire confiance, papa, dit-elle. De toute façon, je n'ai pas l'intention de me marier demain. Et je peux comprendre votre méfiance à l'encontre de Fabien. J'aimerais que vous appreniez à le connaître.

— Jamais! cria Victoire. Et quand tout ça tournera mal, quand il t'aura démolie, ne viens surtout pas pleurer.

Elle s'arrêta. Elle n'avait pas voulu dire cela. Pourtant, elle l'avait dit. Dans la cheminée, une bûche s'écroula avec un bruit sourd. Pour Marion, ce fut un signal.

— Peut-être que ça ne marchera pas entre nous, dit-elle, infiniment triste. Et il est possible aussi que nous soyons toujours amoureux dans dix, vingt ou trente ans. C'est un risque, et je le courrai, avec ou sans vous. Et si vous me portiez autant d'affection que vous l'affirmez, vous comprendriez. Mais j'ai entendu ton message maman, quoi qu'il arrive, je ne viendrai pas pleurer dans tes bras.

Elle jeta un coup d'œil autour d'elle à la recherche de ses clés de voiture. De grosses larmes roulaient sur ses joues. Ils restèrent tous figés, passablement ébranlés. À telle enseigne que ni ses parents ni son frère ne songèrent à faire un pas vers elle. Elle ne prit pas la peine d'enfiler son manteau et sortit sans leur laisser le temps de réagir.

Saisie de remords, Victoire entendit le bruit de la porte d'entrée, puis le moteur de la voiture qui s'éloignait. Elle savait qu'elle aurait dû courir vers sa fille, lui dire qu'elle l'aimait, la prier de revenir. Elles auraient pu parler encore et, qui sait? trouver un compromis. Mais, incapable d'effacer de son esprit l'image de cet homme qui achetait sa fille, elle laissa quelque chose d'essentiel se briser entre elles.

Une fois dehors, l'air vif, le ciel sans nuages réconcilièrent Marion avec cette belle matinée de fin novembre. Elle n'avait qu'une idée, maintenant, rejoindre Fabien. Comment lui présenter le rejet de sa famille ? Elle prit la route de Goult et passa devant la maison de ses grands-parents sans ralentir. Deux rues plus loin, elle bifurqua en direction de l'étude.

Fabien lui avait proposé de travailler avec lui après leur mariage. Rien n'était officiel encore, mais elle devinait que les employés cherchaient une signification à ses fréquentes visites, ces longs apartés dans le bureau de leur patron. Notamment Corinne Dubois. Que diraient-ils quand ils sauraient ? Elle imaginait les critiques, les plaisanteries et les jugements lapidaires. Était-ce donc si difficile à comprendre ? Elle était follement amoureuse de Fabien, leur existence s'annonçait joyeuse, exaltante. Et pourtant... D'où venait cette angoisse qui la tenaillait parfois ?

*
* *

Béatrice avait tout fait pour ne pas prendre part au différend familial. Pour l'heure, elle avait d'autres soucis. Elle venait de perdre une affaire à laquelle elle avait consacré beaucoup de temps et d'énergie. À son grand regret, elle avait vu des enfants confiés à la DDASS, alors que leurs grands-parents pourtant dignes de confiance et de respect s'étaient portés volontaires pour les prendre en charge. Plus encore qu'un dysfonctionnement du système judiciaire, elle vivait cette expérience comme un échec personnel.

Puis l'appel de Brad Thompson à Los Angeles avait achevé de la démoraliser. Le Pissarro et le Delaunay étaient des faux. Il lui envoya le compte rendu de l'expertise par e-mail. Aux dires de l'expert, c'étaient des copies d'une technicité et d'une qualité exceptionnelles. Un travail remarquable, avait-il conclu. Les supports dataient bien du XIXe siècle, mais la peinture utilisée était beaucoup plus récente. Certes, les pigments mélangés à l'huile de lin étaient d'origine naturelle, mais l'expert avait décelé d'infimes traces de radioactivité. Ce que ne pouvait expliquer une peinture du XIXe siècle. À son avis, ces toiles avaient été réalisées entre 1955 et 1980.

Thompson était furieux contre Isaac Goldberg et bien décidé à attaquer ses descendants en justice. Par ailleurs, il connaissait d'autres clients de la galerie Goldberg et leur avait d'ores et déjà suggéré de faire expertiser leurs toiles. Béatrice devina où il voulait en venir. Si d'autres collectionneurs avaient été grugés, il serait beaucoup plus efficace d'intenter une action collective.

Béatrice appela Ludovic Galois. Ces derniers rebondissements le passionnèrent au plus haut point.

— Je ne comprends pas très bien ce que vient faire la radioactivité dans cette expertise, dit-elle.

— J'ai déjà rencontré des cas similaires. Entre 1950 et 1980, nous étions dans une phase intensive d'essais nucléaires. De minuscules particules se sont répandues dans l'atmosphère et aucun continent n'a été épargné. Les graines de lin, comme tant d'autres cultures, absorbèrent d'infimes traces radioactives. C'est une analyse incontestable pour dater une peinture.

De son côté, l'enquête progressait. Il était sûr que le Pissarro et le Delaunay n'étaient pas les seuls faux vendus par la galerie Goldberg. Mais pourquoi ne trouvait-on aucune trace des originaux ? Il avait glané des renseignements ici ou là, mais il était toujours à la recherche du document contenant la preuve irréfutable dont il avait besoin. Il devait absolument interroger la sœur de Béatrice Fayard. Ses doutes à propos du Matisse avaient révélé l'affaire. Et elle faisait partie des rares personnes ayant eu le privilège de voir la collection privée des Goldberg. Il devait collecter un maximum d'informations avant de rencontrer Simon Goldberg. Ce serait la prochaine étape de ses investigations.

— Je viendrai à Bordeaux mardi et mercredi. Pourriez-vous m'aménager un rendez-vous avec votre sœur ?

Béatrice acquiesça. Puis elle crut bon de lui faire part d'un fait qu'elle n'avait pas mentionné au cours de leurs entretiens précédents : l'assassinat de Lucas Goldberg quelques mois plus tôt.

— Un cambriolage à ce qu'il paraît, je n'en sais pas plus.

— Intéressant... Pouvez-vous vous renseigner afin de savoir qui est chargé de l'enquête de police ? J'aimerais rencontrer cette personne au plus vite.

En raccrochant, Béatrice pensa à Marion. Elle imagina les remous qui allaient chambouler sa petite sœur qui n'en avait pourtant pas besoin.

Elle poussa le dossier Goldberg de côté et s'attela à l'affaire qu'elle défendrait au civil à 16 heures. Elle reprit sa plaidoirie, l'esprit en ébullition. Les mots défilaient dans sa tête, comme si elle répétait un rôle.

Soudain, on frappa à la porte. Isabelle, son assistante, entra une enveloppe de papier kraft à la main.

— C'était dans le courrier de ce matin...

Béatrice la remercia. Expédié depuis le bureau de poste central d'Avignon, le pli portait la mention «Personnel», mais aucune référence à propos de l'expéditeur. Elle décacheta l'enveloppe et en sortit de très vieilles coupures de presse: *Le Petit Parisien*, *la France de Bordeaux et du Sud-Ouest*, *le Matin*. Les éditions dataient de 1942 et 1943. Des chroniques, de courts éditoriaux étaient paraphés au stylo feutre rouge. Tous les articles étalaient à la une le détournement des œuvres d'art par le IIIe Reich. Certaines coupures comportaient des photos du maréchal Goering, parfois en compagnie d'Hitler. Béatrice repoussa le texte de sa plaidoirie et se plongea dans les vieux journaux. Les articles expliquaient comment certaines œuvres d'art, dont bon nombre de toiles de grands maîtres, étaient réquisitionnées dans les musées nationaux en toute impunité, ou confisquées aux familles déportées. Elles étaient entreposées à Paris où Hitler sélectionnait le fonds culturel du vaste musée qu'il voulait ouvrir à Linz, sa ville natale en

Autriche, pour surpasser les fabuleuses collections du Louvre.

Béatrice lut attentivement les différents articles. Certaines œuvres étaient nommément citées. Le Matisse de Simon Goldberg et le Pissarro de Brad Thompson en faisaient partie.

21

Il était presque 20 heures lorsque Fabien quitta la mairie de Goult pour se rendre à Apt. Au moment de monter en voiture, il jeta un coup d'œil en direction de sa mairie. Elle ne ressemblait pas à ces bâtisses au luxe ostentatoire qui fleurissaient dans la région. Lorsque la réfection avait été décidée au cours de son premier mandat, il s'était attaché à respecter le classicisme un brin austère du bâtiment. Et c'était là que tout avait commencé. Il revoyait ses premières campagnes municipales. En dépit des années écoulées, l'enthousiasme qui l'avait animé alors le bouleversait toujours. Il faisait le tour des magasins, le marché du samedi matin. Julie, son assistante, et Alain Leroux lui établissaient un emploi du temps bien orchestré qui lui permettait de rencontrer la quasi-totalité de ses administrés en quelques semaines. Il écoutait toutes les requêtes, expliquait ce qu'il pouvait faire et, mieux encore, ce qu'il ne pouvait pas faire. Souvent, il se tournait vers Julie qui le suivait comme son ombre : « Notez cela, il faudra que nous en reparlions ». À travers l'excitation du débat, le plaisir des échanges, il avait découvert qu'il aimait ce jeu de la séduction, de la conquête.

Deux fois par an, il publiait un état des lieux des finances avec, clairement expliquées, la provenance des ressources de la ville et leur affectation; rendre compte aux habitants de la commune de l'utilisation de leur argent lui semblait la plus élémentaire de ses obligations.

Et il y avait les réunions de quartier où il arrivait en retard directement de l'étude. Il ne prenait jamais le temps de dîner. Il entrait dans la salle déjà comble, se penchait dans les allées, serrait des mains, embrassait les dames. À la fin de la réunion, il grignotait quelques biscuits à la hâte, le vin mousseux lui brûlait la gorge et l'estomac. La nuit bien avancée, il rentrait chez lui et se réfugiait dans son bureau. Là, il notait, réfléchissait: cantine scolaire, urbanisme, déclaration de récolte. Souvent, il appelait Alain Leroux, ils discutaient longtemps encore une idée, un projet. Ensemble, ils avaient fondé leur engagement sur un idéal qu'ils savaient plus efficace qu'une idéologie. Plus tard, Leroux s'était engagé dans les instances départementale et régionale. Fabien, lui, n'avait jamais cherché à aller au-delà de ce sentiment exaltant de servir sa ville et l'activité agricole qui l'animait.

Mais depuis quelques semaines, les choses bougeaient autour de lui. Étonné, il voyait une formidable machine politique se mettre en marche. Alain Leroux avait recensé sa garde rapprochée, et formé son comité de soutien: des conseillers municipaux, des délégués cantonaux venus d'autres communes, des militants. La campagne électorale des législatives commencerait officiellement en début d'année, mais Leroux avait décrété qu'il fallait d'ores et déjà occuper le terrain.

Fabien arrêta sa voiture sur le parking devant la salle municipale d'Apt. À l'aune du chemin parcouru et du travail accompli, il sut que ce prochain combat serait le défi de toute sa vie. Un vertige le saisit.

C'était la première fois que Marion assistait à un meeting politique. Fabien lui avait réservé une place au premier rang. Elle s'installa et nota l'autre chaise libre à sa droite. La salle était bruyante. Elle regardait autour d'elle, un peu déroutée. Les drapeaux le long de l'estrade, les corbeilles de fleurs aux trois couleurs de la République, tout la surprenait, et tout l'émerveillait. Malgré le bruit des conversations et de la musique de fond, elle sursauta lorsqu'elle entendit son prénom. Elle se retourna et découvrit Hannah, la belle-sœur de Fabien. Elles ne s'étaient pas revues depuis la disparition de Lucas. Toutefois, Marion l'avait appelée deux ou trois fois pour prendre des nouvelles de sa petite famille.

— Il y a beaucoup de monde, dit Hannah en s'asseyant sur la chaise libre à côté d'elle. Je suis ravie pour Fabien.

— Cela me fait plaisir de vous revoir, Hannah. Vous tenez le coup ? Et comment vont les enfants ?

— Nous faisons face ensemble, mais c'est parfois difficile. J'ai été très sensible à vos marques de soutien, merci, Marion.

Marion la trouva amaigrie, mais elle semblait apaisée. Elle avait tressé ses cheveux épais et brillants en une longue natte retenue par un ruban noir. Elle portait une robe bleu marine, simple mais seyante.

— À propos, félicitations pour votre futur mariage.

— Merci. Comment êtes-vous au courant? demanda Marion.

— Fabien me l'a dit. Vous semblez surprise...

— Un peu, oui. Je pensais qu'il n'avait rien dit à sa famille.

— Je ne suis pas certaine de faire partie de la famille Goldberg. Fabien et moi sommes les seuls à n'avoir jamais intégré le sérail du commerce de l'art. Cela a créé une complicité, et une amitié sincère entre nous. J'ai beaucoup de chance qu'il soit proche de nous. Il m'aide à gérer le quotidien, et les enfants l'adorent... Oh! mais j'y songe! Pourquoi ne viendriez-vous pas dîner tous les deux?

— Si Fabien est d'accord, ce sera avec plaisir. Mais uniquement pendant le week-end, la semaine je suis à Bordeaux.

Soudain la musique s'intensifia, et les officiels remontèrent l'allée centrale de la salle municipale au milieu des flashes des photographes. La bousculade s'accrut encore. Le groupe s'arrêta au pied de l'estrade juste devant Marion et Hannah. Fabien se pencha et les embrassa. Marion sentit les regards curieux converger vers elle.

Alain Leroux inaugura le meeting. Il rendit hommage au travail de Fabien en tant que maire, et implicitement il ouvrit la campagne des législatives par un portrait enthousiaste, où l'homme et le notable se rejoignaient au coin d'une phrase, au détour d'un mot. Lorsque Fabien se leva à son tour, la salle l'applaudit. Il reprit un à un les thèmes qu'il avait longuement préparés. Parfois, des applaudissements nourris interrompaient le fil de son discours. Il profitait de ce répit pour respirer profondément et il reprenait, le ton juste, les mains tendues, offertes. Il parla sans afféterie de travail et de chômage, de formation, d'aménagement du territoire. Il évoqua les droits et les devoirs de chacun face à l'engagement de l'État. Puis il invita la foule à chanter *la Marseillaise*.

Depuis sa place, Alain Leroux l'observait attentivement. Il songeait à leurs premières campagnes municipales. Plus que jamais, il était convaincu que Fabien était le candidat parfait. Tout en lui dénotait l'authenticité et un certain style généreux et serein. Et quel art dans la manière de s'exprimer ! Fabien ne prononçait pas vraiment de discours ; la plupart du temps, il s'adressait aux gens sur le ton chaleureux de la conversation, mais il allait toujours droit au but, avec une manière personnelle de rendre crédible la moindre banalité que sa fonction l'obligeait à proférer. Il dominait l'auditoire avec simplicité et sincérité. C'était son meilleur atout. Quelque chose d'unique, cette étincelle au fond des yeux, sa voix chaude et grave, ce large sourire. Mais depuis le début de la soirée, Leroux était dubitatif. Qui était cette jeune fille que Fabien avait placée au premier rang et qu'il n'avait pas cessé de regarder ? Il l'avait longuement observée. Avec cette bouche charnue, ces yeux à damner un saint, *drôlement bien roulée, la gamine,* avait-il pensé. Fabien semblait complètement subjugué. Leroux avait suivi l'échange subtil de leurs regards, de leurs sourires. Cela ressemblait si peu au Fabien qu'il connaissait. À quoi jouait-il?

*
* *

Marion prit connaissance du message de Béatrice pendant qu'elle attendait le tramway. Ce n'était pas dans ses habitudes de l'inviter à dîner au dernier moment. Elle insistait pour lui présenter quelqu'un. Perplexe, Marion écouta le message une seconde fois avant de glisser le portable dans son sac. Béatrice était la seule à ne pas avoir pris parti après l'annonce de son mariage alors que sa mère et son frère campaient sur leur position, vent debout contre sa décision.

Le cœur lourd, elle avait évoqué la réticence de sa famille avec Fabien. Il avait compris et lui avait avoué que, de son côté, seule Hannah était au courant. Il ne se déroulait pas une journée sans qu'il affronte son père au cours de scènes de plus en plus violentes; il ne lui pardonnait pas sa candidature aux législatives. L'annonce du mariage attendrait. En l'écoutant, Marion s'inquiétait et il s'ingéniait à la rassurer. Ils étaient majeurs, ils ne dépendaient de personne. Il était convaincu que tout se passerait bien. Pourquoi n'en était-elle pas aussi sûre? Fabien lui avait proposé de l'engager à temps partiel à l'étude, dans le cas où sa mère mettrait sa menace à exécution et lui couperait les vivres. Mais au fond d'elle, elle savait que son père s'y opposerait. Il était le seul à l'appeler une ou deux fois par semaine. Il la rassurait à propos de la santé de ses grands-parents, et l'encourageait à se montrer patiente envers sa mère qui refusait toujours de lui adresser la parole.

Finalement, Marion accepta la proposition de Fabien. Son retour à l'étude la comblait de joie. Elle prit l'habitude de quitter Bordeaux le jeudi soir, et le vendredi, elle rejoignait Fabien au bureau. Il ne fit pas l'économie d'une explication aux autres membres de l'équipe, mais il se tint à la version qu'il avait élaborée: Marion avait apprécié son job d'été et elle souhaitait approfondir ses connaissances. Cette raison suffisait pour qu'il lui confie des dossiers conséquents à gérer au vu et au su de chacun. Les clercs saluèrent sa présence. L'activité de l'étude se développait constamment, une personne de plus était une véritable aubaine. L'accueil de Corinne Dubois fut plus nuancé. Par égard pour son patron, elle ne pouvait pas se permettre la moindre remarque désobligeante, mais elle garda ostensiblement ses distances vis-à-vis de la jeune fille. Son attitude était un sujet de plaisanterie dont Marion et Fabien ne se lassaient pas.

Ensemble, ils tiraient des plans sur la comète... Si Fabien était élu député, il s'absenterait souvent. Marion était prête à occuper un poste à responsabilité à l'étude au moins deux jours par semaine, tout en poursuivant ses études. Elle envisageait déjà de s'inscrire à l'université d'Avignon ou d'Aix-en-Provence à la prochaine rentrée et d'éviter ainsi les longs trajets jusqu'à Bordeaux.

Combien de fois avait-elle revécu ce premier meeting? La foule, les applaudissements, les regards posés sur elle, et les interrogations muettes sur les visages. C'était follement excitant! Et Fabien était l'être le plus merveilleux au monde... Il lui apprenait l'amour, il lui apportait un merveilleux sentiment de bonheur, de sécurité. Elle s'était empressée d'accepter sa demande en mariage, sans réfléchir, sans consulter personne. Ils avaient arrêté une date en juin. Marion réfuta l'idée de fiançailles, qu'elle jugeait démodée. Elle s'entraînait à répéter son futur patronyme à haute voix: Marion Goldberg. Il sonnait bien. Jamais elle ne s'était sentie aussi transportée, aussi heureuse. Chaque jour, elle prenait la mesure de ce qui lui arrivait. Dans quelques mois elle serait l'épouse du maire de Goult, député de la circonscription. Car personne ne semblait douter de son élection.

*
* *

Lorsque, une demi-heure plus tard, elle sonna à l'appartement de Béatrice, Marion fut surprise de découvrir un jeune homme dans l'embrasure de la porte. Mince, d'allure sportive, elle lui donnait à peine 30 ans. Il lui adressa un large sourire et lui serra brièvement la main. Puis il passa devant elle et se dirigea vers le séjour. Elle lui emboîta le pas.

— Votre sœur s'occupe de sa fille, dit-il. Je m'appelle Ludovic Galois.

Ils prirent place dans le salon et Marion coula un regard curieux en direction de la salle à manger. La table était dressée pour trois. On était le premier mardi du mois, et c'était la soirée bridge de Xavier. Béatrice les rejoignit, elle réitéra les présentations et les invita à déguster un verre de vin en guise d'apéritif. En apprenant que le jeune homme était enquêteur auprès de l'OCBC, Marion éprouva une vive appréhension. Une crampe d'estomac, un frisson... Elle était vraiment mal à l'aise. Tandis que Béatrice servait le vin et disposait des crackers dans une coupelle, Ludovic Galois expliqua ce qu'était l'organisme pour lequel il travaillait.

— Je connais l'Office central de lutte contre le trafic de biens culturels, coupa Marion un peu brutalement.

Elle refusa la verrine que lui offrait Béa.

— Je suppose que si je suis là en compagnie de M. Galois, c'est pour une raison précise ?

Visiblement gêné par la réaction belliqueuse de Marion, Ludovic se tourna vers Béatrice :

— Je crois que vous devriez expliquer la situation à votre sœur.

Et courageux, avec ça, pensa Marion. Pourtant, elle le dévisagea malgré elle. Des cheveux blond-roux coupés court, des yeux verts et brillants derrière des lunettes carrées, un sourire un peu trop engageant. Le genre « beau mec » qui fait semblant de ne pas le savoir.

Depuis son fauteuil, Béatrice considérait sa sœur. Elle la connaissait, inutile de tergiverser. En quelques phrases, elle lui apprit que les tableaux de Brad Thompson étaient des faux, puis elle lui montra les vieilles coupures de presse.

— Un envoi anonyme, précisa-t-elle.

Marion parcourut les articles des vieux journaux sans mot dire. Des questions lui venaient à l'esprit, mais elle refusait de les poser. Et peu à peu son visage s'assombrit. Elle essayait d'anticiper l'impact de ces révélations sur les projets de Fabien, sur leur vie. Un frisson de crainte la gagna. Le silence planait dans le salon. Ludovic vida son verre et prit l'initiative de le rompre :

— Béatrice m'a dit que vous aviez eu l'opportunité de voir la collection privée de Simon Goldberg. Vous souvenez-vous des toiles qui y étaient exposées ?

Il se tut brusquement en voyant la mine surprise et contrariée de la jeune fille.

Marion s'était raidie, le regard fixé sur son verre de vin, comme si elle évaluait la question que le jeune homme lui avait posée. Puis elle coula un coup d'œil en direction de sa sœur. Béatrice ne pouvait pas lui avoir tendu un piège... Elle se rappelait l'inauguration du groupe scolaire, le cocktail au mas Ponty. Elle était restée ébahie devant le Cézanne accroché dans le salon. Sur ces entrefaites, Fabien lui avait proposé de visiter la galerie de son père. Elle avait vu les bronzes sur les colonnes de marbre, les vases de l'époque Ming, d'une valeur inestimable, à l'abri dans des vitrines. Et les toiles, un Dali, un Turner, un Picasso, une œuvre signée Francis Bacon entre autres. Et un des nombreux *Nymphéas* de Monet. L'artiste en avait peint plusieurs centaines tout au long de sa vie.

Marion s'aperçut que Béatrice et Ludovic Galois l'observaient en respectant son mutisme. La requête du jeune homme l'avait troublée. Elle devait trouver quelque chose d'approprié à dire. Elle cita deux ou trois œuvres, et s'interrompit. Avait-elle réellement envie de coopérer avec ce type, et pourquoi l'aiderait-elle ? N'était-ce pas peu ou prou trahir Fabien ? Certes, il lui avait semblé être aux antipodes des activités artistiques de sa famille. Elle aurait même juré qu'il éprouvait un certain dédain à l'égard du monde de l'art.

— Je comprends que ce soit difficile pour vous, insista Ludovic.

Il n'avait pas idée. Béatrice perçut le trouble chez sa cadette : elle avait pâli, et ses ongles tapotaient nerveusement le galbe de son verre. En entrant dans le salon tout à l'heure, elle avait remarqué son visage radieux, presque lumineux. À présent, elle paraissait atterrée. Et Béatrice comprit son erreur. Elle aurait dû parler à Marion avant de provoquer cette rencontre. Elle ne l'avait pas fait, et elle s'en voulait. Il était temps de faire diversion. Elle proposa de passer à table. En maîtresse de maison accomplie, elle sut diriger la conversation sur les affaires qu'elle plaidait, les études de Marion. Ludovic Galois évoqua les siennes et les raisons qui l'avaient guidé dans son choix de carrière. Il s'efforça de partager la passion qui l'animait, un savant mélange d'expertise d'art et d'enquête policière. L'ambiance s'en trouva allégée. Bien qu'elle n'en laissât rien paraître, Marion ne cessa de réfléchir tout au long du dîner. Finalement, elle n'aurait su dire ce qui l'avait guidée dans sa décision. L'enthousiasme du jeune enquêteur ? Sa propre curiosité ? Au moment du café, elle était déterminée à jouer franc-jeu. Elle transmit à Ludovic la liste des toiles de maîtres qu'elle avait vues dans la collection privée de Simon Goldberg. Elle prit congé de bonne heure. Elle devait parler à Fabien de toute urgence.

22

Fabien s'était tourné et retourné dans son lit, sans trouver le sommeil. Les idées confuses, il se leva aux aurores et essaya en vain de repousser le puissant mal de tête et l'angoisse lancinante qui ne le lâchaient pas. L'appel de Marion la veille au soir ne cessait de le hanter. Certaines toiles de maîtres que la galerie Goldberg avait vendues à un collectionneur de Los Angeles étaient des faux! Sur l'instant, il n'en avait pas cru un mot. C'était forcément une erreur. Mais Marion lui avait assuré que l'expertise réclamée par l'acheteur américain était fiable. D'après l'enquêteur de l'Office de lutte contre le trafic de biens culturels, il n'y avait aucun doute possible. Marion s'en voulait terriblement. Elle se reprochait ses premières recherches à propos du Matisse de Simon. Fabien l'avait rassurée:

— Au contraire ma chérie, tu as bien fait. Si mon grand-père s'est fait gruger, il est mieux que mon père soit au courant.

Mais il était bien décidé à mener l'enquête de son côté, convaincu que c'était un malentendu. Marion lui avait demandé s'il connaissait la personne qui administrait la galerie. Devant son étonnement, elle raconta la dispute qu'elle avait surprise le jour des funérailles de Lucas. Fabien ne dit rien, mais il connaissait l'homme en question. Après la mort de Lucas, Simon avait confié la direction de la galerie à Johan Kovacks, le fils de Marton Kovacks, un célèbre peintre hongrois, ami intime de la famille Goldberg. Ses œuvres avaient été souvent exposées dans la galerie. À la fin de sa vie, presque aveugle et très diminué, Marton Kovacks s'était retiré sur la côte Est des États-Unis, où il était décédé cinq ans auparavant.

En dépit des doutes qui le taraudaient, Fabien refusait de croire à une éventuelle implication de la galerie Goldberg dans une escroquerie. Les faits évoqués remontaient à l'époque de son grand-père. Que s'était-il passé alors ? Son père paraissait sûr de son bon droit. Pouvait-il s'être trompé à ce point en accordant une confiance aveugle aux expertises de Raoul Beinstein ? Si tel était le cas, il perdrait une grande part de sa crédibilité en tant que marchand d'art.

Fabien se prépara et se rendit à l'étude de bonne heure. Quelques heures et trois rendez-vous plus tard, il demanda à Corinne Dubois d'annuler ses entretiens de l'après-midi.

— Tous ? s'étonna-t-elle sur un ton de reproche. Mais vous devez recevoir M. Labaude, c'est un client important.

Elle interpréta le mouvement agacé de Fabien à sa juste mesure.

— Parfait, maître, je m'en occupe.

En début d'après-midi, Fabien rejoignit le centre-ville d'Avignon et se gara près de la galerie.

Johan Kovacks l'accueillit chaleureusement. Il lui souhaita la bienvenue et s'empressa d'évoquer les rapports privilégiés entre leurs deux familles.

— Un peu avant le décès de votre frère, nous avions engagé des négociations dans le but d'organiser une rétrospective des œuvres de mon père.

Ils avaient commencé à établir un catalogue, sollicité certains collectionneurs disposés à prêter leurs toiles à la galerie le temps de l'exposition. La mort de Lucas avait tout remis en question.

— Votre père a refusé de donner suite au projet, expliqua-t-il, visiblement déçu. Mais avec son accord, j'ai tout de même exposé quelques-unes de ses œuvres.

Fabien fit le tour de la galerie. Il n'était pas revenu sur les lieux depuis le décès de Lucas, et il remarqua aussitôt les changements. Une des salles était fermée, et l'espace consacré à l'exposition permanente était plus restreint et comportait moins de toiles. Il écouta les commentaires de Johan Kovacks à propos de certains artistes, les critiques de leurs œuvres. Un jargon pompeux auquel il ne se ferait jamais. Très vite, il comprit qu'il n'apprendrait rien à propos des toiles de maîtres, authentiques ou pas, vendues par la galerie au cours des décennies passées. Depuis l'appel de Marion, il avait échafaudé des hypothèses, mais aucun raisonnement ne lui paraissait clair. Toutes les questions lui semblaient infiniment plus difficiles qu'affronter celui qui détenait les réponses. Quelle alternative avait-il, sinon rendre visite à son père ? Passablement préoccupé, il prit le parti de filer au domaine familial séance tenante.

Depuis le lever du jour, le ciel de décembre était gris et, au fil des heures, il avait pris une profondeur de plomb. Au mas Ponty, Fabien laissa sa voiture et traversa le terre-plein en direction de la maison sous une pluie battante. Il n'avait prévenu personne de sa venue, mais il n'eut pas le temps de sonner ou de chercher sa clé. La porte s'ouvrit à toute volée devant son père. De toute évidence, il était d'une humeur de chien.

— Tu tombes bien, j'avais l'intention de t'appeler.

Simon gagna le petit salon en trois enjambées, Fabien derrière lui.

— Ça va durer longtemps, ce harcèlement ? Un client de Los Angeles vient de m'appeler. Il prétend que les toiles que lui a vendues ton grand-père sont des faux. Il menace de nous foutre au tribunal. Et tout est parti de cette conne d'avocate à Bordeaux.

Simon était planté au beau milieu de la pièce. Il dominait tout l'espace de sa grande taille. Sa tignasse blanche en bataille, il était vêtu de sombre comme toujours.

— Je suis au courant, papa, répondit Fabien, et je voulais justement t'en parler. Je veux savoir la vérité. Y a-t-il la moindre anomalie dans ces transactions ? Et n'essaie pas d'atermoyer comme à ton habitude.

— Comment ça, tu veux savoir ? Tu ne manques pas de culot alors que tu copines avec cette salope ! Mais elle ne me fait pas peur. J'ai tous les papiers prouvant ma bonne foi.

Fabien fixa son père. Il faisait les cent pas et une veine palpitait sur ses tempes. Quelque chose dans son comportement sonnait faux. Il ne parlait plus d'authenticité, mais de bonne foi. Qui essayait-il de convaincre ?

— Dans ce cas, reprit-il calmement, si tu as toutes les attestations, pourquoi t'énerves-tu ?

— J'ai horreur qu'on se mêle de mes affaires ! Et si je fais le déplacement jusqu'à Bordeaux, je te jure que je vais faire un carnage !

Là, il allait trop loin.

— Arrête, papa, comme toujours tu t'emportes pour couper court à la discussion.

— Parce qu'il s'agit d'une discussion que nous avons là ? s'écria Simon, la voix froide de colère. Tu viens ici pour m'accuser, pour dénigrer des décennies de travail auquel tu ne connais rien ! Tu vas me faire le plaisir de dire à ta dulcinée et à sa sœur qu'elles arrêtent leur cirque, ou ça va mal finir !

Fabien se sentit acculé. Comment annoncer son mariage dans un tel contexte ? Il risquait de détruire le lien filial qui les unissait malgré tout. Mais quel lien ? Des années à s'observer l'un l'autre, à sombrer dans le silence. Il avait si longtemps quémandé l'amour que son père ne lui avait jamais donné. Il avait présumé de ses forces en croyant qu'il saurait s'en accommoder. Même en cette minute où ils se dévisageaient comme des adversaires, il refusait d'admettre l'ampleur de son échec. Simon était si exclusif, si dominateur. Face à lui, Fabien se reconnaissait une qualité, il était diplomate. À lui de trouver les mots pour annoncer la nouvelle de son mariage, et il n'avait pas l'intention de s'en laisser remontrer.

— Je ne veux pas me disputer avec toi, papa, mais j'ai quelque chose d'important à te dire. J'ai l'intention d'épouser ma dulcinée, comme tu dis.

Il resta confondu par la haine qu'il vit s'allumer dans le regard paternel.

— Avoue quand même qu'il n'y a que toi pour envisager ce genre de connerie ! Il t'a fallu vingt ans pour décider de te marier, et c'est pour épouser une gamine sans le sou et qui s'ingénie à foutre la pagaille dans notre famille. Tu aurais pu choisir mieux. Mais tu n'es plus à une bourde près !

Soudain, la porte s'ouvrit et une employée entra, portant un plateau garni d'une cafetière et de tasses.

— Foutez-nous la paix ! hurla Simon en pointant la porte du doigt.

La jeune femme fit promptement demi-tour en s'excusant.

Puis Simon se retourna vers son fils, et le considéra un instant, médusé. Il avait souvent remarqué que Fabien pouvait rire sans paraître heureux. Aujourd'hui, il rayonnait ! Il était vraiment amoureux. Quel con ! Qu'il couche avec cette fille passe encore, mais de là à l'épouser ! Il en était abasourdi, et sa colère tomba d'un coup.

— Réfléchis bien avant de t'engager, reprit-il sur un ton plus calme. Quelle sorte de vie espères-tu construire ? Une étudiante et un quadra en mal d'aimer qui se lance à la conquête du pouvoir.

C'est à mourir de rire ! Je peux déjà te dire que ça ne marchera jamais. Si elle t'épouse c'est pour ton fric, ne tente pas le diable !

Fabien le foudroya du regard. Il savait les tentations du diable : c'était aimer Marion plus qu'elle ne l'aimait, voir leurs sentiments se détériorer au fil du temps. N'avait-il pas envisagé qu'elle lui rirait au nez quand il ferait sa demande ? À sa grande surprise, elle avait choisi d'unir sa vie à la sienne. Et son existence avait changé. La peur de l'abandon et du rejet qui avait jalonné sa vie s'était éloignée doucement.

— Si j'ai bien compris, tu me traites d'imbécile ? demanda-t-il.

Comme son père ne répondait pas, il reprit en haussant le ton :

— Je ne tolérerai pas que tu t'immisces dans ma vie privée. Je t'ai informé de mes projets par pure politesse. Mais au fond, je me fiche éperdument de ce que tu peux dire ou penser. Je sais exactement ce que je fais. L'opinion d'autrui, et la tienne en particulier, m'indiffèrent.

— Alors je n'irai pas par quatre chemins. Si tu te maries avec cette fille, tu ne franchiras plus cette porte ! Elle ne fera jamais partie de la famille.

— Comme tu voudras, papa, c'est ton choix. Mais ne t'imagine pas en train de me chasser du jardin d'Éden. Je n'ai jamais eu besoin de toi, ni socialement ni financièrement. Cependant, réfléchis bien toi aussi. Tu as déjà perdu un fils.

Simon blêmit. Il se précipita vers Fabien, mais il s'arrêta brusquement en découvrant Natacha qui les observait depuis le seuil de la pièce. Fabien eut du mal à reconnaître sa belle-mère. Que restait-il de la femme superbe qui épuisait ses journées entre les magasins chics, le théâtre, les week-ends sur la Côte d'Azur? Enroulée dans une robe de chambre, un long châle tombant sur ses épaules, elle était maigre à faire peur. Les rides creusaient ses traits et ses cheveux défaits réclamaient des soins.

— Qu'est-ce qui vous prend de crier comme ça? Vous m'avez réveillée.

D'habitude, en les entendant se disputer, Natacha était aux anges. Elle n'avait jamais cherché à dissimuler son animosité à l'égard du fils aîné de son mari. Il était le portrait craché de sa mère et c'était à lui, et à lui seul, que revenaient tous les biens issus du premier mariage de Simon. Elle avait employé toute son ingéniosité à entretenir un climat de défiance entre les deux hommes. Mais depuis le décès de Lucas, Natacha n'avait plus le cœur à se battre.

— Je suis désolé d'avoir perturbé ta sieste, dit Fabien en posant un baiser sur sa joue. J'allais partir.

Il prit son manteau et se tourna vers son père:

— Certes, je ne m'y connais guère en art, mais en droit, un peu. Je te conseille de rassembler tous les documents en ta possession pour ces deux toiles vendues à Thompson. Et prends rendez-vous avec un avocat dans les plus brefs délais. D'après mes sources, l'Office central de lutte contre le trafic de biens culturels s'est saisi du dossier. Si elle était ébruitée, l'affaire pourrait prendre des proportions inquiétantes pour la renommée de ta galerie.

Sur ces mots, il fit demi-tour et quitta la pièce en laissant la porte ouverte derrière lui. Lorsqu'il traversa le hall, un sentiment de tristesse l'envahit. Quelque chose lui disait qu'il ne reviendrait pas de sitôt dans la maison où sa mère avait vécu.

23

L'enquêteur de l'OCBC lui avait donné rendez-vous à la galerie à 10 heures. Cette rencontre agaçait Simon au-delà de toute expression. Pourtant, il n'était pas inquiet. Il s'appuyait sur sa réputation d'arriviste arrogant et sans scrupules. Il l'avait patiemment construite et elle le flattait plutôt. Dès l'adolescence, son père lui avait inculqué la certitude qu'il était quelqu'un de spécial, prédisposé à un destin hors du commun. Ainsi, il avait acquis une très haute opinion de lui-même, un besoin excessif d'être admiré, obéi. Il ne pouvait en dire autant de ses fils. Fabien était un idiot qui avait vécu dans l'ombre de sa mère. Simon avait misé tous ses espoirs sur Lucas, avant de se résigner. C'était un faible, un timoré. Tout ce qu'il avait fait, c'était tenter de marcher dans les pas de son père. Sans y parvenir. Simon essayait tant bien que mal de se réconforter en pensant à ses trois petits-enfants. Mais il devait reconnaître qu'il ne les aimait pas. Ils grandissaient dans les jupes de leur mère, et ne s'intéressaient pas beaucoup à lui non plus.

Simon aborda le centre-ville d'Avignon et se faufila dans la circulation. Soudain, la sonnerie de son téléphone résonna et il vit s'afficher le numéro de son domicile. Il ne répondit pas et le répondeur se mit en route. Natacha lui demandait quand il rentrerait, elle ne se sentait pas bien. Elle geignait, réclamait sa présence. Encore une de ses petites crises. Il n'en pouvait plus, las de la voir sombrer dans la dépression. Il avait beau la raisonner, la secouer même, elle ne l'écoutait pas. Elle se laissait aller, négligée, de plus en plus repoussante. Ce n'était pas ce qu'il attendait d'elle. Aujourd'hui, il avait fait le tour de ce qu'elle pouvait lui offrir. Pourtant, elle avait brillamment servi ses desseins ; auprès d'elle il avait réussi tout ce qu'il avait entrepris et amassé une fortune importante. Quelques aventures éphémères l'avaient conforté dans la certitude de son pouvoir. À présent, il posait sur sa femme un regard désabusé, sans la moindre empathie. Il ignora ses jérémiades et se gara à la première place libre. En verrouillant sa voiture, il jeta un coup d'œil à sa montre. Il jubilait à l'idée d'avoir une demi-heure de retard.

    Ludovic Galois était arrivé en avance de quelques minutes et s'était installé dans la grande salle d'exposition. Un décor minimaliste, une atmosphère de sobriété luxueuse, un accueil discret... En attendant le propriétaire des lieux, il sirotait le café que l'hôtesse lui avait servi. L'ombre des colonnes surmontées de sculptures se projetait sur les murs blancs. Des compressions de bois flotté, de métal et de pierres brillantes. Plus décoratives qu'inspirées. Il contempla longuement les toiles. Certains artistes lui étaient inconnus, mais il repéra des œuvres de Marton Kovacks. La transparence des pigments, les fondus de couleurs et la lumière nuancée qui dessinait le temps. Une vision simple de la nature, d'où jaillissait une infinité d'émotions. D'une toile à l'autre, l'artiste avait créé un chemin initiatique vers un univers choisi.

Le bruit de la porte le tira de sa contemplation. Simon Goldberg entra, ignora la main qu'il lui tendit, et le guida vers son bureau. Il lui désigna un fauteuil crapaud, trop bas. Une manière flagrante de le placer en position d'infériorité. Sans préambule, Ludovic expliqua les poursuites engagées par Brad Thompson et proposa à Goldberg de prendre connaissance du rapport d'expertise qu'il crut bon de résumer :

— Les toiles et les cadres sont vraisemblablement d'époque, mais la peinture est beaucoup trop récente, les craquelures du vernis trop uniformes, ce qui est souvent le cas dans le vieillissement artificiel des toiles. Et ces infimes traces de radioactivité... aucun doute n'est permis, ce sont des faux.

— C'est impossible! rétorqua Simon sans se laisser démonter. J'ai tous les documents qui prouvent le contraire. Mon père a fait expertiser ces toiles par Raoul Beinstein.

— Quand on mène une enquête pour faux, monsieur Goldberg, on ne tient pas pour acquis le diktat d'experts qui prétendent tout connaître.

— Mais il s'agit de Beinstein! se récria Goldberg. Je vais vous montrer les certificats qu'il a établis en bonne et due forme.

Il se leva, se dirigea vers le coffre et saisit une suite de chiffres. Il sortit un dossier qu'il prit le temps de feuilleter. Lucas l'observait. Les yeux rapprochés, le visage maigre, presque triangulaire, une chevelure drue. On le lui avait décrit comme un homme redoutable. Rien d'étonnant à ce qu'il ait fait fortune dans un monde aussi complexe et fermé que l'art.

Simon leva la tête et tendit plusieurs liasses de papiers au jeune homme. Des certificats d'authenticité signés Beinstein, des attestations de ventes qui confirmaient ce que Béatrice Fayard avait découvert : les tableaux étaient passés entre les mains de collectionneurs depuis la fin de la guerre, une galerie à Périgueux, une autre à Lunel, des établissements fermés depuis des lustres et dont les archives avaient disparu. L'atout principal restait l'authentification par Beinstein, et Goldberg le savait. Il entreprit de faire son apologie.

— Si on ne peut plus faire confiance à un tel homme, conclut-il, où allons-nous ? Autant arrêter le commerce de l'art.

— Même les meilleurs peuvent être abusés. Et aujourd'hui, nous disposons de procédés technologiques que Beinstein n'avait pas à sa disposition à l'époque.

Simon refréna un mouvement d'agacement. Il jouait avec son coupe-papier et heurtait le coin du bureau à intervalles réguliers. Il savait ce que ce geste répété avait d'horripilant pour le commun des mortels.

— Je me porte garant de mon père ; s'il a été abusé, comme vous dites, c'est en toute bonne foi. Il n'avait rien à se reprocher, et moi encore moins! On peut me critiquer, dire que je suis dur en affaires, certes, mais je ne suis pas un escroc.

Il avait haussé la voix. Ludovic se retint de rétorquer que lorsqu'un homme proclame haut et fort ce qu'il n'est pas, on découvre la plupart du temps que c'est précisément ce qu'il est. Il n'aurait pu affirmer que l'homme qui le fixait d'un regard glacial était un escroc, mais il aurait juré qu'il cachait quelque chose. Ce n'était pas une preuve, pas même une présomption, mais un sentiment étrange… son instinct.

— Aucune accusation n'est encore formellement notifiée à votre encontre, dit-il, mais attendez-vous à ce que Thompson vous réclame des dommages et intérêts.

— J'ai déjà sollicité les services d'un avocat. J'imagine que l'affaire sera plaidée aux États-Unis.

— En principe, oui. Il paraîtrait normal que le plaignant n'ait pas à financer le déplacement de son conseil juridique à l'autre bout du monde.

Simon parut soulagé, et cela n'échappa pas au jeune homme. Le règlement du litige à des milliers de kilomètres limitait les risques de déclencher un énorme scandale. Ludovic éprouvait un sentiment bizarre, comme si tout n'était que façade autour de lui. Quelque chose ne collait pas. Il avait l'impression d'être confronté à un édifice en trompe-l'œil. Il pêcha une autre pochette dans sa sacoche et la posa sur ses genoux.

— Pour autant, cette présomption de faux est désormais entre les mains de l'organisme que je représente, et j'ai décidé d'aller plus loin dans mes investigations. Je vous demanderai de me fournir le récapitulatif de toutes les transactions de votre galerie au cours des trente dernières années.

— Et pourquoi devrais-je vous donner cette liste ?

— Parce que je suis habilité à vous la réclamer. Je ne vous apprends pas que l'OCBC dépend de la Direction centrale de la police judicaire.

Le ton était monté d'un cran entre eux, et Simon ne cherchait pas à dissimuler son aversion.

— C'est un comble ! Vous déboulez ici et c'est tout juste si vous ne m'accusez pas de fraude. Passez-moi les menottes, pendant que vous y êtes !

— Vous devriez plutôt voir le côté positif de ma démarche. Si les deux toiles vendues à Thompson sont les seules en cause, mon action lèvera les doutes sur l'activité de votre galerie. J'ai besoin de cette liste dans la semaine. Pour certaines transactions, je serai peut-être amené à vous demander les certificats de provenance et d'authenticité.

Simon se renfrogna, tandis que Ludovic retenait un petit sourire de satisfaction. Il n'était pas le moins du monde intimidé par l'attitude de plus en plus agressive de Goldberg. Il inspira lentement, jubilant à l'avance. Puis il évoqua sa collection privée et cita quelques œuvres majeures. Simon comprit aussitôt d'où il tenait ses informations. Il maudit Fabien pour avoir montré ses toiles de maîtres à cette idiote, à seule fin de l'impressionner. L'idée de se faire manipuler par une gamine lui répugnait.

— L'OCBC s'intéresse particulièrement au *Soleil couchant à Collioure* de Matisse, reprit Ludovic. Je vous tiendrai informé, mais il est possible que j'exige une expertise de cette œuvre. Nous sommes donc appelés à nous revoir.

Il prit congé et Goldberg ne le raccompagna pas. Il remonta la galerie et son regard s'attarda à nouveau sur les toiles de Marton Kovacks. L'éclairage de la galerie rehaussait les couleurs, la transparence de la lumière. Il avait lu quelques articles décrivant les liens amicaux entre le peintre et Isaac Goldberg. Il eut envie d'en apprendre davantage.

Après le départ de Ludovic, Simon demanda à sa secrétaire de le mettre en relation avec Me Fayard. Lorsque Béatrice décrocha, il se présenta.

— Je vous somme d'arrêter immédiatement de salir ma famille !

L'espace d'un instant, Béatrice resta pétrifiée, le téléphone rivé à son oreille, la bouche entrouverte. Elle se rappela le portrait que Marion lui avait peint de son futur beau-père, un homme d'affaires impitoyable, doublé d'un tyran domestique. Elle laissa passer une houle d'insultes. Goldberg hurlait dans le combiné.

— Vous devriez mesurer vos propos, dit-elle en profitant d'une courte pause dans sa déferlante de rage. Et si vous pouvez prouver votre bonne foi, c'est…

— On voit bien que vous ne connaissez rien à l'art dans votre petit monde de médiocres ! Un scandale même infondé peut démolir une réputation.

— Alors prenez vos responsabilités, et répondez aux questions de l'enquêteur de l'OCBC. Vous avez tout à y gagner.

— Pour qui vous prenez-vous pour me donner des leçons ? Vous osez entacher la mémoire de mon père, et le génie d'un homme comme Beinstein.

— Je suis une avocate qui fait son boulot dans son petit monde de médiocres.

— Alors faites-le en vous mêlant de ce qui vous regarde, votre boulot ! Et je vous préviens, si vous ne cessez pas vos investigations de fouille-merde, vous allez le regretter.

— C'est une menace ?

— Prenez-le comme vous voulez !

Il raccrocha brutalement. Béatrice réfléchit un long moment, les yeux fixés sur le téléphone. Les hurlements de Goldberg lui vrillaient encore les tympans. Elle avait hâte de reprendre contact avec Ludovic. Lucide, elle avait compris que la rage de Goldberg cachait autre chose. Ils avaient sans doute touché un point faible de la carapace. Mais elle pensa à Marion, à son mariage avec Fabien Goldberg. Elle éprouva un profond malaise. L'espace d'un instant, elle fut tentée d'appeler Ludovic pour lui dire qu'elle abandonnait l'enquête, mais les menaces de Goldberg ne passaient pas ! Elle était accoutumée à affronter les maris jaloux, les tyrans domestiques. Il ne lui faisait pas peur.

— Qu'il aille au diable, ce connard ! dit-elle à haute voix.

24

Marion repoussa le bloc-notes, l'ordinateur portable et les classeurs entassés autour d'elle dans le plus grand désordre. Elle manquait assurément de place dans ce studio. Elle avait quitté la fac à 16 heures et, depuis, elle consultait plusieurs sites de recherche, griffonnait des notes. L'art au Moyen Âge ne l'intéressait pas vraiment, et elle avait du mal à se concentrer. Cette année universitaire lui semblait interminable. Elle se demandait si elle avait fait le bon choix. Le droit était tellement plus passionnant que l'histoire de l'art ! Elle rassembla ses feuilles de brouillon et mit l'ordinateur en mode veille.

Elle sortit un filet de poulet du réfrigérateur et l'enveloppa de film alimentaire. Puis elle éplucha une pomme de terre et deux carottes et glissa le tout dans le cuit-vapeur. Elle rêvait de poulet grillé accompagné de pommes sautées mais, dans sa kitchenette, elle avait renoncé à la friture. Surtout en hiver où elle ne pouvait pas ouvrir les fenêtres.

Encore douze jours avant les congés de Noël... Elle se rappelait les Noëls passés avec nostalgie. Sa mère avait un don pour organiser les fêtes en famille. Elle commençait les préparatifs des semaines à l'avance. D'abord le sapin et la crèche avec sa procession de santons. Puis elle s'attelait à la décoration de la maison. Elle disposait des bouquets de houx et de fleurs enrubannées de satin coloré, des bougies parfumées dans toutes les pièces. Aussi loin que remontaient ses souvenirs, Marion se voyait l'aidant à dresser la liste des cadeaux, à concocter les menus. Puis venait le temps des courses effrénées dans les magasins. Avec l'arrivée de ses petits-enfants, Victoire avait développé des trésors de créativité. Chaque année, elle faisait de Noël une succession de moments merveilleux qu'ils évoquaient pendant des semaines.

Qu'en serait-il cette année ? Depuis la scène violente qui les avait opposées, chacune campait sur ses positions. Son frère lui battait froid aussi, et cette situation l'attristait. Béatrice lui recommandait d'être patiente. Toutefois, le comportement de sa belle-sœur la réconfortait. Élise avait gardé l'habitude de l'appeler de temps à autre, sans tenir compte de l'avis de son mari et de sa belle-mère. Elles échangeaient quelques nouvelles, de petites conversations anodines. Lorsque Marion raccrochait, elle était heureuse. Dans la mésentente familiale, elle se sentait plus proche de son père. Il n'abordait jamais le sujet de la discorde, mais elle devinait qu'il était de son côté. Un soir, profitant de sa présence à Bordeaux, Béatrice avait invité Fabien à dîner. Il avait aussitôt sympathisé avec Xavier ; ils s'étaient découvert des passions communes pour les échecs et le golf. Alors qu'elles étaient dans la cuisine pour dresser la salade et le plateau de fromages, Béatrice lui avait glissé à l'oreille : « Pas mal du tout, ce type ! » Depuis, elle avait cessé de l'appeler *ton mec* et Marion avait deviné que Béatrice l'intégrait doucement au cercle de la famille. Marion aurait au moins quelques alliés sur qui elle savait pouvoir compter. Mais, pour la première fois, elle appréhendait vraiment la période des fêtes.

Marion sortit une assiette, des couverts et une bouteille d'eau qu'elle posa sur un plateau. Puis elle vérifia la cuisson du poulet. Encore quelques minutes... Elle avait pris l'habitude de dîner avant l'appel de Fabien. Ils prenaient alors tout le temps de bavarder. Parleraient-ils des fêtes ? Il lui avait confié que cette année, pour lui aussi, tout serait différent. Il n'y aurait pas de grande réception au mas Ponty. Sa belle-mère refusait de recevoir la famille, ignorant délibérément la femme et les enfants de Lucas. Fabien avait décidé de passer Noël avec Hannah et ses petits neveux. Marion avait promis d'aller le voir chez lui ou à l'étude. Mais il n'était pas question qu'ils soient séparés pour le Nouvel An ! Ils avaient projeté de partir quatre jours à Majorque. Elle réfléchissait à la meilleure manière d'annoncer son absence à sa famille, et elle anticipait déjà la colère de sa mère. Pourquoi ne pouvait-elle pas réunir toutes les personnes qu'elle aimait ?

Le cuit-vapeur émit un signal sonore. Marion versa le contenu du panier dans son assiette et emporta le plateau sur le guéridon devant le sofa. Puis elle regarda le journal télévisé ; elle aimait à se tenir informée des événements qui animaient la planète. En attendant l'appel de Fabien, elle décida de s'accorder un quart d'heure de détente. Ils avaient choisi le troisième week-end de juin pour célébrer leur mariage, et opté pour une cérémonie en toute simplicité. Leurs conflits familiaux limitaient le nombre d'invités. Marion avait déjà demandé des dossiers d'inscription dans les universités d'Aix-en-Provence et d'Avignon pour la prochaine rentrée. De son côté, Fabien repérait des maisons à vendre. Il les visitait avant de les montrer à Marion. C'étaient des maisons de style à flanc de coteau, avec vue sur la plaine où se mêlaient les vignes, les arbres fruitiers, les champs de lavande, ou des mas nichés au cœur du Lubéron. Marion débordait d'enthousiasme à chaque visite. Mais, pour Fabien, aucune d'entre elles n'était assez bien et il continuait sa prospection. À l'étude, la jeune femme régnait en associée, ou presque. Le personnel était aux petits soins pour elle. Sauf Corinne Dubois qui avait de plus en plus de mal à cacher son animosité. En aparté, elle clamait qu'elle s'en voulait d'avoir introduit cette « intrigante » dans la maison. Ses piques étaient aussitôt rapportées à Marion, qui en riait.

Le 15 novembre, pour l'anniversaire de Fabien, Hannah avait organisé un petit dîner en famille, très simple. Elle présenta Marion à ses enfants.

— Voici la fiancée de votre oncle. Elle s'appelle Marion et elle est très gentille.

La jeune fille se prêta au jeu des questions avec beaucoup de patience. Mais elle avait vu dans les yeux des enfants un voile de tristesse qu'elle connaissait bien. Fabien avait gardé ce même regard d'enfant blessé.

Elle rangea son plateau et lava sa vaisselle avant de regagner son ordinateur. Elle avait pris du retard dans son travail. Et c'était sans doute la solution au dilemme qui la tracassait. Elle passerait Noël en famille et partirait aussitôt après. Elle n'avait pas de meilleure raison pour s'éclipser que ses révisions et les examens partiels de janvier.

Le lendemain matin, Marion quitta son immeuble à 7 h 30 et se dirigea vers la station du tramway. Elle avait mal dormi et elle était fatiguée. Soudain, elle perçut une vibration dans la poche de son manteau. Elle hésita à répondre au téléphone. Un groupe d'étudiants essayait de l'enrôler pour organiser une manifestation contestataire début janvier. Elle n'avait aucune envie d'y participer. Elle serait la femme du député du Vaucluse dans un proche avenir, et elle avait désormais une autre vision de la politique. Elle sortit son téléphone afin de vérifier le numéro d'appel. En reconnaissant celui du domicile de ses parents, elle s'arrêta sur le trottoir et décrocha. Elle fut surprise d'entendre la voix de sa mère :

— Marion ! Je suis soulagée de t'avoir au bout du fil. Je tente d'appeler Béa depuis une demi-heure, mais je ne peux pas la joindre.

— Elle devait partir tôt, je crois qu'elle plaide à Angoulême ce matin. Que se passe-t-il ?

— C'est ton grand-père, dit-elle en sanglotant, c'est affreux... Il est décédé cette nuit pendant son sommeil.

*
* *

Les premiers flocons de neige étaient tombés pendant la nuit, et la température avait chuté de plusieurs degrés. Une fine pellicule blanche recouvrait les allées du cimetière. Marion remonta le col de son manteau et se pressa contre sa sœur. Béatrice referma un bras autour de ses épaules. La messe s'était prolongée pendant plus d'une heure dans l'église à peine chauffée par deux radiateurs poussifs. Elle s'était achevée par un cantique d'espoir choisi par Victoire et Béatrice. Marion n'avait pas participé à l'organisation des funérailles. Elle était restée silencieuse, enfermée dans son chagrin.

La neige continuait de tomber en serpentins et le vent se levait. Marion se tenait entre son frère et sa sœur et elle écoutait l'ultime homélie du prêtre d'une oreille distraite. Elle revoyait tous les bonshommes de neige qu'elle avait confectionnés avec l'aide de son grand-père. Les batailles de boules de neige émaillées de fous rires… Il y avait tant d'amour dans son regard brillant de malice. Quand elle partait en vacances chez ses grands-parents, elle emplissait trois valises de vêtements qu'elle ne portait pas, de jeux qu'elle n'utilisait jamais. Les bras tendus, il l'accueillait toujours comme s'ils s'étaient quittés la veille, avec ses moustaches blanches, ses mains calleuses, et son éternel chapeau de paille ! Plus tendre, plus présent que sa grand-mère qui n'avait jamais réellement guéri de son chagrin de jeunesse. C'était son grand-père qui soufflait sur ses doigts gourds, qui préparait le lait au miel, qui la consolait de toutes les peines.

Pour la première fois, il était absent. Que ferait-elle désormais sans lui?

Soudain, une voix forte lui parvint. Des vieillards en uniforme entouraient le catafalque. Un homme s'était détaché du groupe, un papier à la main. Il évoqua le passé de résistant du défunt, sa captivité en Allemagne. Les flocons tombaient plus dru, le ciel n'était plus qu'un dégradé de gris et de blanc. Marion frissonna. Une foule de souvenirs jaillissait de sa mémoire. La balançoire l'emportait haut dans le ciel et elle criait: «Encore, papy, plus haut!». Son grand-père lui avait appris l'heure, la façon de nouer ses lacets. Et ces leçons de bicyclette, elle ne les oublierait jamais. Il lui expliquait ce qu'elle devait faire, elle s'accrochait à sa manche pour garder un semblant d'équilibre... Elle tombait malgré tout, dès qu'elle ne sentait plus la pression de sa main dans son dos. Elle aurait pu décrire tant de moments merveilleux. Une fois par semaine, il l'emmenait acheter des œufs et du fromage à la ferme au bout du village. Assise sur le porte-bagages de son grand vélo, elle serrait ses bras autour de lui et elle sentait les muscles de sa poitrine à chaque coup de pédale. Il lui répétait inlassablement de garder ses pieds éloignés de la roue. Chaque jour, elle l'accompagnait dans les vergers. Il parlait et elle pouvait l'écouter à l'infini. Il lui apprenait les saisons, les arbres et les fleurs. Les mains poisseuses, elle dévorait les fruits dégoulinant de sucre. Il était le cycle de sa vie. À qui livrerait-elle ses secrets, désormais?

Elle se reprochait de n'être pas venue voir ses grands-parents plus souvent au cours de ces derniers mois. Elle aurait dû parler de Fabien à son grand-père. Pourtant, au fond de son cœur, elle était sûre qu'il avait deviné ce qu'elle n'avait pas osé lui dire. Elle se rappelait ses dernières paroles : « Vis intensément chaque minute, ma petite-fille, et surtout sois heureuse. Car la seule certitude qu'offre la vie, c'est qu'elle s'achèvera. Et nul ne peut prédire le temps qu'il nous reste... »

Pour lui, la vie s'arrêtait là, dans ce matin neigeux et laid. Une brusque rafale de vent balaya les couronnes de fleurs près du caveau familial tandis que les anciens combattants regagnaient leur place au deuxième rang du cortège. Marion jetait de fréquents coups d'œil en direction de sa grand-mère. Son visage parcheminé, tendu sur des veines gonflées, avait pris la couleur du marbre. De fines mèches de cheveux gris s'échappaient de son chapeau de feutre. À quoi pensait-elle en cet instant ? Avait-elle compris qu'on enterrait son mari ? Elle qui avait regretté toute sa vie l'absence d'une tombe d'enfant sur laquelle se recueillir et pleurer.

La famille se rangea près du catafalque pour recevoir les condoléances. Victoire soutenait sa mère. Elle rassemblait toutes ses forces, refusant de laisser libre cours à son propre chagrin. Elle avait toujours imaginé que sa mère les quitterait la première, soulagée de retrouver enfin sa famille martyre et l'enfant qu'elle n'avait jamais vu grandir. Elle avait déjà anticipé le temps d'après. Elle accueillerait son père chez elle, et elle l'imaginait s'acclimatant paisiblement dans leur vie quotidienne. Contre toute attente, c'était lui qui s'en était allé, lui qui avait toujours su répandre la joie autour de lui. À présent, elle devrait organiser la vie de ses proches autrement. Soudain, elle vit Fabien Goldberg s'avancer vers elle. Elle recula d'un pas avant de croiser le regard de Pierre. Il fronça les sourcils. Le signal était clair. Elle avait conscience d'être une femme de caractère dotée d'un sacré tempérament. Mais, grâce à Pierre, elle avait toujours su jusqu'où ne pas aller trop loin. Elle accepta la main tendue, les condoléances de Fabien. Il lui parut chaleureux et compatissant. Elle le remercia. Elle le vit embrasser Marion et Béatrice sur les deux joues, échanger une chaleureuse poignée de main avec Xavier. Et l'aparté avec Pierre. Elle comprit qu'elle était en train de perdre la partie.

Hannah avait accompagné Fabien aux funérailles. Ils s'étaient tenus à distance tout au long de la cérémonie, mais il n'avait cessé d'observer Marion. Deux ou trois fois, il l'avait vue essuyer ses larmes du bout des doigts. De temps à autre, elle parlait à l'un de ses neveux. Il l'imaginait en train de les réconforter, elle pourtant si malheureuse. Il lui téléphonait tous les soirs, il devinait qu'elle avait beaucoup de mal à exprimer ce qu'elle ressentait. Combien de fois l'avait-il entendue dire que son grand-père comptait beaucoup pour elle? La veille, elle lui avait annoncé qu'elle rentrerait à Bordeaux dès le lendemain afin d'assister aux derniers cours avant les congés de Noël. À l'étude, le travail s'accumulait, les réunions se succédaient à la mairie, à l'hôtel du département. Mais en dépit de ce programme chargé, il avait promis de la rejoindre le week-end suivant. Il mourait d'envie de la retrouver, de la serrer dans ses bras, de lui faire l'amour. Il devait la consoler, l'écouter, partager sa tristesse. Il lui donnerait les dernières informations de la campagne électorale. Lorsqu'ils étaient en tête à tête, ils bâtissaient des projets pour l'année à venir. Il attendait beaucoup de ce week-end, le dernier avant des fêtes de fin d'année qui seraient endeuillées pour leurs deux familles.

25

Ludovic Galois oublia la trêve des confiseurs. Simon Goldberg lui avait fourni la liste des ventes d'œuvres d'art réalisées par sa galerie et il avait lancé des recherches pour chacune d'entre elles. Isaac Goldberg, fondateur de la galerie, avait conclu la plupart des ventes. Une période l'intriguait en particulier, de 1965 à 1983. Il compulsa les archives des journaux, les répertoires de ventes, les inventaires de successions sur plusieurs décennies. Il passa une multitude de documents en revue, recoupa les informations ; l'enquête s'avérait longue et fastidieuse. Il renonça à appeler Béatrice Fayard à la rescousse. Il était au courant du deuil qui avait frappé sa famille : il ne pouvait décemment pas la déranger en ce moment. Mais il avait d'ores et déjà prévu de la rejoindre à Bordeaux début janvier. Il serait temps alors de lui faire part de ses récentes découvertes. Il devait tenir compte des liens de sa sœur cadette avec le fils aîné des Goldberg. Béatrice avait discrètement évoqué leur mariage en juin prochain. Il avait tout fait pour dissimuler son étonnement. Ses rares entrevues avec Marion lui avaient donné l'image d'une jeune femme brillante, volontaire, et de surcroît ravissante. Qu'avait-elle besoin de se fourvoyer dans un tel milieu ? Elle n'avait rien de la conspiratrice en quête de notabilité.

Il repoussa le téléphone vers un angle du bureau. La tête lourde, il se passa la main sur le front avant de presser fortement ses tempes du bout des doigts. Il avala sa dernière gorgée de thé froid avec le comprimé qu'il avait oublié sur le sous-main. Puis il rangea quelques accessoires comme si cet ordre relatif pouvait influer sur ses réflexions.

C'était la troisième fois depuis le début de la matinée, pourtant il consulta encore les copies du fonds Rose Valland éparses devant lui. De 1940 à 1944, les Allemands avaient investi le musée du Jeu de Paume à Paris pour y entasser les œuvres d'art dérobées dans les musées ou confisquées aux familles juives déportées. Durant l'occupation, les dignitaires nazis s'approprièrent des pièces inestimables du patrimoine culturel français. Rose Valland, attachée près du conservateur, eut la présence d'esprit de dresser un inventaire précis des œuvres d'art qui transitaient par le musée. Elle emplit des cahiers entiers en répertoriant soigneusement chaque objet qui repartait du musée, les gares où étaient expédiées les caisses marquées d'une croix gammée et la destination des convois. Ses cahiers, rendus publics en 1998, constituaient un outil de recherche considérable à la disposition des enquêteurs de l'OCBC.

Ludovic avait constaté que de nombreuses toiles vendues par Isaac Goldberg avaient transité par le musée du Jeu de Paume au cours de cette période trouble. La plupart d'entre elles furent envoyées vers plusieurs gares du nord et de l'est de la France. On perdait leur trace pendant plusieurs décennies, et elles réapparaissaient dans des galeries, ou des salles de ventes en province. Ludovic interrogea des sites de recherche dans le monde entier et obtint un rendez-vous téléphonique avec un agent d'Interpol. Il était excité par l'ampleur de ses découvertes. Il avait hâte de rencontrer Béatrice début janvier. Ensuite, il se rendrait dans le Vaucluse et il déposerait une plainte auprès du tribunal de grande instance d'Avignon pour faux, escroquerie et trafic de biens culturels. Il espérait bien obtenir un mandat pour saisir les œuvres de la collection privée de Simon Goldberg.

*
* *

La maison était toujours si calme au petit matin ! Marion entrouvrit les volets de sa chambre sur le jardin étincelant de givre. Contrairement aux nuits précédentes, elle avait bien dormi et elle se sentait reposée. Elle prit une douche, s'habilla et mit un peu d'ordre dans ses vêtements. Puis elle sortit sa valise et commença à rassembler ses effets. Elle venait de vivre le plus triste Noël de sa vie. Le décès de son grand-père avait modifié ses plans : elle avait finalement décidé de rester à Apt jusqu'au Nouvel An, imitée par Béatrice. Les liens familiaux s'étaient resserrés. Elle avait retrouvé une certaine complicité avec sa mère, toutes deux heureuses de partager les préparatifs des fêtes. Elles avaient disposé l'arbre décoré, les tables recouvertes de trois nappes superposées pour célébrer le Père, le Fils et le Saint-Esprit, et la crèche avec ses santons plus nombreux chaque année. Elles avaient tout prévu. Les candélabres, les bougeoirs de cristal garnis de bougies multicolores rehaussaient les couleurs des plats, ce traditionnel menu de Noël provençal et ses treize desserts. « Mettre son chagrin de côté le temps des fêtes », telle était la consigne de Victoire. Marion s'efforça de divertir les enfants. La petite Clara avait réclamé son grand-père Lucien. Elle s'était étonnée qu'il ne les accompagne pas au salon des santonniers à Arles. C'était, de tout temps, la sortie traditionnelle des vacances de Noël. Marion aidait alors son grand-mère à l'organiser. La famille réunie au grand complet, ils se rendaient à Arles, faisaient le tour des échoppes artisanales en admirant la farandole des santons, le spectacle des artistes de rue. Et comme il importait de faire plaisir aux enfants, ils mangeaient dans un fast-food ou une pizzeria.

Pour donner le change, Marion prit l'initiative de conduire sa nièce et ses neveux au cinéma et dans l'immense centre commercial Avignon Mistral. Clara était revenue avec sa photo, assise sur les genoux du Père Noël. Pendant ce temps, Béatrice avait prêté main-forte à leur mère pour installer leur grand-mère à demeure. Sa présence requérait une surveillance constante. Elle errait d'une pièce à l'autre, loin de ces fêtes en trompe-l'œil. Elle ne réclamait pas son mari et s'adressait à ses petits-enfants comme à des inconnus. Au cours du déjeuner de Noël, elle avait surpris tout le monde en éclatant d'un petit rire aigrelet. Puis elle s'était redressée, le visage illuminé, et elle avait parlé de la guerre et de sa petite fille disparue.

Marion entendit du bruit dans le couloir. Elle entrebâilla la porte et vit son père marcher sur la pointe des pieds en direction de l'escalier. Elle referma doucement la porte et revint à ses préparatifs. Elle n'était pas fâchée de rentrer à Bordeaux. Durant ces deux semaines, elle s'était abstenue de parler de Fabien avec les membres de sa famille. L'ambiance était triste et l'équilibre trop fragile pour provoquer la plus petite étincelle.

De temps à autre, elle réussit à s'échapper quelques heures. Elle se réfugiait alors chez Fabien et, lovée au creux de ses bras, elle pleurait son grand-père. Indifférents aux lumières de Noël qui montaient de la rue, ils avaient partagé des moments intenses de tendresse, de passion dans la pénombre du salon. C'étaient des conversations, des caresses à n'en plus finir pour combler les absences à venir. Et ils attendaient leurs retrouvailles, le cœur plein de promesses.

Fabien pensait avoir trouvé leur future maison, mais il avait décidé de patienter pour la montrer à Marion. En sa compagnie, elle parlait surtout de son grand-père, évoquait ses souvenirs d'enfance et décrivait la tristesse de ses neveux.

— Je suis sûr que tu sais les consoler et prendre soin d'eux, avait-il dit. Tu seras la plus merveilleuse des mamans.

Elle s'était figée. C'était la première fois qu'ils évoquaient la possibilité d'avoir des enfants.

— Ça te plairait ? avait demandé Marion.

— Oui. Je crois que je serais le plus heureux des hommes. Et toi ?

Elle n'avait pas hésité :

— Rien ne me ferait plus plaisir. Et je te préviens, j'en veux trois !

Et, des rires plein la gorge, des larmes plein les yeux, ils avaient découvert qu'un même désir les animait : fonder une vraie famille.

La veille de son départ, Marion se leva de bonne heure et se rendit à la fabrique de fruits confits. La plupart des employés étaient encore en congés. Après une semaine pesante au sein de l'ambiance familiale, son frère avait emmené sa femme et ses deux fils quelques jours dans une station de ski.

Marion traversa les ateliers presque déserts et trouva son père devant les machines. C'était l'époque du confisage des agrumes qui arrivaient d'Israël et du Maroc par camions frigorifiques. Les écorces d'oranges baignaient déjà dans les bacs emplis de sirop de glucose. Depuis quelques années, les Délices d'Apt proposaient aussi une large gamme de tranches d'agrumes confits.

Pierre surveillait la machine qui débitait de fines rondelles d'oranges et de citrons. Ensuite, elles étaient soigneusement égouttées avant d'être plongées dans le sirop de sucre brûlant. Il s'apprêtait à mesurer la densité du sirop qui devait toujours être supérieure à celle du jus des fruits. C'était le secret pour une bonne pénétration du sucre et un confisage parfait. Marion connaissait les gestes de son père, précis, minutieux. Elle les admirait depuis si longtemps.

— Tu es parti tôt, ce matin, dit-elle en l'embrassant.

— Il y a du travail… La commande d'un nouveau client doit partir le 4 janvier au matin. J'ai promis à ton frère de m'en occuper en son absence.

— Tu n'es pas raisonnable, papa, le tança-t-elle. Tu devrais te reposer un peu. Je vais t'aider. Je prépare mes valises, mais j'ai tout mon temps.

Elle lui tendit les appareils de mesure, le carnet dans lequel il consignait les résultats de ses analyses. Puis elle le suivit en direction des égouttoirs où les tranches d'oranges, de pamplemousses attendaient d'être recouvertes de glaçage. Elle ne résista pas à l'envie de picorer quelques morceaux de fruits.

— Alors tu nous quittes, ma grande ? demanda Pierre en posant sur sa fille un regard attendri.

— Les cours reprennent le 5 et je dois rattraper ceux que j'ai manqués en décembre.

— J'imagine que tu as hâte de rentrer à Bordeaux. Tu n'as pas dû faire ce que tu voulais, ces derniers jours.

— C'étaient des vacances un peu spéciales, je te l'accorde. Mais ça ira, papa, je n'aurai pas de mal à compenser mon travail en retard.

Elle piocha une autre tranche de citron qu'elle savoura avec délices.

— Je voulais parler de ton ami… Tu ne l'as pratiquement pas vu.

Il se racla la gorge.

— Vos projets de mariage prennent forme ?

Il avait enfin posé la question ! Marion se demanda depuis combien de temps il en mourait d'envie. Elle hocha la tête en pensant aux difficultés qui l'attendaient.

— Ce n'était pas le bon moment pour en parler, mais nous avons arrêté la date du 25 juin. C'est effarant tout ce qu'il faut prévoir.

Une église... Fabien ne voyait aucun inconvénient à une célébration catholique. Une salle de réception, une liste d'invités qui ne s'étoffait guère. Ils auraient aimé que la cérémonie reste strictement familiale. Mais leurs familles... Marion pensa à sa robe. Elle rêvait de courses dans les magasins, de séances d'essayage en compagnie de sa mère et de sa sœur. Il n'était pas question de solliciter sa mère, mais elle savait pouvoir compter sur Béatrice.

Le désintérêt d'une partie de sa famille pour ses projets de mariage l'attristait. Elle imaginait l'implication de sa mère dans les préparatifs, son enthousiasme, sa fébrilité. Dans une autre situation, un autre mariage...

Pierre choisit une magnifique rondelle de pamplemousse rose gorgée de sucre et la tendit à sa fille. Elle était tout près de lui. Il perçut les fragrances fleuries de son shampooing.

— Goûte ça, dit-il, tu m'en diras des nouvelles.

Il semblait hésiter à ajouter quelque chose. Ce fut Marion qui rompit le silence.

— Je sais que je déçois maman. Elle envisageait mon avenir autrement. Et je reconnais que ce mariage pourrait même influencer le choix de mes études... Moi aussi, il m'arrive parfois de penser que j'avais fait d'autres rêves.

— Les rêves ne sont jamais définitifs, tu sais. Ils changent tout au long de notre vie.

— Je voudrais tellement que tout se passe bien ! Fabien est un homme merveilleux. C'est vrai que nous sommes différents, je suis plus jeune et il est riche et célèbre dans la région. Notre histoire peut surprendre et notre amour paraître impossible. Mais je l'aime, et j'ai très envie d'y croire.

Il y avait tant de choses qu'elle ne pouvait pas dire à son père. Fabien était sa destinée. Chaque jour, ils apprenaient à se connaître. Chacun laissait l'autre le découvrir, sans chercher à se dérober. Une offrande en toute confiance.

Pierre remarqua les étoiles qui illuminaient les yeux de Marion quand elle parlait de l'homme qu'elle aimait. Quand elle était adolescente, il s'était inquiété pour elle, puis il s'était émerveillé à l'écoute des projets qu'elle échafaudait. Elle était sa fille bien-aimée, intelligente, émouvante dans l'assurance fougueuse de sa jeunesse. Sa préférée, en cachette, au fond de son cœur. Il n'avait pas pour elle de mots assez tendres, de regards assez admiratifs. Il n'était pas déçu de la direction qu'elle imprimait à sa vie aujourd'hui. Ce statut social confirmerait sa petite fille en une épouse de notable qu'on gratifie du baisemain dans les réceptions huppées. Ce n'était pas vraiment ce qu'il avait imaginé. Cependant, il savait qu'elle n'avait pas pris une décision aussi grave à la légère. Il avait foi en elle. Il le lui dit. Et il sut qu'il était temps qu'il intervienne dans la discorde familiale.

— Je parlerai à ta mère, dit-il, je suis sûr qu'elle finira par comprendre. Mais laisse-moi définir le moment opportun. Pour l'instant, elle est perturbée par le décès de ton grand-père. Et elle doit veiller sur sa mère. Tu as entendu comme moi qu'elle parle de lui trouver une place dans un établissement spécialisé. Se séparer d'elle sera un véritable crève-cœur. Accordons-lui un peu de temps.

— Merci, mon petit papa! s'écria-t-elle avec ce sourire charmeur qui l'avait toujours désarmé. Je t'adore, tu sais!

Lorsqu'elle quitta la fabrique un peu plus tard, la brume qui enveloppait la ville depuis la veille s'était dissipée. Tout paraissait étonnamment clair.

En approchant de sa voiture, Marion vit l'enveloppe de papier kraft, épaisse, entourée d'un ruban élastique rouge, coincée sous les essuie-glaces.

26

Marion ne dit pas un mot du pli déposé sur le pare-brise de sa voiture. Elle se creusait la tête pour deviner qui avait pu le placer là, en prenant le risque d'être remarqué depuis l'accueil ou les ateliers de la fabrique. Aucun nom ne lui venait à l'esprit, mais elle ne pouvait s'empêcher de penser que c'était une personne qui la connaissait bien.

À peine de retour à Bordeaux, elle se précipita au cabinet de sa sœur. À 17 heures passées, le secrétariat et la salle d'attente étaient déserts. Elle frappa un coup léger à la porte et entra dans le bureau. En découvrant Ludovic Galois installé aux côtés de Béatrice, une profusion de papiers épars autour d'eux, elle s'immobilisa. Le jeune homme se leva et s'approcha de Marion la main tendue.
— Je suis ravi de vous revoir, mademoiselle. Comment allez-vous ?
Sans attendre sa réponse, il lui avança un fauteuil, en arborant un large sourire. Marion remarqua son regard pétillant, la fossette au creux du menton.
— Nous étions justement en train de faire un point sur notre affaire, dit-il. Voulez-vous vous joindre à nous ?

— J'arrive juste à Bordeaux, répondit-elle, et après toute cette route, je suis crevée.

La présence du jeune homme contrariait ses projets. Il n'était pas question de parler de l'enveloppe devant lui. Elle la glissa discrètement dans son sac d'où elle sortit deux ballotins de fruits confits.

— Papa m'a chargée de remettre ces friandises à Clara. Tu les as oubliées en partant avant-hier.

Appelée d'urgence par une cliente, Béatrice était rentrée précipitamment à Bordeaux. Avec le travail qui l'attendait, la visite impromptue de Ludovic, elle ne regrettait pas son retour anticipé.

— Prête pour les examens ? demanda-t-elle.

— J'espère, répondit Marion. Heureusement, j'ai encore deux jours de révision. D'ailleurs, j'y vais séance tenante.

Ludovic ne tint pas compte de son désir de s'éclipser et s'intéressa aux diplômes qu'elle préparait. Elle répondit poliment à toutes ses questions en essayant de ne pas montrer combien il l'agaçait.

— Tu es toujours d'accord pour notre descente en force dans les boutiques de mariage vendredi ? lança Béatrice. J'en ai sélectionné deux absolument incontournables ! On commencera par Noce Blanche, il paraît que c'est la plus chic.

Marion acquiesça. Vendredi, les partiels seraient terminés. Libérée de ce poids, elle éprouvait toujours un insatiable désir de liberté, de frivolité. Rien ne pourrait l'enchanter davantage que cette balade dans Bordeaux à la recherche de sa robe de mariée. Pourquoi croisa-t-elle le regard de Ludovic à cet instant précis ? L'expression inquiète qu'il afficha furtivement la surprit.

Une demi-heure plus tard, Marion ouvrait les volets de son studio. Elle aéra quelques minutes avant de relancer le chauffage. Elle rangea ses vêtements et les provisions que sa mère lui avait données, excepté un bocal de bœuf en daube. Ce serait parfait pour son dîner. Elle tourna en rond dans la pièce, jeta les magazines périmés et les dépliants publicitaires qui s'étaient entassés dans la boîte aux lettres en son absence. Elle ouvrit le réfrigérateur, les placards qu'elle avait vidés avant son départ, et dressa une liste de courses urgentes. Elle s'arrêta, un peu désœuvrée, avant de prendre brutalement conscience qu'elle repoussait le moment de sortir l'enveloppe de son sac. Fabien venait régulièrement la voir et elle n'avait pas envie de lui en parler. Où pouvait-elle la cacher dans un si petit espace ? Elle opta pour son sac de voyage vide, qu'elle rangeait toujours sur la dernière étagère de la penderie. Mais avant de cacher l'enveloppe dans le sac, elle prit le temps de l'ouvrir. Elle mourait d'envie d'en examiner le contenu une fois encore.

Les documents étaient assemblés par liasses. Des portraits de familles, presque semblables. La même pose, un homme, des enfants regroupés autour d'une femme assise, le même décor cossu des hôtels particuliers d'avant-guerre. Sur les clichés, on avait marqué d'une croix au feutre rouge certains tableaux suspendus aux murs. Des noms étaient notés en marge des photographies :

Lintz, Steinberg, Lienermann. Les mêmes noms, parmi beaucoup d'autres, revenaient sur une liste de familles déportées vers les camps d'extermination, des dates, des villes. Paris, Amsterdam, Varsovie. Une dernière liasse de papiers regroupait des articles de vieux journaux racontant les visites du maréchal Goering au musée du Jeu de Paume, entouré d'officiers en uniforme. Marion avait également découvert des ordres de transport vers la gare de Compiègne. De 1941 à 1944, plus d'une centaine de caisses avaient été expédiées vers l'Oise.

Marion sursauta en entendant la sonnerie du four électrique. Elle rassembla les liasses de papiers et rangea l'enveloppe. Son dîner achevé, elle libéra la petite table et sortit son ordinateur. Elle éprouva beaucoup de difficultés à détacher ses pensées des documents. Qui les avait posés sur sa voiture avec l'intention affichée que ce soit elle, et elle seule, qui les trouve ? Se concentrer sur l'art byzantin ou le plan d'une *domus* de Pompéi lui parut une épreuve insurmontable. Lorsque Fabien l'appela à 22 heures, elle eut l'impression de ne pas avoir avancé d'un iota dans son travail. Il lui parla de la maison qu'il avait dénichée au cœur du Lubéron.

— Elle est située sur la commune de Bonnieux, à peu de distance de l'étude et de Roussillon où habitent tes parents. Je la trouve parfaite ! À tel point que j'ai placé une sérieuse option d'achat. J'ai hâte que tu la voies.

Son enthousiasme amusa Marion qui se détendit un peu. Cependant, elle ne dit rien et Fabien s'en étonna. Il savait tout d'elle, jusqu'à ses silences qui ne pouvaient pas le tromper.

— Est-ce que tout va bien, chérie?

Elle pensa à l'enveloppe en haut du placard… et s'efforça de prendre un ton enjoué en refoulant un vague sentiment de culpabilité.

— S'il te plaît, laisse-moi réviser, ou je vais rater mes examens. Et ce sera ta faute!

Il céda à sa requête et elle promit de rentrer à Apt le week-end suivant, juste après les partiels.

La semaine s'écoula. Vendredi, Marion et Béatrice déjeunèrent d'un sandwich et d'un thé avant d'emprunter le tramway qui les conduisit rue Lafaurie de Monbadon où était installée la prestigieuse boutique Noce Blanche. Les examens partiels s'étaient bien déroulés. Le cœur léger, Marion se laissa emporter dans une échappée de plaisirs futiles, entretenus par l'engouement un peu trop empressé de sa sœur. Elle choisit des robes droites ornées de cascades de volants, des robes cintrées avec de fines bretelles, en soie, en dentelle ou en satin. Elle les essaya toutes, accompagnées d'un voile, d'un chapeau ou d'un diadème de perles. Elle tournait, virevoltait devant les miroirs. Elle riait et demandait à Béatrice de prendre des photos avec son téléphone portable.

— Je les montrerai à Fabien ce week-end, je suis sûre qu'il aimera celle-là… Et celle-ci, qu'en penses-tu? Moi, j'adore!

Elle mit longtemps à s'apercevoir de l'émerveillement exagéré de sa sœur qui garda le silence dans le tramway lorsqu'elles décidèrent de rentrer.

Marion s'en étonna, mais Béatrice éluda ses questions en prétextant une affaire épineuse qui l'inquiétait. Mais la jeune fille n'était pas naïve. Elle ne pouvait s'empêcher de penser que l'embarras de sa sœur avait un rapport avec la présence de Ludovic Galois en début de semaine. Elle insista.

— Il y a quelque chose qui te tracasse ? Qu'est-ce que c'est ?

— Mais non, ça va.

— À d'autres ! Tu peux m'en parler. Rappelle-toi, on s'est promis de ne rien se cacher.

Mais en pensant au contenu de l'enveloppe, la honte l'envahit. Elle se sentit rougir.

— Je n'ai pas voulu t'en parler plus tôt pour ne pas t'alarmer ni troubler tes révisions, dit Béatrice. En quittant Bordeaux, Ludovic est parti pour Avignon...

— Et ?

— Il va ouvrir une information judiciaire à l'encontre de Simon Goldberg pour escroquerie et trafic d'œuvres d'art.

*
* *

Ils entrèrent dans Bonnieux par l'est en passant près du pont Julien qui enjambait le Calavon, magnifique architecture gallo-romaine réservée aux randonnées pédestres. Le village dominé par la silhouette du clocher encerclait le sommet de la colline. Les habitations aux murs ocre et bruns formaient un enchevêtrement de toitures, de pans de façades qui s'avançaient paisiblement dans de jolis jardins en terrasses. Fabien passa devant l'église du XIIe siècle, les remparts et les vestiges antiques. À la sortie de la commune, il emprunta un large chemin qui serpentait au milieu des cèdres et des chênes-lièges. Le chemin ouvrait brusquement sur un vaste terre-plein face à une grande maison en pierre taillée. C'était une ancienne ferme restaurée, posée à flanc de falaise sur le versant nord du Lubéron. Fabien coupa le contact. Il descendit et vint ouvrir la portière à Marion. Il piocha un boîtier électronique et un trousseau de clés dans la poche de son manteau et lui prit la main. Une volée de marches menait à une terrasse couverte qui longeait la façade principale. Fabien ouvrit la porte et ils pénétrèrent dans un hall baigné de lumière. Un escalier de marbre et de bois clair conduisait à une mezzanine équipée de vitraux panoramiques. Main dans la main, ils parcoururent la pièce à vivre. Elle s'étendait sur deux niveaux séparés par quelques marches. D'immenses baies orientées plein sud ouvraient sur les jardins en pente douce, plantés de camélias et de bougain-villées. Le salon, doté d'une cheminée de pierre blonde, s'achevait sur une véranda en rotonde. Les portes-fenêtres plongeaient sur l'aile ouest de la bâtisse, avec une vue sur la plaine où serpentaient les vignes, les vergers et les champs d'oliviers dont le feuillage bruissait au gré du vent. À l'horizon, les monts du Vaucluse émergeaient des brumes par petites touches. Marion resta bouche bée. Elle ne se rappelait pas avoir déjà vu un endroit aussi paisible.

— Qu'en penses-tu ? demanda Fabien avec un soupçon d'inquiétude.

Il espérait tellement que la demeure lui plairait ! Il avait si souvent rêvé d'un endroit où se poser. Une maison, une famille bien à lui, tout ce qu'il avait cru ne jamais trouver pour briser la fatalité d'un futur éternellement dépouillé.

— Quelle vue magnifique ! s'exclama Marion. C'est somptueux.

Il saisit les clés de voiture qu'il avait posées sur le coin de la cheminée.

— Je te laisse découvrir le premier étage, je reviens.

Marion grimpa l'escalier et ouvrit toutes les portes longeant la mezzanine. Les chambres et leur salle de bains attenante, la bibliothèque, les deux bureaux communicants. Éblouie, elle allait d'une pièce à l'autre, déverrouillant les volets. Elle ne se lassait pas d'admirer le paysage, la combe de Lourmarin et ses forêts de cèdres, et, sur la ligne d'horizon, les collines du Lubéron.

— Ohé ! Tu peux redescendre.

Il avait apporté un sac isotherme d'où il tira une bouteille de champagne et deux flûtes.

— Ce n'est pas prématuré de sabler le champagne ici ?

— Ce n'est pas seulement en l'honneur de la maison.

Fabien piocha un écrin dans sa poche et le tendit à la jeune fille. Elle l'ouvrit délicatement et découvrit un saphir serti dans l'or blanc.

— Je n'ai pas trouvé de pierre aussi claire que tes yeux, mais au moins elle est bleue !

— Oh ! Fabien !

— Je sais, nous avions décidé : pas de fiançailles ! Mais laisse-moi au moins t'offrir la bague.

Il prit l'anneau et le glissa à son annulaire gauche. Il vit les larmes au coin de ses yeux, elle souriait pourtant. Il la trouva rayonnante, comme si une aura de bonheur flottait autour d'elle. Il la prit dans ses bras et l'embrassa longtemps, tendrement. Il savait que rien ne compterait plus que leur amour ; rien n'avait été et ne serait jamais plus important.

Marion ferma les yeux et s'abandonna au frémissement qui la parcourut. Pendant un court instant, elle oublia sa culpabilité et les doutes qui l'assaillaient. Elle aurait dû parler à Fabien de Ludovic Galois, de l'enveloppe. Elle avait décidé de se confier à lui plus tard, dans l'intimité de l'appartement. Mais en renonçant à tout lui révéler immédiatement, en reportant une épreuve qui n'en serait que plus difficile, elle trahissait sa confiance.

Fabien entreprit de déboucher la bouteille.

— Alors c'est certain, la maison te plaît ? demanda-t-il en retirant l'emballage doré et le muselet du goulot.

Il l'interrogeait du regard, le cœur battant. Et la réponse à sa question vint de la main qu'elle posa sur son visage.

— Comment pourrait-elle ne pas me plaire ? Je voudrais déjà y vivre. Je suis ravie…

Pourquoi ne pouvait-elle pas dire simplement qu'elle était heureuse ? De sombres pressentiments l'étreignaient de plus en plus fort. La main de Fabien se posa au creux de son dos, elle tressaillit. Il l'embrassa à la commissure des lèvres et ils trinquèrent dans un tintement de cristal. Ils restèrent enlacés devant les fenêtres d'où jaillissaient les montagnes et le ciel. Soudain, le portable de Fabien retentit.

— Et merde ! lâcha-t-il en posant sa flûte sur la cheminée.

Il pesta plus fort encore en découvrant le numéro de son père.

— Oui, papa.

Quelques secondes s'écoulèrent et Fabien s'éloigna de Marion. Il n'osa pas demander à son père de répéter, mais il aurait voulu trouver un endroit où s'isoler.

— Avant toute chose, dit-il enfin, appelle ton avocat.

— Parce que je ne peux pas compter sur mon fils ? aboya Simon à l'autre bout du fil.

— Bien sûr que si, mais je ne suis pas spécialiste en droit des affaires, surtout liées à l'art.

— Ça, tu n'as pas besoin de me le dire.

Fabien résista à l'envie de raccrocher.

— Tu t'imagines le scandale quand ça se saura ? poursuivit Simon.

Fabien imaginait très bien. Lucide, il devina que le scandale l'éclabousserait aussi. Ce qui ne semblait guère inquiéter son père.

Marion s'était retirée près d'une porte-fenêtre et faisait mine d'admirer les jardins. En écoutant des bribes de la conversation, elle avait compris qu'il s'agissait de la plainte déposée contre Simon Goldberg. Un sentiment de panique la gagna. Elle jeta un coup d'œil en direction de Fabien. Ses traits s'étaient tendus, et ses yeux brillaient d'un éclat dur. Il paraissait très en colère.

— Je ne vois pas très bien ce que je pourrais faire, dit-il.

— Ce n'est pas la peine d'être un notable reconnu! hurla Simon dans le téléphone. Elles te servent à quoi, tes relations politiques? Ça te coûterait beaucoup de venir au moins jeter un coup d'œil sur ce papier de merde?

La requête surprit Fabien. À contrecœur, il accepta de se rendre au mas Ponty.

— J'en ai pour une demi-heure, dit-il avant de raccrocher et de rejoindre Marion. Je suis désolé ma chérie, mon père a un souci. Je dois aller le voir.

— Ce n'est pas trop grave, j'espère?

— J'ai bien peur que si. Un enquêteur de l'Office central de lutte contre le trafic de biens culturels vient d'obtenir une injonction pour saisir certains tableaux de sa collection privée.

Marion se sentit pâlir.

— Veux-tu aller à l'appartement? proposa Fabien. Je te rejoindrai plus tard. Mais cela risque d'être long.

— Non, mon chéri, prends tout ton temps, je vais dormir chez mes parents. On se retrouvera demain.

Elle n'osa pas lui demander de la tenir informée après sa visite chez son père. Ils quittèrent la maison, et Fabien la conduisit sur le parking de l'étude où elle avait laissé sa voiture. Elle s'assit derrière le volant et, dans le rétroviseur, vit le véhicule de Fabien quitter le parking sur les chapeaux de roue. Soudain, elle redouta de rentrer chez ses parents. Une partie d'elle aurait voulu rattraper Fabien et tout lui dire. Qu'elle connaissait l'enquêteur, qu'il travaillait avec sa sœur pour coincer son père... et cette maudite enveloppe! Mais le moment opportun était passé. Elle attendit encore de longues minutes, les mains tremblantes nouées sur son volant. Puis elle démarra et prit la direction du centre-ville pour rejoindre la demeure de ses parents.

Elle trouva sa mère dans la buanderie. Elle pliait des vêtements qu'elle rangeait soigneusement dans une petite valise.

— Ma puce, je ne pensais pas te voir ce soir!

Marion se laissa aller un instant contre l'épaule de sa mère. C'était si bon! Puis elle recula et l'embrassa. Elle aimait toujours autant le contact de sa peau douce qui fleurait bon la lavande. Victoire portait un jean noir et un pull-over torsadé. Ses cheveux étaient enroulés et retenus sur la nuque à l'aide d'une pince.

— Tu prépares des vêtements pour grand-mère?

Encore choquée, Victoire se surprit à trembler. L'avant-veille, sa mère avait piqué une épouvantable crise de nerfs et à moitié saccagé sa chambre. Victoire s'était résignée à la faire hospitaliser. Un répit de quelques jours qu'elle devait mettre à profit pour trouver une solution d'hébergement durable.

— J'irai la voir demain matin, dit-elle. Tu viendras avec moi?

— Oui, bien sûr. Je vais faire des crêpes, elle les adore ! Je monte me changer et ensuite, je t'aiderai à préparer le dîner.

C'était plus une échappatoire qu'un réel désir de changer de toilette. Seule dans sa chambre, Marion prit le parti d'appeler sa sœur. C'était de l'inconscience, de l'aveuglement de garder plus longtemps les informations qu'elle détenait. D'une traite, elle raconta la saisie des tableaux de Simon Goldberg et le contenu du pli anonyme. Béatrice prêta une oreille attentive au récit de sa cadette. Puis elle prit rapidement sa décision.

— Je vais m'organiser pour aller à Compiègne la semaine prochaine, décréta Béatrice. J'ai un ami avocat sur place, et il est aussi membre de l'association Dernière chance. Il pourra sans doute me faciliter l'accès à certaines archives.

Marion insista pour l'accompagner, et Béatrice finit par céder. Après avoir raccroché son téléphone portable, Marion se laissa tomber sur le bord de son lit. Elle pensa à Fabien et se mit à trembler. Elle avait la sensation confuse d'un danger qui fondait sur eux à une vitesse vertigineuse.

27

En début d'après-midi, Marion et sa sœur montèrent dans le TGV Bordeaux-Paris. Elles parlèrent peu pendant le voyage. Béatrice travaillait sur les dossiers urgents qu'elle avait emportés, et Marion effectuait des recherches sur sa tablette pour étoffer son prochain exposé. À Paris, elles rallièrent la gare du Nord et un autre train les conduisit à Compiègne. Béatrice connaissait déjà la ville. Elle avait réservé deux chambres à l'hôtel de Harlay. Munies de leur léger bagage, elles franchirent le pont sur l'Oise à pied. Marion admira les péniches à quai, la courbe du fleuve qui se fondait doucement dans les brumes de l'après-midi déclinant. Elles marchèrent encore un peu en longeant la rue Solférino et prirent la rue de Harlay jusqu'à leur hôtel. Un message d'Éric Balard les attendait à la réception. C'était l'avocat, ami de Béatrice. Dans son message, il confirmait qu'il viendrait les chercher le lendemain matin à 9 h 30.

Malgré la fatigue, Marion accepta de suivre sa sœur dans le centre-ville. Elle découvrit l'hôtel de ville, son beffroi du XVIe siècle et la statue de Jeanne d'Arc qui veillait sur la ville depuis plus d'un siècle. Elles longèrent les rues pavées jusqu'au château.

Marion prit une salve de photos avec son téléphone portable en écoutant Béatrice raconter les villégiatures de l'impératrice Eugénie, les chasses de l'empereur en forêt et les deux guerres mondiales qui avaient marqué l'histoire de la ville impériale. Elles gagnèrent la rue Saint-Joseph et le bistrot de l'Imprévu. En attendant leur commande, Béatrice appela son mari. Il lui passa Clara et leur babillage amusa Marion.

— Attends d'avoir des enfants, ma vieille, dit Béatrice en raccrochant, tu verras!

Un colloque, une plaidoirie en province, Béatrice s'absentait rarement plus de deux ou trois jours dans le cadre de son travail. Mais c'était toujours aussi cruel d'être séparée de son mari et de sa fille.

Au cours du repas, elles évoquèrent la mystérieuse enveloppe déposée en catimini sur la voiture de Marion, et celle que Béatrice avait reçue par la poste. Visiblement, quelqu'un cherchait à orienter leurs recherches.

— Qu'en penses-tu? demanda Marion. Pourquoi Compiègne?

Béatrice perçut son embarras.

— Attendons de voir ce que nous allons trouver dans les archives de la ville. Il n'y a peut-être rien de probant. Tu es inquiète?

— Pour Fabien, oui. J'espère que tout cela ne perturbera pas sa campagne électorale.

Trois mois les séparaient encore de leur mariage. Marion avait parfois l'impression que des forces obscures se liguaient contre eux. À commencer par ce mystérieux corbeau qui donnait l'impression d'en savoir plus que les enquêteurs, et qui s'ingéniait à jouer avec leurs nerfs.

— Sois sans crainte, dit Béatrice en posant sa main sur celle de la jeune fille, tout se passera bien.

Le lendemain, elles retrouvèrent Éric Balard dans le hall de l'hôtel. Il avait commandé un café en les attendant. Il se leva à leur approche et Béatrice fit les présentations. L'avocat avait à peu près l'âge de Béatrice. Un visage avenant et un début de calvitie lui conféraient un air sympathique. Il les conduisit aux archives municipales, installées dans un bâtiment moderne, square du Puy du Roy. Balard se présenta à l'employé qui les attendait. Ils descendirent plusieurs niveaux en traversant des pièces immenses, bordées d'étagères hautes de cinq ou six mètres.

— Notre base documentaire est librement consultable, expliqua l'archiviste ; nous recevons plus d'une centaine de documents par jour, ils sont classés par époque. Tout est informatisé, bien sûr. Je vais vous donner un code d'accès informatique, et notre service vous renverra vers des numéros de dossiers correspondant à la période et aux secteurs de recherches qui vous intéressent.

Béatrice et Marion se mirent au travail sans plus attendre. Le jeune avocat les aidait du mieux qu'il pouvait, compte tenu des informations qu'il possédait. Car Béatrice était restée évasive sur l'affaire qui les avait menées dans ce lieu.

Leurs premières investigations s'avérèrent décevantes. Pendant la guerre, l'armée allemande avait réquisitionné le camp de Royallieu, à la périphérie de Compiègne, pour en faire un quartier d'internement sous haute sécurité. Le site accueillit des centaines de milliers de prisonniers venus de toute la France. Ils restaient dans le camp quelques semaines, voire quelques mois, en attente d'une autre destination. Les archives fournissaient pléthore de renseignements sur le transit des personnes ; la plupart étaient recensées par le mémorial de la Shoah à Paris. Marion fit défiler les pages et prit des notes. Elle n'était pas certaine que cela en vaille la peine, mais elle obéissait à son instinct. En revanche, la circulation des biens offrait peu d'information.

À 13 heures, Éric Balard invita les deux jeunes femmes à déjeuner. Déçue par leurs premières recherches, et en accord avec Marion, Béatrice lui exposa succinctement l'affaire sur laquelle elle travaillait depuis des mois, en collaboration avec Ludovic Galois.

— Je connais peut-être la personne qu'il vous faut, dit-il, visiblement intéressé.

Il les abandonna quelques minutes et s'éloigna pour passer un coup de fil.

— Il s'agit de mon demi-frère, expliqua-t-il en reprenant sa place à table. Il est mon aîné de vingt ans, et son père était chef de gare pendant la guerre. C'était un obsédé des détails. Pendant les quatre années d'occupation, il a noté minutieusement les moindres éléments de ses activités quotidiennes. Des cartons entiers d'archives ! Quand il est mort, mon frère les a données au fonds municipal. Tous ces documents sont restés à la mairie. Il faut savoir qu'avant leur transfert square

du Puy du Roy, les archives municipales étaient stockées dans les dépendances de l'hôtel de ville.
— Et on peut les consulter? demandèrent Marion et Béatrice presque d'une même voix.
— En principe, elles ne sont pas accessibles à tous. Mais mon frère a ses entrées... Il nous attend sur place à 14h30. Déjeunons, maintenant, je meurs de faim!

Les deux frères ne se ressemblaient guère. L'homme qui les accueillit place de l'Hôtel de ville était rondouillet, les cheveux en bataille. Il se présenta: André Lorieu. En les guidant, il évoqua l'époque où les archives étaient conservées tant bien que mal, éparpillées dans les greniers, les caves de l'hôtel de ville. Certaines y étaient encore. Ils furent accueillis par un employé municipal qui connaissait bien Lorieu. Il les précéda le long de couloirs et d'escaliers poussiéreux jusqu'à une pièce plongée dans la pénombre. Il actionna un interrupteur et les néons jetèrent une lumière blafarde sur des rayonnages muraux surchargés de documents. Une odeur de vieux papiers, d'air vicié prenait à la gorge. Cependant, un certain ordre régnait dans le local. Les casiers étaient classés et référencés par année. Des témoignages, des comptes rendus d'activité de la commune, des articles de presse.
— Il y a un photocopieur en haut de l'escalier, expliqua l'employé de la ville. Je suis navré, mais je dois rester là le temps de vos recherches.

Ils acquiescèrent et Béatrice commença ses investigations par les années 1942-1943. Elle comprit rapidement pourquoi certaines archives étaient toujours cantonnées en ce lieu presque secret. Plusieurs documents comportaient des informations sensibles : milices, délation, exécutions sommaires, des familles entières déportées sur une simple dénonciation.

De son côté, Marion cherchait des renseignements sur d'éventuels convois de biens matériels. Elle dénicha des papiers mentionnant le transport de tableaux et « autres objets décoratifs » en transit depuis Paris, et à destination de Munich. Mais peu d'éléments intéressants. Peu à peu, la déception la gagna et elle se sentit le moral en berne. Avait-elle entraîné sa sœur dans cette aventure pour si peu de chose ? Si elles ne trouvaient rien de tangible, dans quelle direction poursuivre leurs recherches ? Et pourquoi avait-on voulu les orienter vers cette ville ? Par ailleurs, elles ne pouvaient pas prolonger leur séjour et entreprendre d'autres investigations. Elle manquait des cours magistraux à la fac, et elle devinait le travail de Béatrice qui s'accumulait en son absence. Elle l'avait vue, à maintes reprises, rejeter les appels sur son téléphone portable.

Éric Balard et son frère tentaient de les aider du mieux qu'ils le pouvaient. Soudain, André Lorieu reconnut l'écriture de son père sur des casiers, tout en haut d'une étagère. Ils les descendirent et un nuage de poussière se répandit dans toute la pièce. Avec l'accord de l'employé municipal, ils étalèrent le contenu des cartons directement sur le parquet. Des dizaines de cahiers d'écolier, répertoriés par année, regorgeaient d'informations. Béatrice sélectionna les années qui les intéressaient, et ils se partagèrent le travail. Le père d'André Lorieu racontait ses tâches. Sur ordre des officiers allemands, il avait transporté des caisses emplies d'œuvres d'art jusque dans des hôtels du centre-ville. Il avait pour mission de les déballer, de les disposer dans des chambres aménagées en salons d'exposition. S'ensuivait alors un défilé de dignitaires haut placés, de marchands d'art allemands ou italiens qui se portaient acquéreurs. Ces transactions avaient souvent lieu sous l'égide d'experts et de courtiers français. Le père d'André Lorieu dressait un inventaire exhaustif des objets qui défilaient entre ses mains. S'il ne trouvait pas de références précises, il décrivait minutieusement chaque toile, chaque objet. De la Renaissance jusqu'aux maîtres de l'art moderne, de nombreux tableaux faisaient partie des lots. Puis suivait une liste des lieux où les œuvres étaient emportées et stockées lorsqu'elles ne trouvaient pas preneur. Béatrice cita plusieurs sites à voix haute. Soudain, Marion l'interrompit :

— Tu as dit le moulin Saint-Nicolas ? Attends, je viens de lire quelque chose là-dessus...

Elle retourna à ses premières fouilles et compulsa plusieurs liasses de documents.

— Voilà ! Je crois que je tiens une information.

Planté en bordure de la forêt domaniale sur la route de Crépy-en-Valois, ce moulin du XVIIIe siècle avait été restauré et aménagé en rendez-vous de chasse. Le rapport mentionnait que le maréchal Goering l'avait réquisitionné afin d'y entreposer les œuvres d'art qu'il se réservait ou qu'il utilisait en récompense de services rendus.

Le 10 août 1944, les services techniques de la ville avaient enregistré l'incendie du Moulin Saint-Nicolas à la suite de bombardements alliés. L'édifice fut réduit en cendres. Marion se chargea de photocopier les principaux documents. Béatrice gardait le silence. Elle venait de faire une découverte capitale, et, durant un court instant, la stupeur se peignit sur son visage. Le *Coucher de soleil à Collioure* de Matisse que possédait Simon Goldberg et un des deux tableaux de Brad Thompson comptaient parmi les œuvres répertoriées par le père d'André Lorieu comme entreposées au moulin Saint-Nicolas. L'évidence s'imposait à elle avec une telle force qu'elle en eut le souffle coupé. Elle avait maintenant la certitude absolue que ces tableaux étaient des faux! Comment des toiles détruites dans un incendie en 1944 pouvaient-elles réapparaître dans des collections privées? Isaac Goldberg avait-il eu connaissance de la destruction de ces œuvres? Soudain, elle se tourna vers André Lorieu :

— Savez-vous si d'autres personnes ont demandé à consulter les archives de votre père?

— Pas depuis son décès il y cinq ans. Avant, il en était le seul dépositaire. Je suis désolé, mais je ne peux pas vous en dire plus. En tout cas, au vu de l'état des cartons, je doute que quelqu'un soit venu ici récemment.

Le TGV quitta Paris à l'heure. Béatrice avait laissé la place côté couloir à sa sœur. La nuque appuyée contre le dossier de son siège, elle regardait défiler le paysage. La capitale et sa périphérie s'estompèrent dans les brumes. Elle mesurait l'importance des découvertes qu'elles avaient faites, et elle avait hâte d'échanger ces informations avec Ludovic Galois. Des réponses à la multitude des questions qu'ils se posaient se dessinaient enfin. Une ombre demeurait pourtant. Elle se rappelait les confidences de Marion, ses craintes à l'égard de la campagne électorale de Fabien. Et elle n'était pas près d'oublier la rage de Simon Goldberg au téléphone. Il ne manquerait plus que le mariage de Marion soit compromis à cause de son enquête !

Béatrice tourna la tête et contempla sa sœur. Elle sourit en admirant son visage incliné sur sa tablette, une mèche de cheveux tombant sur sa joue. Elle l'imaginait dans sa robe de mariée et soudain, elle lui apparut vulnérable, candide, enveloppée d'une folle insouciance. Mais elle, elle avait peur ! Elle éprouvait une pénible sensation d'oppression, la crainte diffuse d'être précipitée dans un enchaînement d'événements qui la dépassaient. Durant le voyage, elle réfléchit sur la ligne à suivre. Puis elle arrêta sa décision.

28

Victoire éteignit la télévision et débarrassa la table. Elle avait déjeuné, seule, d'un reste de gratin de pâtes accompagné d'une tranche de jambon. Elle se prépara un café et emporta la tasse et quelques biscuits dans le salon. Elle fit coulisser les portes-fenêtres et s'avança sur la terrasse. Le soleil flânait au-dessus des cyprès. Des senteurs de thym et de résineux parvenaient jusqu'à elle et l'air encore frais résonnait des premiers piaillements d'oiseaux. Mars n'était pas achevé, et déjà les rosiers se paraient de minuscules bourgeons. Victoire rentra et glissa la tasse dans le lave-vaisselle. Puis elle vérifia le linge qu'elle venait de repasser. C'était une des obligations du règlement très strict établi par les Amandiers : le linge devait être nettoyé et renouvelé tous les deux jours. La maison de retraite médicalisée autorisait les visites à partir de 14 heures. Auparavant, Victoire devait se rendre au supermarché et acheter du shampooing et des mouchoirs en papier pour sa mère. Elle lui choisirait aussi quelques revues, même si elle ne comprenait plus ce qu'elle lisait.

Francette était installée aux Amandiers depuis trois semaines, et Victoire culpabilisait toujours autant. Pourtant, la bastide entièrement rénovée offrait un confort idéal pour les malades atteints d'Alzheimer. Les infirmières veillaient, un médecin effectuait une visite quotidienne, et le personnel était aux petits soins pour les résidents. Malgré cela, Victoire ne pouvait se départir du sentiment d'avoir failli à son devoir en abandonnant sa mère. Comment aurait-elle pu la garder chez elle ? Elle avait vainement envisagé toutes les possibilités, mais Francette réclamait une surveillance de chaque instant. C'eût été renoncer à aider Pierre, à s'occuper de ses petits-enfants. Elle n'avait pas eu le choix. Dans son entourage, on lui répétait que c'était une chance d'avoir trouvé une place aux Amandiers. *Évidemment*, pensa-t-elle, *sans lui...* Elle se rappelait ses démarches auprès de tous les établissements de la région. Sans résultat. Marion avait alors proposé de solliciter l'aide de Fabien.

— Pas question de passe-droit ! s'était écriée Victoire.

— Papy et mamy habitaient à Goult, et Fabien est le maire de la commune, je ne vois pas où est le passe-droit.

Victoire ignora les protestations de sa fille, mais au bout de plusieurs semaines de recherches infructueuses, à son corps défendant, elle avait cédé. En moins de dix jours, Me Goldberg avait trouvé une place aux Amandiers.

Après de longues tergiversations, elle avait mis son ressentiment en sourdine et s'était rendue à l'étude pour le remercier. Lorsqu'il l'avait accueillie, elle avait hésité à lui tendre la main. Mais il l'avait devancée en la gratifiant d'un rapide baisemain. Ce geste ridicule l'avait déconcertée. En prenant place dans son bureau, elle avait regardé autour d'elle d'un œil critique. Tout ce luxe cossu, cette fortune affichée. Elle pensa à ses débuts aux Délices d'Apt : le plateau de Plexiglas posé sur des tréteaux qui avait si longtemps fait office de bureau dans le coin le plus sombre de la fabrique. Elle partageait cet espace avec Pierre, et ils avaient travaillé ainsi pendant des années, jouant des coudes autour de la table, égarant leurs papiers dans ce cagibi. Pourquoi Marion allait-elle se fourvoyer dans ce milieu bourgeois qui n'était pas le leur ? Elle s'apprêtait à commettre une énorme bêtise, et elle, sa mère, se découvrait incapable de l'en empêcher. Me Goldberg l'avait invitée à s'asseoir et lui avait proposé un café ou un rafraîchissement qu'elle avait refusé. Elle s'était assise sur le bord du fauteuil, comme si elle refusait de se poser vraiment, et elle avait toisé son futur gendre. Le complet gris, la chemise blanche rehaussée d'une cravate bordeaux, et la quarantaine visible aux cheveux gris qui brillaient sur les tempes, il avait un certain charme. Elle avait souvent imaginé ce qu'elle lui dirait s'il lui était donné de se retrouver face à lui. Des accusations, des reproches, qui sait ? Peut-être même des insultes... Et elle était contrainte d'afficher sa reconnaissance. Elle l'avait remercié de son intervention auprès du directeur de la maison de retraite.

— C'est l'établissement idéal pour la maladie dont souffre ma mère, avait-elle dit en s'efforçant d'être aimable.

Fabien avait deviné combien cette démarche lui coûtait. Il lui avait décoché un chaleureux sourire :

— J'ai fait mon devoir de maire, madame Tourneur, rien de plus.

Quelques mots de part et d'autre, un échange courtois. Le regard de Goldberg reflétait une certaine gentillesse et une aisance mêlée de réserve. Victoire était bien obligée d'admettre qu'il était sympathique.

En rentrant, elle avait appelé Béatrice et lui avait raconté sa visite à Me Goldberg, jusque dans les moindres détails.

— Apprends à mieux le connaître, avait-elle dit. Je te jure, maman, que c'est un type bien.

Victoire savait qu'ils étaient devenus amis et se voyaient souvent à Bordeaux. Que devait-elle faire ? Persister envers et contre tous à garder ses distances ou accueillir cet homme que sa fille s'apprêtait à épouser ? Après avoir longuement réfléchi, elle songea à profiter des fêtes de Pâques, relativement précoces cette année, pour l'inviter à leur repas de famille. Elle en parlerait à Pierre et à ses aînés auparavant.

Perplexe, elle rassembla les effets de sa mère dans un sac de toile et le posa à côté de ses clés de voiture sur la desserte de l'entrée. Mais avant de partir, elle revint dans la cuisine et sortit un poulet du congélateur. Pascal lui avait demandé de garder ses deux fils le lendemain. Il avait évoqué des rendez-vous en cascade qui mobiliseraient Élise à l'usine toute la journée. Victoire soupira. Elle se sentait tellement fatiguée depuis quelque temps. Elle en avait assez d'être un roc pour sa famille, de tenir le rôle de la mère, celui de la fille. Pourquoi pas le Saint-Esprit ? Et s'ils apprenaient enfin à se débrouiller sans elle? Soudain, elle pensa aux œufs de Pâques. Sa belle-fille l'avait chargée de les acheter. Elle palliait l'absence de plusieurs personnes à la fabrique et elle n'aurait pas le temps de courir les boutiques. Victoire avait toujours fait en sorte que sa famille fête Pâques aussi bien que Noël. Toutefois, cette année, elle manquait d'enthousiasme. Son père était décédé, sa mère était partie. Et elle, elle vieillissait. Chaque fête marquait une autre année enfuie... C'était l'explication qu'elle avait trouvée pour justifier sa mélancolie et cette soudaine lassitude.

*
* *

Dès son retour de Compiègne, Béatrice confia les résultats de ses récentes découvertes à Ludovic Galois. Il convint avec elle qu'ils étaient sur une piste sérieuse et il échafaudait déjà leurs prochaines actions. Contre toute attente, elle lui fit comprendre qu'elle souhaitait marquer une pause dans ses activités au sein de l'association Dernière chance. Ludovic n'avait pas insisté. Malgré cela, il l'appelait régulièrement et la tenait informée. C'est ainsi qu'elle apprit la saisie de la collection privée de Simon Goldberg. Une scène dantesque, d'après Ludovic. Entouré d'une armada d'hommes de loi, Simon avait résisté jusqu'à l'ultime minute pour contrer la mesure. Son fils aîné était présent, mais il n'était pas intervenu et semblait peu concerné, au dire du jeune homme. Béatrice était pratiquement certaine que Fabien n'avait pas raconté l'événement à Marion. Sa cadette n'aurait pas manqué de lui en parler. Pour l'heure, les préparatifs de son mariage étaient sa priorité. Elle évoquait la magnifique maison qui serait la sienne bientôt. Béatrice la contemplait, plus jolie que jamais. Le bonheur lui allait si bien. En raison des onze ans qui les séparaient, elle s'était toujours octroyé le droit de veiller sur elle. Elle avait donc décidé d'abandonner l'enquête impliquant Simon Goldberg et ses affaires louches.

Et elle avait enfin le temps de se consacrer aux activités de son cabinet. Elle avait à cœur de boucler des affaires urgentes avant les fêtes pascales. Elle enchaîna plusieurs plaidoiries, se déplaça à Strasbourg afin d'épauler un confrère. Elle prit alors conscience du temps qu'elle avait perdu au cours des dernière semaines.

Elle ignora le téléphone qui résonnait sur le coin de son bureau. Son assistante avait pour consigne de la déranger seulement si c'était important. Elle s'efforça d'écarter les inquiétudes qui sourdaient en elle, et appliqua toute son énergie à l'affaire qu'elle plaiderait le lendemain.

*
* *

De son côté, Ludovic Galois accélérait la cadence. Il avait prévu de prendre quelques jours de congé pour les fêtes de Pâques, et il s'était fixé des objectifs ambitieux avant son départ. Le dossier Goldberg primait sur tous les autres. Les toiles de Simon Goldberg étaient entre les mains d'experts assermentés auprès des tribunaux. Il leur demanda de vérifier les dimensions des toiles et de s'assurer qu'elles correspondaient parfaitement aux œuvres d'origine. Goldberg avait fulminé lors de la saisie, s'abritant derrière les certificats d'authenticité établis par Raoul Beinstein. Pendant des décennies, Beinstein avait authentifié des toiles pour des particuliers, des fondations, et les plus célèbres musées du monde. Ludovic connaissait la réputation de l'expert et il était perplexe. Récemment, Béatrice Fayard lui avait transmis les données qu'elle avait recueillies au service des archives de Compiègne. Le musée du Jeu de Paume, les œuvres volées... et l'incendie du dépôt où certains tableaux avaient été détruits, puis étaient réapparus, comme par miracle. Tous ces événements prenaient un éclairage nouveau. À présent, il était en mesure de recouper bon nombre d'informations. Peu à peu, la chronologie des événements s'enchaînait. Il décida de demander le rapatriement des toiles de Brad Thompson. Il anticipait déjà la réaction de l'acheteur américain, mais il n'en avait cure.

Jeudi dernier, il s'était rendu à la section de recherches de la gendarmerie d'Avignon, et il avait rencontré le capitaine Lartigue, chargé de résoudre le meurtre de Lucas Goldberg. Lartigue avait d'abord soupçonné des bandes organisées issues d'Europe centrale. Il avait procédé à des perquisitions, mené des interrogatoires sans pouvoir établir le moindre lien avec le cambriolage de la galerie Goldberg. Les actions intentées contre Simon Goldberg ouvraient de nouvelles perspectives. De concert, ils avaient demandé à la direction de la lutte contre la délinquance financière de saisir les comptes de la galerie et ceux de Simon.

Après sa pause-cigarette, Ludovic rejoignit son bureau. Un e-mail de son collègue à la brigade financière l'attendait. L'analyse des transactions de la galerie était achevée. Ludovic pouvait enfin étudier les résultats et les recouper avec les renseignements qu'il détenait déjà. Et c'était particulièrement intéressant. À partir de 1965, les Goldberg avaient vendu de nombreuses œuvres d'art aux États-Unis et en Asie, puis en direction du golfe Persique dans les années quatre-vingt. Cette analyse ramena Ludovic à Beinstein qui avait expertisé toutes les toiles. Ludovic éprouvait beaucoup de difficulté à douter de son honnêteté. Même s'il savait bien que dans le milieu de l'art tout était possible. L'assistance de Béatrice lui manquait. Brillante, pragmatique, elle avait ce don particulier d'aller à l'essentiel avec une intuition bien féminine. Lui, il échafaudait des hypothèses ! Mais il manquait encore de preuves tangibles pour les étayer. Quoi qu'il en soit, il avait acquis la conviction que, d'une manière ou d'une autre, Simon Goldberg était suspect.

*
* *

À midi, Fabien classa le dernier dossier en cours. Par habitude, il vérifia la fermeture du coffre et des tiroirs de son bureau. Puis il prit congé de ses collaborateurs en leur souhaitant de jolies fêtes de Pâques. Il quitta l'étude d'un pas allègre. Il l'avait attendu, ce week-end ! Le printemps s'installait déjà et la fin de la semaine s'annonçait radieuse. En grimpant dans sa voiture, il hésita à rendre visite à son père. Après mûre réflexion, il prit directement la route d'Avignon. Si son père avait besoin de lui, il savait où le trouver. Marion arriverait de Bordeaux en soirée, et il frémissait d'impatience à l'idée de la revoir. Les semaines s'étiraient sans elle, et il en serait ainsi jusqu'à la fin de l'année universitaire. Mais d'ici là, ils seraient mariés. Il avait officiellement annoncé son mariage en réunion du conseil municipal et croisé des regards surpris ou amusés. Il avait écouté posément les remarques d'Alain Leroux : « Tu sais ce que tu fais, j'espère ! Tu te présentes à la députation, n'oublie pas. » Il ne l'oubliait pas. Il savait que la bienséance, de rigueur dans son milieu, rejetterait cette union. Peu lui importait. Néanmoins, Leroux avait accepté de célébrer son mariage.

Il décida de profiter de ces quelques heures d'attente avant le retour de Marion pour aller voir ses neveux. Il leur rendait visite chaque semaine sans exception. Il trouvait toujours quelque chose à faire pour soulager Hannah. Conduire les garçons au sport ou Sarah à la danse, les inviter au restaurant. Il s'arrêta dans une chocolaterie et choisit un assortiment de friandises en essayant de deviner le goût de chaque enfant. Il avait promis de déjeuner avec eux le lundi de Pâques. Mais avant lundi, il y avait dimanche ! se dit-il en ralliant sa voiture. Cette lapalissade ne le faisait pas sourire.

Dimanche, il était invité chez les parents de Marion et il appréhendait un peu. Il avait compris que sa mère et son frère étaient réticents à son égard. Il avait gagné la sympathie de Pierre Tourneur et de la famille de Béatrice. Malgré cela, il ne se sentait pas à l'aise. Cette fois, il se surprit à sourire. Il partait à la conquête de l'Assemblée nationale, et il redoutait d'affronter sa future belle-mère!

Le trafic était fluide sur l'autoroute. Fabien enclencha le régulateur de vitesse et leva le pied. Bercé par cette conduite monotone, il put donner libre cours à ses réflexions. Et il pensa à son père. La veille, il avait dîné avec son ami, le capitaine Lartigue, qui lui avait appris que les plaintes déposées à l'encontre de son père pourraient bien établir des liens avec le décès de Lucas. Lartigue était resté vague et s'en était tenu aux seuls faits qu'il pouvait dévoiler. Mais selon lui, Simon avait tout lieu de s'inquiéter. Un avis que partageait Fabien. D'autant plus que son père n'avait pas que des amis. Et parmi ses relations, d'aucuns n'attendaient que sa chute.

Fabien connaissait son père. Il ne niait pas qu'il fût autoritaire et manipulateur. Mais de là à l'imaginer en escroc aguerri... Pourtant, tous les indices allaient dans ce sens. Se pouvait-il que son père, et son grand-père avant lui, aient vendu des tableaux en sachant que c'étaient des faux? Son père, un escroc. Le mot résonnait bizarrement dans sa tête, et les doutes ne cessaient de le tarauder. Lucas était-il impliqué? Était-il décédé à cause des magouilles de leur père? Fabien se sentait coupable de n'avoir jamais pu s'intéresser aux affaires de son frère. À sa décharge, ils n'avaient jamais été proches, Lucas et lui. Les non-dits solidement ancrés dans leur vie de famille empêchaient toute complicité. En dépit de cela, Lucas lui manquait…

Après un long soupir, il se morigéna, bien décidé à éloigner les fantômes du passé. Il allait épouser la jeune femme qu'il aimait. Marion lui confiait sa vie avec un abandon qui l'émerveillait. Et une belle carrière publique s'offrait à lui. Il n'avait jamais autant misé sur son avenir en étant sûr d'avoir tous les atouts en main. Rien ni personne ne pourrait entraver le bonheur qui l'habitait pour la première fois.

C'était la seule chose qui valait.

29

— La robe ou l'ensemble ?

Marion se tenait devant lui, une robe bleue au col échancré dans une main, un ensemble jupe-chemisier dans l'autre. Elle présentait les vêtements devant elle, l'un après l'autre.

— Aide-moi, Fabien, je n'arrive pas à me décider.

Vêtue d'un soutien-gorge et d'une petite culotte de dentelle blanche, ses cheveux humides enroulés dans une serviette, elle tournoyait au milieu de la chambre avec un soupçon d'impudeur. Fabien contemplait les rondeurs lumineuses de son corps. Elle jouait avec insolence de cette force de la jeunesse qui se sait irrésistible.

— La robe, dit-il, elle est assortie à tes yeux.

— Je m'habille, je suis quasiment prête.

Il sourit. La salle de bains la retenait toujours une éternité ! Il ferma le col de sa chemise, se campa devant le miroir du dressing et ajusta sa cravate. Il se demanda si ce costume n'était pas trop strict pour un déjeuner de Pâques. Il avait l'air d'un politicien en campagne. Il devait à tout prix faire bonne impression, aujourd'hui. Pouvait-il envisager d'épouser Marion sans avoir tout tenté pour conquérir sa famille ?

Néanmoins, il était soucieux et il craignait que cela se remarque. Sa dernière conversation avec le capitaine Lartigue ne cessait de l'inquiéter. L'expertise des tableaux de son père avait révélé le nom du faussaire : Marton Kovacks. Et c'était à son fils que Simon avait jugé bon de confier la gestion de la galerie. Une obscure manœuvre de sa part ou une pure coïncidence ? Le capitaine Lartigue n'avait pas caché à Fabien que Johan Kovacks était dans le collimateur de la justice et qu'il comptait bien l'interroger. Fabien avait habilement questionné son ami, mais Lartigue était resté prudent dans ses propos. Et Fabien était encore plus préoccupé depuis qu'il savait que son père avait reçu une injonction du juge pour saisir le contenu de son coffre à la banque.

— Oh non !

Le cri de Marion le tira brusquement de ses pensées. Elle lui planta un baiser sur la bouche et lui retira sa cravate d'un geste un peu trop brusque.

— La météo annonce un après-midi digne d'un mois de juillet. Nous allons certainement déjeuner dehors, tu peux tomber la cravate.

— Tu es sûre ? Je ne sais pas trop…

— Mais oui, j'en suis sûre. As-tu le trac à ce point ?

— Tu n'as pas idée, ma chérie.

Elle éclata de rire en jetant la cravate sur le lit.

— Ça se passera bien, ne t'inquiète pas.

Il aurait aimé suivre son conseil, mais en ce moment tout l'inquiétait. Jusqu'au jardinier qu'il avait presque oublié.

— Tu rentres à Bordeaux mardi ?

— Je pensais même repartir lundi soir, répondit Marion. J'ai un cours dès 8 heures mardi matin. Pourquoi ?

— Le paysagiste m'a demandé de choisir les plantations, je n'y connais rien et je ne sais pas quoi lui dire.

Fabien avait acheté la maison de Bonnieux, et il voulait que l'aménagement soit achevé pour leur mariage. Ils étaient tombés d'accord pour remettre leur voyage de noces à plus tard. Marion avait des examens universitaires, et Fabien des réunions publiques en cascade avant la trêve estivale.

Il avait tenu à ce que leurs deux noms figurent sur les actes de propriété. « C'est un joli geste de sa part », avait dit Béatrice. Un peu gênée, Marion avait remercié Fabien. Mais elle ne doutait pas un instant que leur contrat de mariage rétablirait chacun dans ses biens.

— Tu n'as vraiment pas une idée pour les fleurs ? insista Fabien.

— C'est à ma mère qu'il faudrait demander des conseils, dit-elle en riant, c'est elle la reine du jardinage.

Sur cette boutade, elle lui prit la main et l'entraîna.

— Si tu veux faire bonne impression, soyons ponctuels !

*
* *

La famille était réunie sur la terrasse bordée de catalpas et d'arbres de Judée en fleurs. Le vent de midi était chargé de parfums sucrés. Fabien marchait dans les pas de Marion, presque timidement. Il avait acheté un bouquet qu'il tendit à Victoire.

— Je suis ravi de vous revoir, madame Tourneur.

Victoire lui accorda une brève poignée de main. Son langage châtié, sa manière de s'incliner vers elle avec une certaine élégance l'agaçaient. Elle prit les fleurs. Elle avait souvent remarqué combien c'était encombrant, un bouquet... en général on n'avait pas le vase adapté, on se battait avec les agrafes du papier, les tiges trop longues. Celui-ci était parfait, le jaune pâle des roses, l'orangé des lys, et les feuillages. Elle trouva d'emblée le vase adéquat.

Soudain, la petite Clara se précipita dans les bras de Fabien et jeta un regard de triomphe à ses cousins :

— Moi je le connais, c'est l'amoureux de Marion !

Des éclats de rire fusèrent, puis Béatrice embrassa Fabien avec un empressement qui traduisait leur intimité. Marion fit les présentations, son frère, sa belle-sœur. Victoire l'observait. Son maquillage léger, la masse de ses cheveux bruns tombant sur ses épaules, non seulement elle était jolie à croquer, mais elle resplendissait de bonheur.

Après les amabilités d'usage, Pierre servit le champagne et les flûtes s'entrechoquèrent avec un tintement de cristal. Les enfants demandèrent la permission de chercher les œufs en chocolat dans les jardins. Clara prit la main de Marion.

— Viens m'aider, tata, les garçons trichent tout le temps !

Soudain perdu sans Marion, Fabien fit quelques pas jusqu'à la balustrade qui surplombait les jardins. Le bruit du filet d'eau coulant de la fontaine accompagnait les cris des enfants qui dénichaient les œufs enfouis sous les feuillages ou dans quelque recoin entre deux pierres moussues. Il se surprit à envier ce bonheur simple et touchant. Il extrapolait l'avenir, un jardin, Marion, des enfants. La jeune fille parlait avec ses neveux et le vent chamboulait ses cheveux. Du bout des doigts, elle torsadait quelques mèches rebelles. Les rayons du soleil dessinaient son profil et allumaient des étincelles dans ses yeux. Il renversa la tête pour mieux la contempler. Tout à coup, elle se tourna vers la terrasse et leurs regards se rencontrèrent.

Victoire apportait les panières de pain frais sur la table. Elle surprit l'échange de leurs regards. La tendresse et l'amour qu'elle y lut ébranlèrent ses défenses. Son amie Françoise lui avait répété qu'il ne pouvait y avoir de mariage heureux entre deux personnes de milieux dissemblables. « Et si tu ajoutes la différence d'âge ! » Victoire eut brusquement la certitude qu'elle se trompait. Une bouffée d'optimisme l'envahit et elle décida de faire de cette journée une réussite. Les enfants revenaient vers la maison les bras pleins de friandises. Béatrice entraîna Marion dans la cuisine :

— Papa a servi une deuxième coupe de champagne, il est temps d'apporter les toasts et les verrines. Ça se passe bien la présence de Fabien, non ?

— Ça va, c'est cool.

Elles alignaient les verrines de saumon, d'artichaut au jambon de Parme sur les plateaux.

— As-tu des nouvelles de Ludovic Galois ? demanda Marion. A-t-il pu exploiter les infos que nous avons rapportées de Compiègne ? Fabien ne m'a rien dit, et je n'ai pas osé lui en parler. Mais j'ai l'impression qu'il est soucieux.

— À vrai dire, je n'en sais pas plus que toi. J'ai eu une véritable révélation en rentrant de Compiègne. Ce boulot au cabinet ! Je ne pensais pas que je pouvais être aussi négligente. J'ai averti Ludovic que je marquais une pause dans mes activités au sein de l'asso. Je crois qu'il a parfaitement compris.

— Et concernant…

Marion fut interrompue par l'irruption de ses neveux dans la cuisine :

— Mamy demande si vous les fabriquez, ces verrines ? On a trop faim !

Elles emportèrent les plateaux, de l'eau fraîche et les jus de fruits pour les enfants. Mais au moment de sortir sur la terrasse, Béatrice plaqua un baiser sur la joue de sa sœur et lui murmura dans le creux de l'oreille :

— Laisse tomber cette affaire, sœurette. Tu auras suffisamment à faire au cours des prochaines semaines avec tes examens universitaires et ton mariage.

Victoire laissa l'apéritif durer le temps nécessaire pour qu'elle apporte la dernière touche au déjeuner. Le matin, elle avait dressé la table à l'ombre des arbres. Elle avait tiré deux rallonges, choisi une grande nappe blanche et des bougies à la citronnelle pour éloigner les insectes. Elle posa l'entrée au milieu de la table : sa célèbre terrine de foie gras à la gelée de fines herbes. Ses enfants raillèrent gentiment ses obsessions : choisir le meilleur foie, la façon de l'apprêter, de le cuire.

— Et surtout le laisser reposer ! insista Béatrice l'index levé.

— Et ces fumets qui viennent de la maison, c'est le gigot boulangère, dit Pascal en s'adressant à Fabien. Vous allez voir, c'est un grand moment !

— Vous êtes bêtes ! dit Victoire en piquant un fard.

Fabien l'observait. Il sut de qui Marion tenait cette spontanéité et cet enthousiasme qui le rendaient si heureux.

— Vos enfants ont raison, madame, vous êtes un fin cordon bleu. Ce foie gras est une pure merveille. Tout à l'heure, j'admirais aussi votre jardin, cette profusion de fleurs multicolores, c'est ravissant.

Marion se leva et fit le tour de la table en présentant une panière d'osier garnie de plusieurs sortes de pain.

— Ce matin, je disais justement à Fabien qu'il devrait solliciter tes conseils, maman.

Un instant de silence suivit la remarque de la jeune fille et tous les regards se tournèrent vers Fabien.

— Il s'agit de notre future maison, expliqua-t-il un peu gêné. Le jardinier me demande de choisir les plantations, la disposition des massifs. J'en suis totalement incapable, et Marion rentre à Bordeaux demain.

— Et de toute façon je n'y connais rien! lança Marion.

— Il faut dès à présent penser aux fleurs d'été, dit Victoire, des clématites, des passiflores, sans oublier les géraniums et les bégonias.

Elle parla de bulbes, de terre de bruyère, de repiquage. Comme elle évoquait les diverses variétés de rosiers, Fabien l'arrêta d'un geste désolé.

— J'aurais dû noter tout cela, j'ai l'impression que je ne m'en sortirai jamais.

Marion ébaucha une moue qui s'acheva dans un éclat de rire:

— C'est bien ce que je disais, c'est une mission pour toi, maman! C'est toi la spécialiste.

Victoire les regarda à tour de rôle et se laissa gagner par une vague de tendresse. Il lui demandait de choisir les fleurs qui orneraient la maison où sa fille habiterait après son mariage.

— Si je peux être utile, dit-elle presque timidement.

Fabien s'assura que ce travail ne perturberait pas son emploi du temps, il s'excusa d'être aussi ignare, et finit par lui proposer de l'accompagner à Bonnieux mardi matin. Puis il goûta le châteauneuf-du-pape qui accompagnait le gigot. Fruité, velouté, il était tout simplement sublime. Il demanda à Pierre l'adresse de son fournisseur.

Il tendit volontiers son verre, et sentit peser le regard de Marion sur lui. Elle souriait. Il reposa son verre avec le sentiment d'avoir emporté une bataille aujourd'hui. Il était heureux. Pourquoi se sentait-il en danger, alors ? Comme si les lames déchaînées de l'océan fondaient sur lui.

*
* *

Depuis combien de temps étaient-ils dans la salle des coffres ? Fabien fit quelques pas pour se dégourdir les jambes et retourna à sa place, près de la porte. Son père s'était replié dans un mutisme surprenant qui ne laissait pas de l'inquiéter. Il ne comprenait pas pourquoi il tenait tant à sa présence. Son amitié affichée avec le capitaine Lartigue ou une certaine respectabilité dont il espérait tirer profit ?

L'huissier arriva enfin, muni de l'injonction. En présence de Simon, le directeur de la banque lui remit une clé du coffre. Simon tendit la sienne. Il était livide. Ludovic Galois était mandaté pour assister à la saisie. Il se tenait à courte distance de Fabien, mais les deux hommes semblaient s'ignorer. Fabien éprouvait une certaine admiration pour le jeune enquêteur. Les hommes courageux le fascinaient. Quand de surcroît ils défiaient son père, ils forçaient son respect.

L'huissier procéda à l'inventaire détaillé du contenu du coffre. Une pochette avec des espèces, 90 000 €, précisa l'homme de loi. Il ouvrit des écrins abritant des bijoux qu'il décrivit avec soin. Puis il sortit des tableaux. Ludovic s'approcha et les examina. Il cita les peintres Picasso, Bacon, Chagall et des œuvres de petits maîtres très cotés auprès des marchands d'art. Ludovic se tourna vers l'huissier :

— Veuillez consigner dans l'acte que je réclame une expertise de ces toiles. Encore des faux ? dit-il à l'adresse de Simon.

Il le provoquait ouvertement. Il s'attendait à une repartie cinglante, mais Goldberg n'en fit rien. Il se contenta de préciser que ces œuvres, vraies ou fausses, appartenaient à son père. Au cours de cet échange, Ludovic prit soin d'éviter le regard de Fabien Goldberg. Pourquoi sa présence le mettait-elle mal à l'aise ? À cause de ses relations avec la sœur de Béatrice Fayard ? Il sortit une tablette de son attaché-case et tapa quelques phrases.

Son enquête avançait à grands pas. Certaines œuvres vendues par la galerie Goldberg étaient des copies d'une facture exceptionnelle qui alliaient technicité et talent. Des supports datant de l'époque des originaux, des pigments naturels, et jusqu'aux dimensions des toiles rigoureusement identiques aux œuvres originales, rien n'avait été laissé au hasard. Pour créer un faux avec autant de précision, le faussaire ne pouvait être qu'un grand artiste lui-même, et un proche d'Isaac Goldberg. Une escroquerie d'une telle envergure exigeait une certaine complicité entre les protagonistes. Le nom de Marton Kovacks était apparu comme une évidence. Ludovic avait étudié le cursus du peintre, et un coin du voile s'était levé. Après la guerre, le peintre hongrois avait restauré des œuvres de maîtres pour de grands musées allemands et autrichiens. Ludovic avait alors demandé une analyse comparative. Les experts avaient conclu que Kovacks était l'auteur des copies. Dans la réalisation de chaque copie, le travail du faussaire se confondait avec le génie du maître pour un rendu remarquable.

Le coffre contenait aussi de nombreux documents que l'huissier mit un temps infini à qualifier et à consigner. Puis il sortit un petit coffret de bois sombre soigneusement fermé. Il réclama la clé à Simon qui ne semblait pas disposé à obéir malgré les conseils pressants de son avocat. Fabien resta résolument en retrait, mais la peur qu'il vit sur le visage de son père l'inquiéta. Simon finit par s'exécuter sous les menaces de l'huissier, et il sortit une minuscule clé plate de son portefeuille. Le coffret contenait un simple carnet de moleskine noire fermé par un élastique. L'huissier l'ouvrit sous le regard attentif de l'avocat de Simon. Il tourna quelques pages au hasard.

— Je suis désolé, dit-il, je vais avoir quelque difficulté à consigner cet objet dans les détails. Les notes qu'il contient sont rédigées en allemand, et je ne parle pas cette langue.

— Moi si! annonça Ludovic en s'approchant.

L'homme de loi recueillit l'assentiment des personnes présentes et, n'observant pas d'objection, il confia le carnet au jeune homme. Ludovic le feuilleta, une page après l'autre, avec beaucoup d'attention. Il revint en arrière plusieurs fois et il referma le carnet en faisant claquer l'élastique sur la couverture. Puis, s'adressant à Simon :

— Reprenez-moi si je me trompe, mais nous avons là une liste d'œuvres d'art détruites dans l'incendie d'un dépôt le 10 août 1944 à Compiègne. C'est cela ?

Simon acquiesça d'un mouvement de tête. Les deux hommes se toisaient et un éclair venimeux passa furtivement dans le regard de Simon. Le rapport de force entre eux n'avait jamais été aussi brutal.

— Ce carnet aussi appartenait à mon père.

Ludovic ne répondit pas. Il tenait à ménager son effet. Parmi toutes les œuvres répertoriées dans le calepin, il avait déjà relevé certaines toiles vendues par la galerie dans les années 1970-1980. Simon allait devoir expliquer comment sa famille avait vendu des œuvres d'art détruites quelque vingt-cinq ans auparavant.

L'huissier établit un récapitulatif exhaustif du contenu du coffre et enregistra les noms, prénoms et qualités des personnes présentes. Il conclut en signifiant la fin de la saisie à Simon :

— Je remettrai une copie de l'acte à la gendarmerie dès demain.

Fabien guetta la réaction de son père. Il l'avait vu se décomposer lors de la découverte du carnet, mais Simon avait vite retrouvé sa superbe. À présent, il s'était retiré dans un coin de la salle des coffres et s'entretenait avec son avocat. Ludovic Galois pianotait sur sa tablette. L'huissier prit congé en emportant le contenu du coffre soigneusement scellé dans des cartons. Et Fabien serrait les poings malgré lui. Il avait l'impression que les enjeux de cette saisie lui échappaient totalement. Quelle était l'importance de ce carnet ? Les toiles découvertes dans le coffre étaient-elles des faux comme le prétendait Ludovic Galois ? Il n'avait pas pu s'empêcher de relever l'affrontement muet entre le jeune homme et son père. Il anticipait déjà la convocation de son père à la gendarmerie dans un proche avenir. Que risquait-il ? Pour la première fois, Fabien mesura l'ampleur du scandale qui menaçait d'éclater à tout instant. Il fallait qu'il sache à quoi il devait s'attendre. Il s'avança vers son père :

— Je serai au mas Ponty à 2 heures, papa, je dois te parler. Et en privé, ajouta-t-il à l'intention de l'avocat.

30

Les volets roulants étaient à demi baissés et une atmosphère paisible baignait le salon. Simon proposa un cigare à son fils, mais celui-ci refusa. Le parfum du gigantesque bouquet de lys surplombant la cheminée était suffisamment incommodant. Ils attendirent que l'employée ait servi le café.

— Où est Natacha ? demanda Fabien.

— Elle va un peu mieux ces derniers temps. J'ai réussi à la convaincre d'aller passer quelques jours chez sa sœur à Paris. Je suis plus tranquille pour réfléchir.

La jeune femme de chambre se retira et Fabien but quelques gorgées de café.

— Je voudrais que tu m'expliques, papa. Je n'ai pas très bien compris ce qui s'est passé à la banque ce matin.

Simon se raidit et posa sa tasse sur la table basse.

— C'est si urgent que ça ? Je viens de passer trois heures avec mon avocat. Je suis fatigué et j'aspire à un peu de calme à présent.

— Alors j'attendrai que tu te sentes mieux. Mais je ne partirai pas d'ici avant de savoir ce que faisaient ces toiles dans ton coffre, et pourquoi tu as eu si peur quand l'huissier a découvert ce vieux carnet.

— Peur? Tu m'as déjà vu avoir peur?

— Arrête! s'exclama Fabien en haussant le ton. Ne te fous pas de moi... Tu étais mort de frousse et crois-moi, ça se voyait!

Simon hésita. Il prit le temps d'achever sa tasse avec une lenteur exagérée. Fabien l'observait avec le sentiment qu'il pesait le pour et le contre de ce qu'il allait dire.

— Ces ventes de faux tableaux remontent au temps où ton grand-père gérait nos affaires, dit-il enfin. Je le savais, et c'est la seule chose qu'on peut me reprocher.

— Quel est le rapport avec ces toiles répertoriées pendant la guerre?

— C'est une longue histoire. Lorsqu'il est rentré d'Irlande en 1945, ton grand-père est passé par Marseille. C'est là qu'il a rencontré un officier allemand qui s'était caché dans les Cévennes pendant la fin de la guerre. Il voulait de l'argent pour s'embarquer en Argentine.

Comment s'appelait cet officier? Simon ne se rappelait pas son nom, à supposer que son père le lui ai dit. Il lui avait surtout décrit la terreur de l'homme traqué, leurs interminables marchandages. Isaac lui avait acheté quelques bijoux, un lot de cartes d'identité et de tickets de rationnement pour une somme dérisoire. Et dans ce lot se trouvait le carnet noir.

— Sur l'instant, ton grand-père n'a pas mesuré son importance. Il s'était dit qu'il pourrait monnayer les renseignements auprès des propriétaires des tableaux qui entreprendraient des recherches pour les retrouver. À la fin de la guerre, il s'est rendu à Compiègne et il a découvert que le moulin Saint-Nicolas avait été détruit par les bombes alliées. Déçu, il a rangé le carnet dans un tiroir et n'y a plus pensé.

Mais quelques années plus tard, Isaac avait rencontré l'expert Raoul Beinstein. Ils étaient devenus amis en partageant les mêmes passions, l'art, l'alcool, les femmes. L'idée de ce trafic leur était venue au cours d'une soirée bien arrosée.

— Mais comment un expert comme Beinstein a-t-il pu se fourvoyer dans cette combine, au risque d'y laisser sa réputation ? demanda Fabien.

— Beinstein avait perdu toute sa famille dans les camps. Il estimait que le monde ne paierait jamais sa dette à l'égard des victimes de l'holocauste. Il trouvait jubilatoire l'idée de berner la société, tous ces bourgeois bien pensants qui les avaient abandonnés. D'après ton grand-père, il n'a jamais regretté l'authentification d'un seul faux. Comme un pied de nez à l'histoire. Et tous les deux se sentaient d'autant plus tranquilles qu'ils étaient certains que les œuvres originales ne referaient jamais surface. Il restait à dénicher l'artiste capable de contrefaire de grands maîtres.

Dans les années cinquante, Isaac Goldberg avait reconstitué une grande partie de son patrimoine. Il avait déjà acquis le mas Ponty dont la réfection dura dix ans, et une première galerie à Aix-en-Provence.

— Le commerce de l'art le passionnait depuis toujours, expliqua Simon. Très vite, il a investi dans une deuxième galerie à Avignon. En quelques années, sa renommée a franchi les frontières et il s'est retrouvé à la tête d'une superbe affaire. Un jour, il a vu débarquer un jeune homme avec un carton à dessin sous le bras.

— Marton Kovacks, je présume ?

— Exact, et ton grand-père a deviné que leur rencontre était un sacré coup de chance. Kovacks était ambitieux et c'était aussi un des peintres les plus talentueux de sa génération. Il avait un don pour enflammer les couleurs, jouer avec la matière.

Isaac avait suffisamment d'expérience pour comprendre qu'il tenait le peintre qu'il cherchait depuis longtemps. Kovacks avait la technique et la rigueur nécessaires pour imiter les plus grands, mais avec l'émotion que seul possède un grand artiste.

— Il lui demanda d'effectuer deux copies et les montra à Beinstein qui resta pantois devant la perfection des imitations. Il accepta d'établir les certificats d'authenticité et leur brillante affaire s'avéra rapidement juteuse. Kovacks peignait, Beinstein authentifiait, et ton grand-père vendait les toiles… Toutefois, Beinstein posa une condition. Il exigea qu'un tiers des bénéfices sur les ventes soit reversé anonymement aux associations des familles juives déportées.

À cet instant, Fabien perçut une vibration dans le fond de sa poche. Il sortit son téléphone, et vérifia le numéro d'appel. Le bureau. Corinne Dubois laisserait un message. Il se leva et se servit un doigt de cognac. Puis il alluma une cigarette et s'installa près de la fenêtre entrouverte.

— Grand-père a vendu combien de faux pendant toutes ces années ?

— Un certain nombre, j'imagine, mais je n'ai jamais su avec exactitude. Toutes les ventes avaient lieu à l'étranger et, à cette époque, beaucoup de transactions se réglaient en espèces ou par transfert bancaire d'un pays à l'autre.

— Et toutes les toiles copiées par Kovacks étaient répertoriées dans le mystérieux carnet noir ?

— Selon ton grand-père, il n'y eut pas moins de cent cinquante œuvres détruites dans l'incendie du moulin Saint-Nicolas.

— Et celles qui étaient cachées dans ton coffre sont aussi des faux ?

— Ce sont les dernières que Kovacks ait réalisées avant ses problèmes de vue et son exil en Floride. En ce qui me concerne, je n'ai jamais vendu une seule copie. Ton grand-père m'a révélé leur petit trafic à la fin de sa vie. Et après son décès, j'ai laissé le carnet au fond du coffre en m'efforçant d'oublier tout ça. Je savais, Fabien, c'est tout.

Fabien luttait difficilement contre le malaise et le sentiment de dégoût qui le gagnaient peu à peu.

— Pourquoi n'as-tu rien dit ?

— Je n'ai pas voulu ternir l'image de ton grand-père. Lui aussi avait perdu sa famille dans les camps. Il avait assez souffert. Je sais, tu vas me reprocher de m'être facilement accommodé de la situation. C'est sans doute vrai. Mais j'ai toujours été tenté de rejoindre Beinstein dans son analyse : le monde nous devait bien cela. Je comprends qu'il n'ait jamais rien regretté.

Appuyé contre le chambranle de la fenêtre, Fabien accusa le coup.

— C'est un peu facile, non ? À partir d'un tel raisonnement on peut s'exonérer de tout... Et les faux qui font partie de ta collection privée ?

— Ton grand-père y était très attaché. Je crois que ça l'amusait de posséder des toiles devant lesquelles ses proches s'extasiaient alors qu'il était le seul à savoir que c'étaient de simples copies.

— Tu sais que l'OCBC ne lâchera pas l'affaire comme ça.

— J'imagine que ce merdeux doit jubiler, à l'heure qu'il est. Quel petit con ! Tu m'as demandé des explications, ajouta-t-il après un court moment, à présent donne-moi ton sentiment.

Son père était à des années-lumière de savoir ce qu'il pensait. Avait-il seulement évalué ce qu'il risquait ? L'infraction de recel était illimitée dans le temps et restait effective tant que le détenteur d'un faux ne pouvait pas prouver sa bonne foi. Les amendes étaient très lourdes, parfois assorties d'une peine de prison. Et dès que le mot escroquerie serait prononcé, l'affaire serait portée sur la place publique. Il comprit que, pour lui aussi, les enjeux avaient brusquement changé. Il se sentit seul, tout à coup. Il pensa à Hannah. Elle lui avait dit quelque chose récemment... quelque chose qui l'avait frappé. « Les ombres du passé sont sans fin et elles vous rattrapent toujours. Peu importe où nous fuyons ». Fabien retourna s'asseoir dans le fauteuil, face à son père.

— Tu vas être convoqué à la gendarmerie, dit-il, et certainement mis en examen pour recel et usage de faux.

— Mon avocat est en train d'affûter ses arguments. Selon lui, on peut seulement me reprocher d'avoir su. Et il pense que les dons aux associations de déportés plaideront en ma faveur.

— À condition de pouvoir en apporter la preuve.

— Les justificatifs se trouvaient parmi les documents saisis ce matin. D'après Me Larrue, je risque d'être condamné à rembourser les faux dont on retrouvera la trace, mais je suis certain que cela ne représente pas le quart des transactions de ton grand-père.

L'idée semblait le réjouir.

— Alors tout est bien, ironisa Fabien, mais as-tu pensé au scandale ?

— Je ne pense qu'à ça. Et c'est bien ce qui m'ennuie le plus. Si l'accusation d'escroquerie est rendue publique, j'ose à peine imaginer le tort que ça va causer à mes affaires. Le marché de l'art est impitoyable. Je peux tout perdre, la galerie, la société de courtage.

Fabien l'observait. Ses yeux gris derrière ses larges lunettes, les plis serrés au coin des lèvres. Il eut brusquement l'impression de le détester. Il ne voyait que les conséquences qui pouvaient l'atteindre, lui.

— Je risque d'en pâtir moi aussi, dit-il. Mes clients pourraient très bien décider de ne plus faire confiance au petit-fils d'un escroc. Et je suis en pleine campagne électorale. Mais je constate que cela ne t'afflige pas outre mesure.

Simon balaya la remarque de son fils d'un violent revers de main.

— Tu ne manques pas d'air! C'est la faute à qui, toute cette merde? Si ta «fiancée» et sa pétasse de sœur s'étaient mêlées de ce qui les regarde...

— Non, papa, le coupable c'est grand-père qui a vendu de fausses toiles de grands maîtres en toute connaissance de cause, et toi qui as laissé faire.

Soudain, son visage s'assombrit et une pensée lui traversa l'esprit.

— Et Lucas? Il était au courant?

— Non... Il n'a jamais rien su.

Simon avait hésité. Fabien comprit qu'il lui cachait encore une part de la vérité. C'en était trop. Il n'insista pas pourtant. Il se leva et prit les clés de sa voiture sur le guéridon où il les avait posées en entrant.

— Tu t'en vas?

— Tu viens de m'expliquer que ton avocat était à la hauteur des enjeux. Je ne saurais trop te recommander de t'en remettre à lui. Pour ma part, je ne vois pas ce que je pourrais faire de plus.

— Bref, tu te défiles comme d'habitude.

Fabien se raidit et marqua un temps d'arrêt.

— Tu avais sans doute d'excellentes raisons pour te taire. La galerie, tes affaires... À l'époque, tu as décidé que c'était plus important que l'honnêteté envers ta famille. Je t'avoue que tout cela me rend malade. Pardonne-moi, mais j'ai besoin de prendre du recul. Tiens-moi au courant si tu le juges bon. Sinon, j'apprendrai la suite de tes péripéties dans les journaux.

Il sortit en s'efforçant de ne pas entendre le chapelet de jurons dans son dos.

31

Qu'est-ce qui l'avait réveillé ? Un rêve... plutôt un cauchemar. Fabien était en nage. Le radio-réveil affichait 5 heures. Il perçut un léger bruit dans la chambre et tendit l'oreille. C'était le froissement des voilages de la fenêtre entrouverte. Le souffle d'air lui donna la chair de poule, pourtant il transpirait. Marion dormait paisiblement, la tête enfouie au creux de son épaule. Son haleine était douce sur sa peau. Il l'entendait respirer. Il aimait la sentir nue dans ses bras, abandonnée à la quiétude du sommeil. Il veilla à ne pas bouger et attendit un moment. Puis il se fit à l'idée qu'il ne se rendormirait pas. Il repoussa les draps et se leva avec d'infinies précautions.

L'appartement était calme. Dans la cuisine, le réfrigérateur ronronnait et les plans de travail brillaient dans le clair-obscur. Il glissa une capsule d'expresso dans la cafetière, mais l'arôme du café lui causa un haut-le-cœur. Il revint dans le salon, et son regard se posa sur les dépliants du traiteur épars sur la table basse. Six semaines les séparaient encore de leur mariage. Il imaginait déjà les journalistes à la sortie de la mairie et de l'église.

Son père avait donné une conférence de presse pour expliquer sa mise en examen. Aidé de son avocat, Simon avait minimisé son propre rôle en rejetant toute la responsabilité de l'affaire sur son père. Mais le scandale n'en demeurait pas moins. Soudain, leur vie était devenue la proie des médias. Fabien prit son paquet de cigarettes, son briquet et sortit sur le balcon qui donnait sur le quartier historique d'Apt. Un courant d'air frais le saisit. Il alluma une cigarette. Celle du matin, la plus difficile à supprimer quand on décide d'arrêter. Et il avait promis à Marion de cesser de fumer avant leur mariage. Depuis la balustrade, il contemplait la ville endormie. La brume voilait les premiers rayons du soleil d'une lumière nacrée ; les contours flous du dôme de la cathédrale Sainte-Anne et de la tour de l'hôpital émergeaient doucement dans un ciel charbonneux. La cigarette accentua son sentiment de nausée. Les spasmes devenaient pénibles.

Il nota mentalement de solliciter une société de déménagement... dans quelques semaines, il s'installerait à Bonnieux avec Marion. Elle serait sa femme alors. Il devait lui parler sans tarder et il était bien incapable de prévoir sa réaction. Pour l'heure, seul Alain Leroux savait qu'il abandonnait la députation. Au bout du compte, il avait pris la décision avec une facilité surprenante. Leroux n'avait pas apprécié son désengagement. « Tu ne vas pas jouer au con ? Comment veux-tu qu'on te remplace au pied levé ? »

En l'écoutant développer ses arguments, Fabien s'était senti étrangement indifférent, presque soulagé. Comme si on l'avait entraîné dans cette aventure contre sa volonté. « Tu te rends compte, avait poursuivi Leroux, que c'est une occasion en or pour toi ? Tous les élus locaux en rêvent... Et t'en as rien à faire, des déboires de ton père. Tu n'es pas concerné. »

Fabien était resté inébranlable. Ce rêve, au fond, n'était pas le sien.

Toutefois, Leroux avait raison sur un point. Le scandale n'avait pas affecté son activité professionnelle. Chaque jour, Corinne Dubois et ses clercs lui transmettaient des messages de soutien de la part de ses clients. Il savait qu'il n'en serait pas de même au cours d'une campagne électorale où les journalistes se tiendraient en embuscade.

Il était un peu plus de 6 heures lorsqu'il vit passer les premiers véhicules des exposants sous sa fenêtre. Ils se dirigeaient vers le centre-ville pour dresser leur étal place du marché. Soudain, il sentit deux mains plaquées sur ses yeux. Marion se serra dans son dos et il fut parcouru d'un délicieux frisson d'excitation.

— Que fais-tu dehors ?

— J'allais rentrer, dit-il en lui prenant la main.

Elle avait enfilé une petite culotte et une de ses chemises qu'elle prenait plaisir à lui emprunter. Il sourit en voyant les dessins imprimés sur sa joue par les plis de l'oreiller.

— Tu t'es servi un café mais tu ne l'as pas bu, remarqua Marion en le suivant à l'intérieur.

— Je ne sais pas ce qui m'arrive, mais je ne supporte pas l'odeur, j'ai mal à l'estomac.

— C'est la cigarette ! Tu sais que tu m'as promis d'arrêter. Je vais te préparer un thé, c'est beaucoup plus digeste.

Il prit place sur un des tabourets de la cuisine et la contempla dans le rituel de ce qu'elle appelait *faire un vrai thé*. La lente infusion des feuilles dans la petite boule de métal, le liquide brûlant aux reflets ambrés. Elle lui tendit la tasse. Puis elle se pencha et l'embrassa en lui caressant les cheveux. Elle était coutumière de ces petits gestes de douceur qui menaient à d'autres ivresses. De douces pulsations, une étreinte prolongée hors du temps... Il devait lui parler. Il se recula légèrement et versa un peu de lait dans sa tasse. Il but en silence et observa la jeune femme, ses cheveux baignés de lumière.

— Que se passe-t-il? demanda-t-elle. Tu n'as pas l'air dans ton assiette.

Fabien prit une longue inspiration.

— J'ai averti Leroux que je laissais tomber la députation.

— Oh non! s'écria-t-elle. Mais pourquoi?

— Les activités illicites de mon grand-père, la mise en examen de mon père... Les journalistes ne vont plus me lâcher. Et je n'ai pas envie de servir de cible en permanence.

Marion avait brusquement pâli. Elle essaya de refouler son trouble, mais des larmes affluèrent dans ses yeux. Il abandonnait une campagne prometteuse, et elle ne pouvait s'empêcher de penser que c'était sa faute.

— Si je n'avais pas...

Elle n'acheva pas sa phrase. Elle baissa la tête et dissimula son visage dans ses mains. Fabien l'attira à lui et la serra dans ses bras.

— Tout va bien Marion, ne t'inquiète pas. L'idée de cette candidature n'était pas vraiment la mienne.

— Mais tu avais toutes tes chances et je les ai gâchées.

— Je t'interdis de penser cela. C'est ma vie avec toi qui compte le plus.

Il avait souvent imaginé tous ces allers et retours entre Avignon et la capitale, les obligations d'un élu pendant le week-end, le travail négligé à l'étude et les clients perdus. Dans ce contexte, quelle serait la place pour sa vie de mari et peut-être de père ? Tout ce qui lui tenait à cœur, c'était préparer son avenir avec Marion, gérer l'étude pour laquelle il avait tant œuvré et rester maire de Goult si les électeurs lui gardaient leur confiance. Un chemin paisible et tranquille, en somme.

— Promets-moi de ne pas culpabiliser, dit-il. Au fond de moi, je suis convaincu que c'est mieux ainsi. Nous allons organiser notre mariage et vivre pour nous, rien que pour nous.

Elle crut déceler un soupçon de soulagement dans sa voix, aussi fut-elle tentée de le croire.

— D'accord, dit-elle en s'efforçant de sourire.

*
* *

À 18 heures, Fabien rejoignit son appartement après avoir laissé Marion à la gare d'Avignon. Il avait insisté pour qu'elle prenne le TGV. Elle économiserait la fatigue de la circulation du dimanche soir et elle pourrait réviser tranquillement.

Ils avaient passé la journée chez les parents de la jeune fille, et il avait cru bon de leur annoncer qu'il n'était plus candidat aux législatives. Il avait apprécié la discrétion, la gentillesse de toute la famille réunie autour de lui. Nulle question ne lui fut posée, on l'avait juste entouré d'une certaine sollicitude. Les enfants furent moins bruyants qu'à l'accoutumée, même s'ils ne comprenaient pas très bien pourquoi *il fallait être gentil avec Fabien*. Victoire avait mis les petits plats dans les grands, et Pierre avait débouché un saint-émilion grand cru classé de 1998. Victoire avait évoqué l'aménagement des jardins de la maison de Bonnieux, guettant l'approbation de sa fille et de son futur gendre. Lorsqu'il lui assura qu'elle avait fait des merveilles, elle rougit. Puis, tous ensemble, ils avaient longuement discuté le menu du repas de noces. Marion notait, biffait, et les éclats de rire fusaient. Au milieu des plaisanteries, des jeux des enfants, les cigales chantaient une mélodie infiniment joyeuse. Force était de reconnaître qu'il avait passé un très agréable dimanche. Il eut la conviction que de nombreuses journées tout aussi belles l'attendaient. Et cette impression le conforta dans sa décision. Peu importait un avenir pétri de grandes ambitions. Il voulait goûter un présent comblé de certitudes. Doucement, il en venait à éprouver moins de ressentiment à l'égard de son père, qu'il n'avait pas revu depuis leur dernière rencontre au mas Ponty.

Après le délicieux repas concocté par Victoire qui insistait toujours pour qu'il se resserve, Fabien n'avait pas faim. Dans la cuisine, il se servit un grand verre d'eau sur des glaçons et le but à petites gorgées en observant l'après-midi qui déclinait. Les ombres s'allongeaient sur les façades de l'avenue. Il renonça à allumer une cigarette et glissa le verre dans le lave-vaisselle. Puis il se dirigea vers son bureau et lança l'ordinateur. Il lut ses e-mails avant de s'apercevoir que le voyant lumineux du répondeur clignotait. Le capitaine Lartigue lui avait laissé un message :

— Bonsoir, Fabien. Je tiens à t'avertir avant que ce soit officiel. Au cours des interrogatoires, Johan Kovacks a avoué qu'il était responsable du décès de ton frère. Appelle-moi si tu ne rentres pas trop tard.

32

Fabien s'était pourtant juré d'attendre que son père se manifeste après leur dernière dispute. Mais après sa rencontre avec le capitaine Lartigue, il changea d'avis. En quittant la gendarmerie, il prit la direction du mas Ponty. Il trouva son père installé dans le jardin d'hiver en compagnie de son épouse. Natacha était rentrée de Paris en urgence. Ensemble, ils s'étaient rendus à la convocation du capitaine Lartigue qui les avait tenus au fait du déroulement de l'enquête. Le dernier rebondissement, Fabien le connaissait déjà. Johan Kovacks possédait encore quelques copies de maîtres réalisées par son père qui lui avait confié que les Goldberg en détenaient aussi. Johan Kovacks affrontait de gros problèmes d'argent. Il avait voulu mettre les faux sur le marché, notamment en Asie, mais Lucas s'y était opposé. Kovacks était aux abois, il était revenu à la charge, de plus en plus pressant. Ce fameux dimanche matin, les deux hommes s'étaient donné rendez-vous à la galerie. Lucas n'avait pas cédé, et la discussion s'était muée en une violente dispute. Ils en étaient venus aux mains et, dans la lutte, Lucas s'était fracassé la tête sur le coin d'une colonne en marbre. Pris de panique, Kovacks avait simulé un cambriolage. Les enquêteurs avaient retrouvé le bronze chinois et les tableaux volés à son domicile, dissimulés dans une cache sous des lames de parquet.

Simon demeurait impassible. Natacha lui reprochait la mort de leur fils unique et, contre toute attente, il ne répliquait pas. Natacha prit Fabien à témoin, mais il refusa d'entrer dans son jeu. Elle les traita de monstres.

— Pour une fois que vous êtes d'accord tous les deux, il faut que ce soit contre moi !

À bout de nerfs, elle les quitta et se retira dans sa chambre.

— Si elle ne se calme pas, dit Simon après son départ, il va falloir envisager une thérapie plus radicale que deux visites par semaine chez le psy.

Fabien jugea inopportun de répondre. Pourtant, il n'était pas loin d'approuver sa belle-mère. Sans les magouilles de son père et de son grand-père, Lucas serait encore en vie.

— Je crois que je vais prendre ma retraite, reprit Simon. Je suis sûr que je peux encore tirer un bon prix de la galerie.

Il possédait un fabuleux portefeuille de clients étrangers et d'artistes très cotés qui lui confiaient régulièrement leurs œuvres à exposer.

— Lucas est décédé, poursuivit-il, et toi tu as pris un autre chemin. À quoi bon continuer à me battre ? Et Natacha a peut-être raison. J'ai sans doute ma part de responsabilité dans tout ce gâchis.

Fabien n'en croyait pas ses oreilles. Il n'aurait jamais cru son père capable de reconnaître le moindre de ses torts. Sa physionomie avait changé, sa voix était grave, presque humble. Fallait-il qu'il aime son fils cadet pour accepter ainsi le poids de ses fautes et faire profil bas !

— Je suis fatigué, avoua Simon.

Il planta son regard dans celui de Fabien, comme s'il quémandait un échange… quelques mots peut-être, tout ce qu'ils ne s'étaient jamais dit. Mais Fabien détourna le regard vers la baie ouverte sur le parc. Il était incapable de discerner si l'attitude de son père était sincère ou s'il s'apprêtait à le manipuler. Craignant de se laisser abuser une fois encore, il se tut.

Ils n'entendirent pas le véhicule s'arrêter sur le terre-plein devant la maison. Étonnés, ils virent Hannah surgir dans le jardin d'hiver. Elle portait une robe noire mi-longue et, malgré la douceur de l'après-midi, une écharpe de soie aux reflets irisés recouvrait ses épaules. Fabien se leva et lui désigna un fauteuil.

Hannah refusa de s'asseoir. Elle n'aurait pu choisir meilleur moment pour affronter son beau-père ; la présence de Fabien la rassurait. Mais elle ne comptait pas s'éterniser.

— Je suis contente que tu sois là, Fabien. Je voulais juste voir à quoi ressemble un homme qui a assassiné son fils.

Simon se leva, raide, les poings serrés.

— Je comprends ta peine, Hannah, mais je te conseille de modérer tes propos. J'ai peut-être ma part de responsabilité…

— Vous êtes responsable ! répliqua-t-elle. Je suis ravie de ce qui vous arrive aujourd'hui. Et ça me fait encore plus plaisir de vous avouer que j'ai largement contribué à votre chute !

Elle se tenait debout face à lui, sans vaciller, en résistant au désir de se jeter sur lui pour lui lacérer le visage de cent coups de griffe.

— Quelques semaines avant son décès, Lucas m'avait raconté les malversations de son grand-père. Il avait compris que Marion avait reconnu le faux Matisse dans votre collection, et ça l'inquiétait beaucoup. Contrairement à ce que vous pensiez, il connaissait vos magouilles depuis longtemps. À toutes fins utiles, il avait constitué un dossier et il m'a montré où il le rangeait. À la lumière des aveux de Johan Kovacks aujourd'hui, je suis sûre que Lucas avait peur de lui.

Fabien était étonné par le timbre légèrement rauque, le ton glacé de sa voix. Il devinait la rage en elle. Pourtant, elle était parfaite de retenue et de pudeur.

— Après la mort de Lucas, reprit-elle, j'ai consulté tous ces documents. Dans un premier temps, j'ai préféré me taire pour protéger mes enfants et en mémoire de...

Elle ne pouvait pas évoquer la mort de son mari sans être submergée par une violente émotion, un sentiment de révolte. L'image de son corps dans une mare de sang resterait gravée en elle à jamais. Il avait gémi dans ses bras. Il était mort entre les mains des secouristes, sans qu'il lui soit donné de serrer son visage dans ses doigts, de baiser sa bouche une dernière fois. Depuis qu'il l'avait quittée, sa vie était un cauchemar dont elle connaissait l'issue et qu'elle devait vivre et revivre, encore et encore. Il lui manquait tellement. Elle dut marquer une pause avant de se tourner vers Fabien.

— Quand j'ai compris que la sœur de Marion enquêtait, je lui envoyé une partie du dossier de Lucas.

— Tu as fait quoi ? hurla Simon, interloqué.

Hannah eut un petit rire crispé.

— J'ai envoyé une partie des documents à Me Fayard, répéta-t-elle. Et comme l'enquête piétinait, j'ai fait parvenir le reliquat du dossier à Marion, sous pli anonyme. Il y avait tout ce qu'il fallait pour orienter les recherches vers les archives de Compiègne. C'était jubilatoire de vous voir vous enfoncer... J'ai savouré chaque minute.

Abasourdi par les révélations de Hannah, Fabien essayait de comprendre. Marion avait eu entre les mains des documents compromettants pour sa famille et elle avait jugé bon de ne pas lui en parler ?

— Pourquoi as-tu fait cela ? demanda-t-il à sa belle-sœur.

— Il m'a toujours fait comprendre que je n'avais pas ma place dans la famille, répondit-elle avec un regard dur en direction de son beau-père. J'étais la juive, mais la juive pauvre. Celle qui n'attend pas d'héritage.

— Tu aurais pu m'en parler, lui reprocha Fabien.

— Je ne t'ai rien dit parce que tu m'aurais dissuadée d'agir, tu es si gentil. Dans le fond, tu es comme moi, un misérable pion égaré sur leur échiquier. Mon seul regret est que tu doives, toi aussi, pâtir des conséquences. Je n'avais pas prévu que tu serais contraint de renoncer à ta candidature aux législatives. Je suis sincèrement désolée.

— Je me suis déjà fait une raison.

Simon considérait sa belle-fille d'un air abasourdi.

— Je n'aurais jamais pensé que tu étais capable d'une telle rancœur à notre encontre. Nous t'avons bien accueillie, Natacha et moi, nous t'aimons comme notre fille, quoi que tu en penses.

— Oh! ça suffit! Le peu d'égards dont vous avez fait preuve, c'était uniquement parce que j'étais la femme de Lucas et la mère de ses enfants.

Elle se tut un instant avant de continuer:

— J'ai peine à l'admettre, mais votre père, lui, m'aimait bien.

Isaac lui avait toujours témoigné de l'affection. Il ne manquait jamais l'occasion de la féliciter sur sa tenue, sa coiffure, il lui laissait entendre qu'il appréciait sa présence aux côtés de Lucas. En maintes occasions, il lui adressait un petit clin d'œil accompagné d'un grand sourire.

— Mais il est mort, comme Lucas, et rien ne peut plus les atteindre.

Elle avait haussé le ton pour la première fois depuis son arrivée. Fabien devinait le combat au plus profond d'elle et la colère à fleur de peau. Il se leva et lui prit le bras.

— Viens, je vais te raccompagner jusqu'à ta voiture.

Il mourait d'envie de lui poser des questions à propos du dossier de Lucas. Elle le suivit sans protester, mais avant de quitter le jardin d'hiver, elle se retourna vers Simon.

— Il y a un dernier point que je tiens à éclaircir. Lucas m'avait confié que Johan Kovacks voulait vendre les faux tableaux de son père. Selon lui, vous en aviez parlé ensemble et vous n'étiez pas contre cette idée. Estimez-vous heureux que Kovacks l'ignore et que je ne dise rien à la police. Je ne sais pas si la justice vous jugera mais, en ce qui me concerne, je vous ai déjà condamné. Ne cherchez pas à revoir vos petits-enfants. Jamais.

Elle avait presque crié. Dans le silence qui suivit ses paroles, ils entendirent des pas au premier étage. Fabien prit la main de Hannah et l'entraîna hors de la demeure.

33

Marion ajusta la bandoulière de son sac sur son épaule et ouvrit son parapluie. Elle descendait la rue d'un pas pressé lorsque Ludovic Galois apparut sur le trottoir.

— Je suis désolé de vous importuner, dit-il en lui tendant la main, j'attendais depuis un moment en me disant que j'aurais peut-être la chance de vous apercevoir.

— Alors c'est votre jour de chance, répondit Marion en libérant rapidement sa main.

— Pouvons-nous parler un instant ?

— Je m'apprêtais à prendre le tramway, je n'ai pas beaucoup de temps.

— Quelques minutes… je ne vous retiendrai pas longtemps, c'est promis ! Je vous offre un café ?

Ils s'installèrent à la terrasse d'un bar juste au coin de la rue. L'orage montait au-dessus de la Garonne, et les premières gouttes s'écrasèrent sur la toile de l'auvent.

— J'ignorais que vous étiez à Bordeaux, dit Marion.

— J'avais quelques rendez-vous, et je voulais saluer Béatrice. Je n'ai plus aucune nouvelle d'elle depuis un certain temps.

— Elle est à Lille pour quarante-huit heures.

— C'est ce que m'a dit son assistante. Je regrette qu'elle ait pris ses distances vis-à-vis de notre enquête, elle me manque.

Une serveuse s'approcha et ils commandèrent des cafés.

— Elle a beaucoup de travail au cabinet. Et finalement votre enquête a abouti...

— C'est le genre d'affaire qui ne s'arrête jamais. On découvre toujours des ramifications.

— Mais Simon Goldberg est mis en examen. C'était bien votre objectif, non ?

Il nota son ton peu amène. Il avait lu dans la presse que Fabien Goldberg s'était retiré de la campagne des législatives. C'était injuste, et il le savait.

— C'était de cela que je voulais vous parler. Je tenais à vous dire que... à vous présenter mes excuses. Mes investigations ont eu des conséquences inattendues pour votre fiancé. Je comprends que ce soit difficile pour vous, et...

— C'est mon problème ! le coupa-t-elle brusquement en regardant sa montre.

— Vous devez me détester.

— Pas à ce point-là, quand même. Vous faites votre travail. Je suppose que les dommages collatéraux en font partie.

Elle avait refermé ses mains en corolle autour de sa tasse. Il observa ses doigts légèrement potelés comme ceux d'une enfant, les ongles recouverts de vernis transparent.

— Tout à l'heure, vous parliez de ramifications dans votre affaire. Pouvez-vous être plus précis ?

— J'ai fait une découverte intéressante que j'aimerais transmettre à l'association Dernière chance. J'ai cherché les propriétaires des tableaux détruits dans l'incendie du moulin Saint-Nicolas. Ils étaient tous juifs, et ont été arrêtés à Paris pendant l'occupation. Et tous ces prisonniers, sans exception, ont transité par le camp de Royallieu à Compiègne, entre 1942 et 1944.

Marion vida sa tasse. Elle se rappelait les listes de déportés qu'elle avait remarquées dans les archives officielles de la ville. Elle avait eu la présence d'esprit de prendre des notes, mais elle n'avait pas envie d'en parler à Ludovic. Elle regardait la pluie qui bouillonnait en rigoles le long des trottoirs. Du bout des doigts, elle repoussa une mèche de cheveux que le vent avait plaquée sur sa joue. Elle devait revoir ses notes ! Soudain, elle sentit le regard de Ludovic peser sur elle.

— Et quelles conclusions tirez-vous de cette découverte ? demanda-t-elle.

Il perçut de l'intérêt dans sa voix. Détenait-elle des informations que Béatrice avait pris soin de lui taire ?

— Je ne sais pas trop. C'est pourquoi j'aurais aimé en parler avec votre sœur.

— Je verrai Béatrice à Apt ce week-end, je vous promets de lui en toucher deux mots.

Elle savait déjà qu'elle n'en ferait rien. Ludovic régla les cafés et il accompagna Marion jusqu'à l'arrêt du tramway. Ils discutèrent de tout et de rien. Il s'inquiéta de ses révisions, de ses projets pour la prochaine rentrée universitaire. À l'arrivée du tram, il lui tendit la main en souriant. Elle prit une longue inspiration et s'efforça de lui rendre son sourire.

— Prenez soin de vous, dit-il. Je vous appellerai si j'ai du nouveau.

Une promesse qu'il était bien décidé à tenir car il éprouvait une attirance inexplicable pour la jeune fille.

Marion trouva une place assise dans le wagon. Son sac en équilibre sur les genoux, elle réfléchit. Que signifiait cette rencontre impromptue avec Ludovic ? Il aurait pu transmettre les résultats de ses dernières investigations à Béatrice par un simple e-mail. Avait-il essayé de la tester ? Elle ne se souvenait plus des notes qu'elle avait consignées au cours de ses recherches à Compiègne. Après son voyage, elle avait rangé son carnet avec l'enveloppe que Hannah avait discrètement déposée sur le pare-brise de sa voiture.

Elle devait savoir sans plus attendre.

Marion entra dans son studio, releva les persiennes et entrouvrit la fenêtre. L'air était lourd malgré les trombes d'eau qui s'abattaient sur Bordeaux. Elle but un verre de soda allégé et sortit l'escabeau du placard de rangement. Elle récupéra l'enveloppe dans le haut de la penderie, étala le contenu sur la table et l'examina attentivement. Elle avait relevé certains articles de presse, des listes de convois mentionnant ces milliers de prisonniers en transit à Royallieu en attendant une autre destination. La plupart des renseignements étaient fournis par le mémorial de la Shoah à Paris. Elle alluma son ordinateur et se connecta au site du mémorial. Depuis la page d'accueil, elle consulta différentes bases de données. Le Mur des noms comportait les patronymes des juifs déportés depuis la France. Plus de 75 000... Comment savoir s'il restait encore des survivants ? Et où les trouver ? Elle fut tentée d'appeler Hannah, mais n'en fit rien. Elle avait conservé un peu d'amertume à l'encontre de la belle-sœur de Fabien, qui s'était servie d'elle sans vergogne pour atteindre Simon. Fabien avait reproché à Marion d'avoir transmis les renseignements à Ludovic, d'être allée à Compiègne sans rien lui dire. Elle eut beau lui expliquer qu'elle n'avait pas voulu l'inquiéter, il était contrarié. « J'aurais préféré que tu me fasses confiance », lui avait-il dit avec un accent réprobateur. Après quoi, il était resté muet un long moment. Blessée, Marion avait gardé ses distances et s'était réfugiée dans la chambre avec son ordinateur portable. Jusqu'au moment où il était venu la voir avec une tasse de thé. Son large sourire démontrait qu'il avait capitulé. Leur première dispute ! Oh ! juste quelques mots échangés sur un ton plus haut, mais elle y pensait encore avec tristesse.

En dépit de cela, elle mourait d'envie d'en savoir davantage sur ces déportés et leurs fortunes volées. Et il n'était pas question d'en parler à Béatrice. Si elle tenait à éclaircir le mystère, elle devait le faire seule. Elle consacra encore une demi-heure à parcourir les différentes bases de données, puis elle referma le site. Elle ne pouvait pas retarder encore le moment de s'atteler à ses révisions. Mais elle était bien décidée à appeler le mémorial de la Shoah dès le lendemain.

*
* *

Mardi matin, Marion composa le numéro de téléphone du mémorial. Elle se recommanda de sa sœur et de l'association Dernière chance et expliqua qu'elle voulait rédiger un mémoire consacré aux vols d'objets d'art pendant la Seconde Guerre mondiale. De service en service, elle répéta son histoire et passa plus d'une heure au téléphone. Elle tomba enfin sur la responsable du département de généalogie qui lui prêta une oreille attentive. Elle expliqua à Marion que certaines données n'étaient pas mises en ligne, faute de temps, ou parce qu'elles émanaient de fonds privés.

— C'est tout à votre honneur de vous intéresser à la Shoah, mademoiselle, mais les survivants sont de moins en moins nombreux. Et ils sont très âgés, avec tous les problèmes de mémoire que cela induit.

Marion pensa à sa grand-mère et elle en convint. Toutefois, elle insista auprès de son interlocutrice en multipliant les arguments.

— Je vais voir ce que je peux faire, mais je ne vous promets rien.

Elle nota l'adresse e-mail de Marion et la jeune fille raccrocha, passablement déçue. Si sa requête n'aboutissait pas, elle devrait chercher d'autres pistes.

Deux jours s'écoulèrent encore et, le jeudi, Marion reçut une liste où figuraient les noms et les coordonnées de quatre personnes. Deux d'entre elles résidaient dans la région de Bergerac. Après quelques minutes de réflexion, elle les appela en se réclamant toujours de l'association Dernière chance. La première personne venait d'être hospitalisée. En revanche, la deuxième, une femme à la voix étonnamment fraîche, accepta de la recevoir le lendemain.

Marion laissa un message sur le téléphone mobile de Fabien et composa le numéro du domicile de ses parents. Dans un premier temps, elle avait prévu de rentrer à Apt le vendredi en fin de matinée. Elle évoqua un surcroît de travail et reporta son départ de Bordeaux au samedi matin.

34

Marion quitta l'autoroute et s'engagea dans un dédale de petites routes départementales. Le soleil chassait les dernières gouttes de pluie sur les arbres et quelques fins nuages s'effilochaient dans un ciel dégagé. La journée promettait d'être belle.

À 14 heures, elle arriva à Creysse, un petit village périgourdin niché au cœur des vignes. Les explications d'Irina Kiddish étaient précises et elle trouva sa maison sans difficulté, un joli pavillon aux murs clairs et aux volets verts. Marion se rangea sur le côté du chemin et sonna à la porte. La femme qui ouvrit était plus jeune qu'elle s'y était attendue. La soixantaine à peine, la peau mate, et une épaisse chevelure châtain, elle affichait un sourire engageant.

— Mademoiselle Tourneur ? Je suis Simone Marsaud, c'est ma mère que vous venez voir. Entrez, je vous en prie.

Marion la suivit et elles débouchèrent dans un salon chichement éclairé. La dame assise au creux du canapé lui tendit la main en l'enveloppant d'un regard attentif.

— Je vous présente ma mère, dit Simone Marsaud. Installez-vous, je vais préparer du thé.

Marion prit place dans un fauteuil à haut dossier, tapissé de tissu brodé de roses assorti aux rideaux. Elle remercia la vieille dame d'avoir accepté de la recevoir et évoqua de nouveau son mémoire. Irina Kiddish semblait si fragile, avec son corps menu, son visage strié de rides et ses cheveux aux reflets bleutés, clairsemés par endroits.

— Serait-ce impoli de vous demander ce qui a motivé une enfant comme vous à s'intéresser à la guerre et à la Shoah ?

— J'ai toujours entendu parler de la Seconde Guerre mondiale autour de moi, expliqua Marion avant de raconter l'histoire de sa grand-mère et de son bébé mort à Oradour.

Irina Kiddish fixa la jeune fille d'un regard vif et hocha la tête :

— L'histoire de votre grand-mère est bien triste, mon petit, mais prenez-la comme un cadeau du ciel puisque vous êtes ici aujourd'hui.

Sa fille réapparut avec une théière et des assiettes garnies de gâteaux.

— Ce sont des croissants aux pignons de pin et des *krembo*, une spécialité de la cuisine juive, des confiseries enrobées de chocolat avec un cœur de guimauve.

Marion goûta un krembo.

— C'est délicieux ! Vous me trouverez sans gêne si je vous demande la recette pour ma mère ?

— Ce sera avec plaisir.

Et tandis que Simone Marsaud servait le thé, sa mère expliqua à Marion qu'elle était une jeune mariée de 19 ans lorsque la guerre avait éclaté.

— Mon mari était un homme connu et riche, moi je venais d'une famille plutôt modeste. Tout le monde se connaissait dans le quartier de Paris où nous habitions. Nous avons vécu de merveilleuses années avant la guerre.

Elle se leva et, d'un pas traînant, se dirigea vers la bibliothèque. Elle examina les tranches des livres d'un air grave, et posa ses doigts noueux sur un album. Elle le tendit à Marion et elles le feuilletèrent ensemble. Il débordait de clichés en noir et blanc, des mariages, des fêtes de famille. Irina énumérait le nom des invités comme si Marion les avait connus.

— Mon mari a été arrêté le 16 juillet 1942, le premier jour de la rafle du Vél'd'Hiv, raconta la vieille dame en reprenant sa place sur le canapé. J'ai rejoint ma sœur et son fils et nous avons réussi à nous cacher pendant plus d'un an. Mais en octobre 1943, la Gestapo est venue nous chercher. J'ai toujours pensé que nous avions été dénoncés.

Le thé à la bergamote diffusait dans la pièce un parfum suave et fruité. Irina Kiddish en but une gorgée et reposa sa tasse. Marion était suspendue à ses lèvres.

— Après deux jours de train, nous sommes arrivés à Compiègne. Des soldats allemands avec des chiens nous attendaient sur le quai. Ils nous criaient des ordres que nous ne comprenions pas, ils nous bousculaient. On a traversé la ville à pied jusqu'au camp de Royallieu. L'examen médical, toutes ensemble dans la même pièce, nues sous le regard des soldats, fut la première torture. On nous a confisqué nos papiers officiels et attribué un numéro par ordre alphabétique.

— Combien de temps êtes-vous restés à Royallieu ?

— Quelques mois. Nous étions entassés dans des baraquements sans aucune intimité. Très vite, des petits groupes se sont formés, souvent par affinité. Les juifs étaient soumis à un régime alimentaire plus sévère que les autres détenus. Alors nous essayions de partager notre pitance en soutenant les plus faibles. Nous étions régulièrement interrogées par les Allemands. Certains étaient des brutes, d'autres beaucoup plus humains. Je me souviens d'un sergent en particulier. Il s'appelait Ernst Grügher. Il était courtois, presque gentil. Mais dans notre groupe, nous avions une avocate qui n'était pas de cet avis. Elle nous recommandait même de nous méfier de lui.

Irina se souvenait qu'à partir de cet instant, elles s'étaient toutes mises à observer le comportement du soldat.

— Il était très attentif au regroupement des familles, je me rappelle avoir vu jusqu'à douze, quinze membres d'une même lignée. Il les interrogeait, les comptait, prenait des notes, et recomptait jusqu'à l'obsession. Plus tard, les familles étaient emmenées hors du camp.

Marion se demanda si ce soldat n'était pas celui qu'Isaac Goldberg avait croisé à la fin de la guerre. Celui auquel il avait acheté des bijoux et le fameux carnet noir. Simone Marsaud tendit le plat de pâtisseries à Marion et l'invita à se servir. Elle prit un croissant doré.

— Je suis curieuse de savoir s'ils sont aussi bons que les krembos.

Ils l'étaient. Accompagnés du thé délicieusement parfumé, c'était divin. Elle eut presque honte de savourer ce plaisir gourmand, eu égard au récit d'Irina. Mais celle-ci lui adressa un sourire empreint d'indulgence et l'encouragea à finir son goûter.

— Un jour, reprit-elle, notre tour est venu. On nous a poussés dans un train. Le voyage fut long et pénible, et nous sommes arrivés à Auschwitz. J'ai tout de suite été séparée de ma sœur et de mon neveu. Plus tard, j'ai compris qu'ils étaient morts... Pardonnez-moi, mon enfant, mais c'est toujours aussi douloureux de revenir sur cette période. Je n'oublierai pas la terreur sur le visage des mères, enlevées à leurs enfants, lorsqu'elles comprenaient qu'on les conduisait méthodiquement à la mort. Tous ces enfants sacrifiés! Je n'ai jamais pu effacer de ma mémoire l'image de deux petits garçons... l'aîné avait pris la main du plus jeune, il se penchait, il lui parlait tout bas. Deux enfants arrachés à leurs parents qui marchaient main dans la main vers les chambres à gaz.

Elle releva sa manche et montra les chiffres tatoués sur son avant-bras.

— Nous n'étions plus que des numéros, dit-elle en ébauchant un sourire malgré tout. Après la Libération, j'ai découvert que j'étais la seule survivante du petit groupe que nous avions constitué à Royallieu.

— Et vos proches, votre mari?

— Tous les membres de ma belle-famille étaient morts. Quand je suis revenue à Paris, il n'y avait plus personne.

Marion lui prit la main et la serra doucement dans les siennes.

— C'est affreux! Qu'avez-vous fait?

— J'ai recommencé à vivre, lentement, à petits pas. J'ai travaillé, je me suis remariée, et j'ai fondé une famille. Mais je n'ai jamais oublié mon premier mari. Nous étions si jeunes! Quand on a vraiment aimé quelqu'un, il reste à jamais dans votre cœur. Je me suis inscrite dans des associations pour aider à répertorier les personnes disparues. C'est ainsi que j'ai découvert que mon mari et toute sa famille avaient suivi le même itinéraire que moi, Royallieu, puis Auschwitz. Plus de 75 000 juifs ont été déportés depuis la France, et moins de 3 000 sont revenus. Qui restait-il pour perpétuer leur mémoire? Personne, et c'était comme s'ils mouraient une seconde fois.

Elle se tut et le silence se prolongea, presque serein. Puis sa tête dodelina doucement. Marion échangea un regard avec Simone Marsaud.

— Je vais vous laisser, dit-elle.

— Je suis désolée, ma mère se fatigue vite. Et c'est l'heure de sa sieste... Attendez-moi un instant.

Elle se retira avec le plateau du thé. Tout à coup, la vieille dame sortit de sa torpeur et regarda Marion avec un soupçon d'étonnement.

— Je dois partir, dit la jeune fille, je vous suis très reconnaissante de m'avoir raconté votre histoire.

— C'est normal, mon enfant. J'espère que ça vous aidera.
— Oh oui! Sans aucun doute. Merci beaucoup.
— Revenez me voir si vous avez d'autres questions.

Marion se leva et prit son sac. Elle hésita un peu avant de demander:
— Quelle était la profession de votre mari?
— Il était bijoutier, nous avions une jolie boutique dans le XIIIe arrondissement.
— Possédait-il des œuvres d'art?
— Sa famille oui, des tableaux surtout.
— Savez-vous ce qu'ils sont devenus?
— Je n'en ai aucune idée... Toute la famille a été anéantie. Je suppose qu'il n'y avait plus personne pour entreprendre des recherches.

Un quart d'heure plus tard, Marion prit congé en emportant la recette des krembos et tous les gâteaux que Simone Marsaud avait soigneusement emballés dans du papier d'aluminium.

*
* *

Marion resta en proie à une vive émotion longtemps après sa visite à Irina Kiddish. Le week-end à Apt lui sembla interminable. Fabien avait invité Hannah et ses enfants au restaurant. Il avait animé la conversation avec un enjouement un peu forcé. Marion ne fut pas dupe. Il souhaitait que les deux jeunes femmes cessent de se regarder en chiens de faïence et qu'elles se réconcilient. D'ailleurs, entre le parking et la salle à manger de l'auberge, Hannah avait pris Marion à part et lui avait présenté des excuses. « C'est Fabien la victime, avait rétorqué la jeune fille, il a beau dire que sa candidature aux législatives n'était pas si importante, je sais que ce défi lui tenait à cœur. »

À table, ils avaient évoqué la tenue des enfants pour la cérémonie du mariage et l'atmosphère s'était apaisée.

Dimanche soir, Marion rallia enfin son studio à Bordeaux. Des cours en cascade, un examen blanc, les deux premiers jours de la semaine furent bien remplis. Toutefois, en rentrant chez elle mercredi après-midi, elle rangea résolument son travail sur un coin de la table et alluma son ordinateur. Elle entra le nom d'Ernst Grügher mais ne trouva rien d'intéressant. Elle étendit alors ses recherches à différentes organisations juives, aux archives des procès d'après-guerre. Elle dénicha des articles de journaux, des photos de militaires allemands. Les plus jeunes étaient peu connus et n'avaient pas assumé de grandes responsabilités à l'époque, c'était les plus difficiles à retrouver. Ceux qui étaient toujours en vie étaient disséminés dans le monde entier. Quelque chose ne cessait de l'intriguer, une contradiction dans les renseignements qu'elle avait collectés. Mais elle ne parvenait pas à mettre le doigt dessus. Soudain, elle pensa aux archives privées, aux récits autobiographiques que les auteurs publiaient souvent sur Internet. Elle consacra l'après-midi à passer en revue quantité de données, des faits divers, des témoignages. Les survivants de la Shoah citaient de longues listes de déportés avec le numéro et la destination des convois, la date d'arrivée dans les camps et celle des décès. Elle fut surprise du nombre de prisonniers qui avaient transité par Royallieu. Certains d'entre eux indiquaient le nom des soldats allemands qui les gardaient. Des subalternes qui avaient joué le rôle d'exécutants. Marion trouva enfin le nom d'un certain Ernst Grügher, en poste à Royallieu de 1942 à 1944. Il avait pris la fuite à la fin de la guerre. Cette découverte la renforça dans ses convictions. Elle tenait là le nom de l'homme qui avait croisé la route du grand-père de Fabien en 1945. Avec une grimace de fatigue, elle se redressa et décida de marquer une pause. Elle prépara du thé et, machinalement, sortit un paquet de biscuits au chocolat. Mais elle pensa à sa robe de mariée, et piocha un yaourt dans le réfrigérateur.

En revenant à son ordinateur, elle navigua sur plusieurs sites de recherche des victimes de l'holocauste en proposant le nom «Goldberg». Le patronyme était répandu, et les listes très longues.

Tout à coup, elle trouva enfin ce qui la taraudait depuis un moment. Les détails qui lui avaient échappé lui sautèrent brusquement aux yeux. Une hypothèse aussi invraisemblable que terrifiante se forma dans son esprit. La peur qui la saisit alors jeta des frissons sur sa peau et elle sentit la sueur perler dans son dos.

35

Après une nuit tourmentée, peuplée d'interminables cauchemars, Marion eut du mal à se réveiller. L'alarme de son téléphone portable résonna comme un gong dans le silence de sa chambre. Elle prit une douche, avala son petit-déjeuner en toute hâte. Puis elle chercha le numéro de téléphone de Julien Segard. Il avait suivi le même parcours qu'elle à la faculté de droit avant d'intégrer la section d'enquêtes criminelles de la gendarmerie. Il trouva une petite plage horaire dans son emploi du temps et lui fixa un rendez-vous en fin d'après-midi.

L'entretien se prolongea bien au-delà du temps imparti. Lorsque Marion quitta le bâtiment administratif, elle erra dans les rues adjacentes, incapable de se rappeler où elle avait garé sa voiture. Elle s'attarda dans le centre de Bordeaux, elle longea les rues commerçantes, ne trouvant aucun attrait à cette ville que pourtant elle adorait. Elle rentra enfin chez elle et écouta les messages de sa mère, de sa belle-sœur, de Fabien. Elle attendit que la soirée soit bien avancée et répondit par texto à chacun d'entre eux. Un surcroît de travail, l'épuisement... à l'approche des examens, c'était facile d'éviter les bavardages. Elle regrettait de ne pouvoir se confier à sa sœur. Mais Béatrice avait enchaîné trois plaidoiries en province, des rendez-vous ininterrompus au cabinet. « Un planning démentiel », avait-elle précisé à sa petite sœur. Ce n'était pas le moment de la déranger. D'autant plus que si elle commençait à lui parler de ses découvertes, la conversation risquait de s'éterniser.

Le lendemain, Marion se leva dès 5 heures et prit la route d'Apt. À midi et demi, elle entrait dans l'immeuble de Fabien. Elle trouva l'appartement plongé dans la pénombre. Fabien était parti sans ouvrir les persiennes. Il n'avait pas rangé les restes, ni la vaisselle de son dîner. Il ne l'attendait pas... Elle devait le voir, le regarder dans les yeux, et surtout ne pas faiblir. Elle appela l'étude, et Corinne Dubois lui apprit qu'il était sorti déjeuner avec un client. La jeune fille se résolut à lui envoyer un texto : « *Il faut que je te parle, c'est urgent. Retrouve-moi à l'appartement dès que possible.* »

Elle s'installa dans le salon, sortit les documents de son sac et les examina une fois encore. Comment raconter ce qu'elle avait découvert à Fabien ? Comment lui expliquer qu'elle avait poursuivi son enquête sans lui en parler ? Vingt fois, elle résista à l'envie de jeter tous ces papiers dans la déchiqueteuse. Ne rien dire, ne rien faire. Oublier... Pour l'heure, elle était la seule dépositaire de ce secret. Personne ne savait. Elle feuilleta les pages du dossier, s'arrêta sur une photographie et observa le visage de l'homme, ses yeux, son sourire narquois. Elle était au bord des larmes. Elle, elle savait. Et elle ne pourrait jamais oublier.

Au bruit de la clé dans la serrure, elle sursauta et rassembla les papiers épars en une pile. Fabien entra dans le salon, posa son attaché-case, et prit Marion dans ses bras en l'embrassant tendrement.

— J'ai eu ton message, mais toi, tu n'as pas entendu mes appels ? Je t'ai proposé de me rejoindre pour déjeuner.

— À vrai dire, je n'avais pas très faim. J'ai quelque chose de grave à te dire.

— Tu me fais peur, tout à coup. Que se passe-t-il ? Et pourquoi es-tu revenue à Apt aujourd'hui ? Je ne t'attendais que vendredi soir.

Ils prirent place sur le canapé d'angle et Marion se demanda par où commencer. « Par le début », disait toujours Béatrice. D'abord présenter ses excuses pour avoir poursuivi l'enquête seule.

— Quand j'ai vu Ludovic Galois à Bordeaux, j'ai hésité à t'en parler. Nous nous étions déjà disputés à ce propos.

Elle s'interrompit, impuissante à trouver les mots. Elle pensa au récit d'Irina Kiddish.

— Il fallait que je sache... Tu ne peux pas me reprocher de m'intéresser à cette période de notre histoire. Ma grand-mère m'en a parlé toute sa vie, et l'implication de Béatrice dans l'association n'a fait que renforcer mon intérêt.

— Je sais, ma chérie, dit-il.

Il entoura ses épaules et plaqua un baiser sur ses lèvres.

— Je peux comprendre et je suis désolé d'avoir mal réagi l'autre jour.

Marion entreprit alors un récit circonstancié des événements qui l'avaient conduite à rencontrer Irina Kiddish.

— Quand elle m'a parlé de ce soldat allemand, Ernst Grügher, j'ai tout de suite pensé que c'était celui que ton grand-père avait rencontré à la fin de la guerre.

— Cela me semble plausible, en effet. Mais pourquoi ne m'as-tu rien dit ? Ce n'était pas si grave.

— Je voulais être sûre. J'ai entrepris d'autres recherches et déniché des clichés de cette époque.

Elle ouvrit la chemise cartonnée et sortit une photographie en noir et blanc qu'elle montra à Fabien. Elle espérait de toutes ses forces qu'il comprendrait et qu'elle n'aurait pas la peine de lui dire...

— Et c'est bien le soldat que mon grand-père évoquait ?

— Rien ne te surprend chez cet homme ?

Il secoua la tête en signe de dénégation.

— Je ne vois pas... qu'y a t-il de surprenant ?

— En étudiant l'histoire de l'art, on apprend à analyser le plus infime détail d'un support. Quelque chose m'intriguait...

Elle raconta son entrevue avec Julien Segard de la brigade de recherches scientifiques.

— Aujourd'hui, la technologie permet de vieillir un visage à partir d'un portrait. On utilise cette technique pour modifier les traits des enfants disparus.

Les mains moites, folle d'appréhension, elle lui tendit une deuxième photographie. Elle sut que l'expression de son visage resterait gravée au fer rouge dans sa mémoire. Il pâlit, resserra les doigts sur le portrait, entrouvrit les lèvres, mais ne dit rien. Les secondes s'égrenèrent, et Marion aurait pu jurer qu'elles avaient duré des heures.

— C'est mon grand-père ? demanda-t-il enfin.
— C'est Ernst Grügher, plus vieux de cinquante ans.

Il la fixa, abasourdi.

— Qu'est-ce que cela signifie ?
— Il semble en effet que ce soit ton grand-père.
— Mais c'est impossible !

Son regard allait de la photo à Marion, et elle comprit que quelque chose venait de changer entre eux.

— C'est n'importe quoi, ce logiciel, il y a forcément une erreur ! s'écria-t-il en rejetant les papiers au loin.

Elle avait prévu que sa première réaction serait une forme de déni.

— Moi aussi j'ai eu du mal à le croire, balbutia-t-elle. J'ai fait d'autres recherches avec le nom de ton grand-père. Et j'ai trouvé le récit d'un survivant d'Auschwitz. Il a écrit un livre il y a quelques années, dans lequel il évoque un certain Isaac Goldberg, marchand d'art, arrêté à Paris avec toute sa famille. Ils s'étaient liés d'amitié au camp de Royallieu et avaient pris le même convoi pour Auschwitz en juillet 43. L'auteur du livre raconte que dès leur arrivée, les Goldberg ont été dirigés vers les chambres à gaz. L'homme, son épouse et leurs enfants.

— Mais c'est faux! Mon grand-père a toujours raconté qu'il s'était enfui avant d'être arrêté. Et Goldberg est un nom assez répandu. Ce ne peut être qu'une coïncidence. C'est ignoble...

Mon Dieu, pourquoi refusait-il de comprendre? Elle était si bouleversée que les mots lui manquaient. Elle reprit la photographie sur la table basse et l'examina attentivement. Le jeune homme en uniforme, le brassard orné d'une croix gammée. Et, tout à coup, elle décela les traits communs avec Fabien, le nez aquilin, l'implantation des sourcils. Jusqu'à cette minute, elle avait gardé l'espoir insensé qu'elle s'était peut-être trompée. Mais quelle meilleure preuve aurait-elle pu trouver? Elle encaissa le choc et sentit une boule rouler dans sa gorge. Un moment d'incertitude plana... puis Fabien la pressa de questions, il voulait des détails, convaincu que l'enquêteur de l'OCBC l'avait manipulée. Il haussa le ton malgré lui.

— Goldberg est un nom répandu certes, dit Marion, mais l'auteur du livre évoque aussi le prénom de la femme d'Isaac, Sarah, et de ses trois enfants Joshua, Armand et Miria. Je sais que c'étaient les prénoms de la famille de ton grand-père. Tu trouves toujours que c'est une coïncidence?

Tout en se justifiant, elle sentit les larmes lui monter aux yeux.

— Si je comprends bien, coupa Fabien assez sèchement, tu as creusé profond dans l'histoire de ma famille pour trouver toutes ces preuves.

— Je n'en ai pas eu besoin. Ton frère m'avait donné leurs noms en me racontant la soi-disant épopée de ton grand-père.

— Et que déduis-tu de tes investigations ?

— Je crois... enfin tous les faits semblent indiquer qu'Ernst Grügher a pris l'identité d'Isaac Goldberg pour s'enfuir à la fin de la guerre. Il savait qu'Isaac ne reviendrait jamais, ni aucun membre de sa famille.

Instinctivement, il tressaillit et s'éloigna d'elle.

— Tu es en train de me dire que je suis le petit-fils d'un criminel de guerre ?

— Grügher n'est pas classé parmi les criminels de guerre, c'était un simple subalterne qui...

— Qui a envoyé des innocents vers les camps de la mort, et ça je refuse de le croire ! Je connaissais mon grand-père, toi non. Il n'aurait jamais pu faire une chose aussi monstrueuse.

Fabien n'en croyait pas ses oreilles : elle lui parlait d'usurpation d'identité, d'un aïeul nazi. Lui aurait-elle annoncé un tremblement de terre qu'il n'aurait pas été plus atterré. Il avait les yeux rivés sur les deux photographies... mais non, ce n'était pas possible ! Alors pourquoi se sentait-il frappé de terreur tout à coup ?

— Et maintenant, quelle est ta prochaine étape ? Tu vas rapporter ces infamies à ta sœur et à Galois ?

— Mais non, protesta-t-elle.

— Tu n'as pas entrepris toutes ces recherches pour rien, j'imagine ?

Elle comprit qu'il se méfiait d'elle, désormais, et son attitude la déroutait.

— Ne t'en prends pas à moi, Fabien ! Je n'y suis pour rien...

Il mourait d'envie de crier que lui non plus n'y était pour rien.

— ... Et toi non plus, reprit-elle, comme si elle avait suivi le cheminement de ses pensées.

Elle lui prit la main dans un geste d'apaisement, mais il la retira avec fermeté. Elle sentit un nœud au creux de son estomac, et elle résista à la volonté de le planter là et de s'enfuir loin de lui.

— Tu peux me confier ton dossier ? demanda-t-il. Je dois avoir une conversation avec mon père. Je suppose que tu as fait des copies ?

— Même pas. Personne n'est au courant, excepté moi.

— Et le policier qui a utilisé le logiciel de vieillissement ?

— Je n'ai cité aucun nom.

Fabien détourna la tête et recula un peu plus dans l'angle du canapé.

— Tu m'en veux, c'est ça ? s'inquiéta Marion.

— Non, enfin je ne sais pas... Je ne sais plus où j'en suis. Tu peux me comprendre, n'est-ce pas ?

— Bien sûr. Puis-je faire quelque chose ?

Il refréna le désir de lui dire qu'elle en avait assez fait, qu'elle aurait pu se mêler de ce qui la regardait. C'était ce que son père aurait dit. Mais il n'était pas comme son père et il refusait de céder à la colère. Toutefois, il ne pouvait s'empêcher de penser qu'elle aurait pu le tenir informé au fur et à mesure de son enquête. Et c'était bien du ressentiment qu'il éprouvait, même s'il demeurait convaincu qu'elle se trompait sur toute la ligne. Il devait voir son père au plus vite car, au fond de lui, il avait la certitude que lui seul détenait la clé de cet imbroglio.

— Tu pourrais me laisser? J'ai envie d'être seul pour réfléchir à la façon de présenter cela à mon père.

Marion se raidit. Elle s'obligea à soutenir son regard en ébauchant un léger sourire.

— Comme tu voudras.

Il l'attira dans ses bras et ils s'embrassèrent du bout des lèvres. Puis elle quitta l'appartement, presque sur la pointe des pieds.

À la sortie d'Apt, Marion passa devant l'entreprise familiale en priant pour que personne ne remarque sa voiture. Elle préférait ne pas voir ses parents pour l'instant. Comment pourrait-elle leur expliquer sa présence au milieu de la semaine et à une heure aussi indue? Ils n'avaient jamais rien su du rôle qu'elle avait joué dans les ennuis judiciaires de Simon Goldberg. Sans réfléchir, elle emprunta la route qui menait à Avignon. Au premier feu rouge, elle sortit un mouchoir en papier de son sac et essuya les larmes qui l'aveuglaient. Elle revoyait le visage de Fabien qui s'éloignait d'elle, les traits tendus, la colère à peine contenue. Qu'avait-elle fait?

Elle contourna Avignon et prit la rocade qui conduisait vers l'échangeur de l'autoroute. Elle jeta un coup d'œil à sa montre. 16h30. C'était de la folie de rentrer à Bordeaux ce soir. Plus de mille deux cents kilomètres dans la journée! Elle aurait toujours la possibilité de s'arrêter pour boire un café. Ou plusieurs. Elle avait hâte de rentrer chez elle. Son studio lui apparaissait comme un refuge, le seul endroit au monde où elle pourrait réfléchir et surtout pleurer, pleurer... Et demain, elle appellerait Béatrice. Elle se précipiterait chez elle, elle lui raconterait tout. Elle avait tellement besoin d'elle, de ses conseils, de son expérience. Elle se laisserait bercer de mots tendres et affectueux. Comme dans les moments les plus heureux de son enfance.

Elle s'aperçut qu'elle roulait trop vite. Pourtant, elle appuya encore sur l'accélérateur, avec l'espérance insensée que la vitesse l'aiderait à semer toute sa tristesse loin derrière elle.

À Montpellier, elle s'arrêta sur une aire d'autoroute, complètement épuisée. La fatigue, la crainte que Fabien ne lui pardonne jamais, ce n'était plus tenable. Elle se rangea sur un coin désert du parking et composa le numéro du téléphone portable de Béatrice.

36

Une semaine s'écoula. Marion ne reçut aucune nouvelle de Fabien. Elle essayait de le joindre plusieurs fois par jour, mais ses appels étaient automatiquement rejetés sur sa messagerie vocale. Elle laissait alors quelques mots, le priant de la rappeler. En vain. Elle ne savait plus quelle conduite adopter. Avait-il vu son père? Que s'était-il passé entre eux? Son inquiétude croissait de jour en jour. Elle mourait d'envie de sauter dans sa voiture et de rentrer à Apt. C'était sans doute ce qu'elle aurait fait si Béatrice ne l'en avait pas dissuadée, alléguant que Fabien devait régler ses problèmes seul, puisque c'était apparemment ce qu'il souhaitait.

Marion avait raconté toute la vérité à sa sœur aînée. Ébahie, Béatrice avait refusé de croire à cette « fable rocambolesque ». Mais devant les preuves que Marion avait énumérées devant elle, elle fut bien obligée de se rendre à l'évidence. Elle avait juré de garder le secret. Isaac Goldberg, ou quel que fût son nom, était mort depuis vingt ans, ses descendants n'étaient pas responsables de ses actes, aussi ignobles soient-ils. Béatrice invitait sa cadette à dîner tous les soirs et, mine de rien, elle la surveillait. De son côté, Marion essayait tant bien que mal de suivre ses derniers cours à l'université. Mais elle avait beaucoup de peine à se concentrer. Elle prit alors conscience qu'elle mettait toute son année universitaire en péril.

Jeudi enfin, Fabien lui envoya un texto. Il avait décidé de venir la rejoindre à Bordeaux samedi après-midi. Toute à sa joie, elle ne remarqua pas le laconisme du message. Il venait vers elle, c'était l'essentiel.

Samedi matin, elle se rendit au marché des Capucins. Elle choisit des légumes, un rôti de veau, du fromage et composa une corbeille de fruits. Fabien raffolait des fruits frais. Elle épousseta les meubles de son studio, passa l'aspirateur. Puis elle changea de tenue. À 14 h 30, elle était prête. Elle patienta encore une heure et Fabien arriva enfin. Quand elle le vit sur le seuil, elle se jeta dans ses bras et l'embrassa. Il la laissa faire, enroulant timidement son bras autour de sa taille.

— Pourquoi n'as-tu pas répondu à mes messages ? J'étais morte d'inquiétude. Je nous ai préparé un bon dîner.

Elle parlait trop haut, trop vite.

— Il y a une grande fête du vin, à Langon. Nous pourrions y aller cet après-midi. Qu'en dis-tu ?

Elle lui montrait le dépliant publicitaire, mais Fabien l'obligea à s'asseoir. Elle remarqua alors qu'il n'avait pas pris son sac de voyage. Puis elle porta attention à son visage grave, crispé. Il semblait avoir vieilli de dix ans depuis leur dernière rencontre.

— Fabien, je...

— Je dois te parler, Marion, écoute-moi, je t'en prie. Ce que j'ai à te dire est si difficile, s'il te plaît, ne m'interromps pas. Après ton départ la semaine dernière, je suis allé voir mon père. Je m'attendais à...

À quoi s'attendait-il ? À une violente démonstration de rage dont Simon avait le secret ? À ce qu'il nie tout en bloc et crie à la diffamation avant d'appeler son avocat ? Il s'attendait à tout de la part de son père, hormis à le voir se tapir dans son fauteuil, le visage blafard.

— Jusqu'à cet instant, j'ai pensé que tu t'étais trompée, expliqua-t-il à Marion. Mais en voyant mon père, j'ai alors compris que ton enquête avait révélé la stricte vérité. Quelques jours avant sa disparition, mon grand-père avait tout avoué à son fils. Isaac Goldberg était en réalité Ernst Grügher, un nazi, et mon père le savait.

Et le récit de son père était plus terrifiant encore que tout ce que Fabien avait pu imaginer. Ernst Grügher avait participé au nettoyage des musées de l'Oise, et organisé la spoliation à grande échelle des collections privées. Il s'assurait de recenser les familles spoliées jusqu'aux derniers membres, et il les dirigeait vers Royallieu, puis dans un convoi pour Auschwitz. Il était alors en mesure de négocier les ventes d'objets d'art, en sachant que les propriétaires et leurs héritiers ne les réclameraient pas. Il dressait des listes exhaustives de toutes les œuvres volées. Ainsi, lorsque le moulin Saint-Nicolas avait été détruit par les bombardements alliés, Grügher savait exactement ce qu'il contenait.

En juillet 1944, il avait quitté Compiègne avec quelques toiles et des papiers d'identité dérobés à ses victimes. Il s'était terré quelques mois dans un petit village du sud-est de la France. Et il avait commencé une nouvelle vie sous le nom d'Isaac Goldberg, en s'inventant de toutes pièces un passé de victime.

Cette facette de l'histoire, Fabien ne pourrait jamais la dévoiler à Marion, ni à quiconque. Il avait trop honte. Il avait cherché de vieux films d'actualités et, depuis, il revoyait en boucle les reportages sur les camps de la mort et tous ces visages de martyrs, dont il s'était toujours senti proche. Soixante-dix ans s'étaient écoulés. Soixante-dix longues années qui l'avaient rattrapé et qui ne cessaient de le hanter.

— Et pendant vingt ans, reprit-il, mon père a jugé bon de ne rien dire.

Marion se rapprocha de lui, jusqu'à frôler son visage.

— Il a peut-être bien fait.

— Tu ne comprends pas! Il *devait* dire la vérité et dédommager les enfants des victimes.

— Ton père n'y était pour rien, et il avait des enfants lui aussi.

C'étaient exactement les paroles de son père... «Tu ne comptes pas étaler ça sur la place publique? Tu vas salir la mémoire de ton frère, et celle de ta mère, j'espère que tu en as conscience?»

Simon savait ce qu'il faisait en invoquant la mère de Fabien. L'ultime manipulation...

— Écoute-moi et essaie de comprendre! avait-il crié. Tu as tout intérêt à te taire!

C'étaient les dernières paroles que Fabien avait entendues de lui. Depuis d'autres mots peuplaient son esprit. Assassin, criminel de guerre. Partisan forcené du IIIe Reich…

— Tout cela n'est pas ta faute, répéta Marion.

— Ce n'est pas aussi simple pour moi. Toute ma vie a été bâtie sur des mensonges. À 45 ans, je me réveille dans la peau du petit-fils d'un nazi. Et je ne pourrai jamais me faire à cette idée. Moi, c'est le grand-père que j'ai connu, pas le monstre. Le grand-père des tours de manège, des balades en forêt. Celui qui respectait scrupuleusement tous les rites de la religion juive. Une religion qu'au plus profond de lui-même il honnissait.

— Toutes les générations d'Allemands qui se succèdent depuis la fin de la guerre ne peuvent pas porter cette croix jusqu'à la nuit des temps, dit Marion. Pense à ta mère, son sang aussi coule dans tes veines. Arrête de te torturer.

Il leva la tête et rencontra son regard. Surpris, presque désenchanté, il demanda :

— Tu t'accommoderais de cette situation, toi ?

Bien sûr qu'elle s'en accommoderait. Elle était prête à tous les compromis pour continuer à vivre avec lui.

— Eh bien pas moi ! répliqua-t-il. J'ai décidé d'abandonner la mairie.

— Quoi ? As-tu perdu la tête ?

Il avait déjà organisé une réunion spéciale avec ses adjoints, Alain Leroux en tête. Et ce n'était pas la plus difficile des décisions qu'il avait prises. Il croisa les bras et serra machinalement les poings. Le plus douloureux restait à venir.

— Je sais que cela va te paraître injuste, et tu vas certainement me détester... Mais je pense qu'il est préférable de mettre un terme à notre relation. Je te rends ta liberté, Marion.

Elle crut avoir mal entendu, mais à quoi bon lui faire répéter ? Les mots s'imprégnaient déjà dans son cœur, dans sa chair, ils roulaient en elle au rythme de son sang. Les larmes jaillirent au bord de ses paupières. Elle aurait voulu protester, hurler. Elle ne ressentait qu'un vide immense. Et la certitude qu'elle savait déjà. Depuis leur dernière conversation et le silence de Fabien, elle savait.

— Pourquoi ? Je suis sûre qu'il existe une autre solution, murmura-t-elle en essuyant ses larmes du bout des doigts. Je comprends ce que tu éprouves, mais tu ne peux pas prendre cette décision sur un coup de tête.

— J'aimerais croire que rien d'autre n'existe à part nous, que tout est encore possible, mais je sais bien que c'est faux, et tu le sais aussi.

— Mais nous allions nous marier ! protesta-t-elle.

Il avait déjà tout annulé, mais il n'eut pas le courage de le lui dire.

— Je dois assumer mes responsabilités, ma chérie, je n'ai pas le choix. Et c'est mon devoir envers toi.

— C'est à moi d'en juger, se récria-t-elle. La seule chose qui compte, c'est que je t'aime. Et je sais que tu m'aimes aussi.

C'était bien cela le plus terrifiant. Il l'adorait et il devait s'éloigner d'elle pour mieux la protéger.

— Je ne doute pas de ton amour, ni du mien. C'est d'ailleurs cela qui rend la situation si difficile.

Dans d'autres circonstances, nous aurions pu vaincre les embûches. Mais parfois, l'amour ne suffit pas.

Il tourna la tête et Marion le fixa. La lumière du soleil qui inondait la pièce donnait un reflet saisissant à son visage. Les rides avaient trouvé leur chemin, les yeux ne scintillaient plus.

— La seule richesse d'un homme, dit-il, c'est son honneur. S'il le perd, il n'a plus rien. Il n'est plus rien. Je ne pourrai plus jamais regarder tes proches dans les yeux. Ta mère, Marion! Imagine ce qu'elle pensera, elle dont la vie est marquée à jamais par le crime d'Oradour. Elle me regardera comme un monstre. Ou l'enfant d'un monstre, ce qui revient au même.

— Mais personne n'est au courant.

Elle pensa à Béatrice. Mais Béa saurait se taire si le bonheur de sa cadette en dépendait.

— Moi je sais, et toi aussi. Quel avenir puis-je encore t'offrir, sinon vivre dans la crainte? Si tu as découvert la vérité aussi facilement, d'autres peuvent le faire. Tôt ou tard tu m'en voudras d'être tombé amoureux de toi, de t'avoir entraînée dans ce cauchemar.

Il devait partir. Il se leva.

— Je dois y aller…

— Maintenant? Mais tu peux rester au moins jusqu'à demain.

Bien sûr, il pouvait s'accorder, leur accorder, un sursis. Quelques heures d'un ultime bonheur. La prendre dans ses bras, lui faire l'amour une dernière fois. Mais la séparation n'en serait que plus douloureuse demain matin. Il resta planté devant elle, les bras ballants. Et ses redoutables certitudes s'envolèrent doucement. Le courage lui manquait déjà. L'avait-il jamais eu, ce courage-là? La quitter, ne plus la voir, ne plus la toucher, ne plus rien savoir d'elle. Il devait partir, tant qu'il lui restait un peu de force. Il eut conscience de l'immense silence qui les entourait. Ses yeux tentaient encore de lui sourire. Pourtant, il fit un pas vers la porte et prit ses clés de voiture qu'il avait posées sur la petite bibliothèque.

Marion se jeta sur lui et s'agrippa à son cou.

— Je comprends que tu m'en veuilles. Je n'aurais jamais dû enquêter sur ta famille sans t'en parler. Mais laisse-nous encore une chance. Je suis certaine que nous pouvons nous battre ensemble... Que puis-je faire?

— M'embrasser une dernière fois et me laisser partir. Et tu ne dois pas t'en vouloir, ce n'est pas ta faute. Nous avons été entraînés dans un cauchemar qui nous dépasse. Tu es si jeune, mon amour. Tu dois tourner la page, tu dois vivre ta vie.

Il la prit dans ses bras, la serra très fort contre lui, et murmura:

— Je suis désolé, je te demande pardon, adieu mon amour.

Puis il se détacha d'elle avec des gestes lents et quitta le studio.

Marion ne bougea pas, elle ne dit rien. Elle se contenta d'écouter les pas de Fabien dans le couloir, le bruit de l'ascenseur au loin.

37

La veille du week-end de l'ascension, Marion rentra à Apt en compagnie de sa sœur et de son beau-frère.

Deux semaines avaient passé depuis sa rupture avec Fabien. Elle était restée interdite de longues heures après son départ, attentive au moindre bruit dans le couloir, persuadée qu'il allait revenir. Longtemps après, elle ressassait leur conversation et l'abandon de Fabien qu'elle ne comprenait pas. Épuisée à force de tourner et retourner de sombres idées, elle avait couru chez sa sœur. En tombant dans ses bras, elle avait libéré toutes ses larmes. Béatrice prit l'initiative de parler à leurs parents en les priant de ne pas assaillir Marion de questions.
Marion relisait tous les jours le SMS de son père qu'elle avait conservé sur son téléphone « Je comprends ton chagrin ma chérie. N'oublie pas que ce n'est pas seulement à toi que cela arrive, mais à nous tous. Et nous sommes là » Elle avait pleuré longtemps sur tout ce qu'elle avait perdu, sur le bonheur qu'elle avait tant dessiné et qui ne serait plus.
Puis, dès la semaine suivante, elle se plongea dans ses cours à rattraper, ses révisions en retard.

La dernière ligne droite avant les examens! Elle avait le sentiment d'avoir perdu tellement de choses en si peu de temps, il n'était pas question de perdre aussi son année universitaire. Les journées s'écoulèrent dans une telle frénésie de travail que le temps lui parut très court.

À aucun moment elle ne chercha à joindre Fabien. Même s'il lui était difficile d'accepter l'idée qu'elle ne le reverrait plus, elle avait compris que leur dernière rencontre était un adieu. Quand elle se retrouvait seule dans son studio le soir, elle avait parfois l'impression que les mots de Fabien flottaient encore dans l'air. Un message inachevé pour un amour inachevé.

Le temps était superbe en cette fin mai. Apt resplendissait, le soleil enluminait le Lubéron. Marion retrouva sa chambre de jeune fille aux senteurs de lavande. Les rideaux fleuris, la petite table qui lui servait de bureau près de la fenêtre. Comme à chacun de ses retours, elle constatait que rien n'avait changé. C'était sa vie qui avait changé. Aucun membre de sa famille n'évoqua sa rupture. En l'accueillant, sa mère lui avait glissé dans l'oreille: « C'est toi qui parles quand tu veux, ma puce ». Mais son père avait raison, ils étaient là.

Elle rendit visite à sa grand-mère et la trouva hagarde et squelettique. Perdue dans un autre monde, elle ne reconnaissait plus personne. Marion délia les papiers des friandises qu'elle lui avait apportées. Elle lui parlait… évoquant des souvenirs de leur vie en espérant réveiller sa mémoire. Sa grand-mère l'observait d'un regard vide, un sourire sur les lèvres. Elle l'appelait « mademoiselle » en lui demandant si elle faisait partie du personnel. Marion prit congé en la serrant très fort dans ses bras. En quittant la maison de retraite, elle se surprit à l'envier. Ce devait être agréable parfois de ne plus se souvenir.

Le lendemain, Béatrice et Élise l'entraînèrent dans le centre-ville d'Avignon. Elles flânèrent de magasin en magasin tout l'après-midi. Elles essayèrent des tenues d'été, des chaussures, des chapeaux, et se gavèrent de glaces dégoulinantes de crème chantilly. Marion se surprit à rire aux éclats, à fredonner. Un peu plus tard, elle aida sa mère à concocter le menu du dimanche. Victoire avait invité les parents de sa belle-fille, et elle tenait à se surpasser. Marion l'accompagna au marché où elles musardèrent deux longues heures, choisissant méticuleusement tout ce qui composerait leur menu. Elle s'interdit avec force de s'approcher de l'étude ou de l'appartement de Fabien. La presse locale avait annoncé sa démission de la mairie de Goult pour raisons personnelles, et il avait refusé toute interview.

Dimanche soir, après le départ des invités, Pierre prit sa benjamine à part.

— Une partie de pêche demain matin ?

Marion accepta l'invitation avec joie.

— Alors, lever à 5 heures !

*
* *

Ils roulaient lentement, les vitres entrouvertes, en longeant la plaine de la Durance. Dans le ciel déjà clair, le soleil apparaissait par petites touches, revêtant les collines d'un flot de lumière mordorée. Les routes étaient désertes à cette heure matinale. Des arômes de terre tiède exhalés par les sous-bois embaumaient l'habitacle de la voiture. Pierre emprunta un long chemin ombragé qui bordait la rivière et il trouva enfin le ponton qu'il affectionnait. Ils gardèrent le silence pendant le rituel de l'installation. C'était d'abord la recherche de l'emplacement idéal pour poser les sièges et les cannes à pêche. Pierre sortit la mallette en bois qui contenait les hameçons, les appâts, les bobines de fil, et Marion remplit d'eau un seau destiné à accueillir les poissons. Puis elle prit la ligne que son père lui avait équipée et s'assit au bord de l'eau.

Elle contemplait les petits bouts de ciel qui se faufilaient à travers les feuillages. Soudain, elle tourna la tête vers son père et s'aperçut qu'il la regardait aussi.

— Je vais nous servir un café, dit-elle.

Elle se dirigea vers la voiture et prit le sac isotherme que sa mère leur avait préparé. Une Thermos de café, deux tasses, du sucre et des petits cakes aux fruits confits dans une barquette alimentaire. Marion emplit les tasses et en offrit une à son père. Ils restèrent ainsi, à admirer le lever du soleil à l'horizon. Un poisson sauta dans l'air frais du petit matin et replongea aussitôt. Le reflet du ponton frissonna sur l'étendue scintillante de la rivière. Ils auraient pu se croire seuls au monde dans ce paysage magnifique. Marion buvait son café à petites gorgées, et son père ne la quittait pas des yeux. Elle avait noué ses cheveux sur sa nuque, et, ici et là, quelques boucles s'échappaient. Elle ne l'avait pas habitué à ce visage grave aux traits crispés. Son regard limpide semblait plus sombre. Ses pupilles s'assombrissaient toujours sous le coup d'une émotion. Il se leva, posa sa canne à pêche sur le côté et rapprocha son siège de celui de Marion. Il enroula un bras protecteur autour de ses épaules. Sa fille, petite héroïne tragique, égarée dans un drame qui n'était pas le sien.

— Je ne peux pas supporter de te voir aussi triste, dit-il.

Elle soupira longuement avant de répondre.

— Quand je pense à tout ce qui s'est passé en si peu de temps… Nous devions nous marier dans trois semaines.

La cérémonie au bras de son père, l'emménagement dans la nouvelle maison, et des enfants un peu plus tard. Elle s'était imaginé vieillir avec Fabien, et elle avait déjà dessiné leur avenir. Aujourd'hui, sa vie sombrait dans un brouillard opaque.

Pierre resserra son étreinte ; elle se blottit contre lui et elle se surprit à respirer sur un rythme apaisé. Il était la seule présence qu'elle souhaitait vraiment.

— Tout ira bien, murmura-t-il, tu verras. Il faut juste un peu de temps.

— Je sais, papa, mais je l'aimais tant ! Je ne comprends pas pourquoi il a tenu à ce que nous nous séparions.

— Ne lui en veux pas, ma chérie. C'est un type bien, je suis sûr que c'est à toi qu'il a pensé, et il a voulu te préserver.

— Tu crois ?

— Oui, répondit-il d'une voix ferme. Ne regarde pas en arrière, pense à la vie qui t'attend.

— Je sais, papa, répéta-t-elle, je dois être forte. J'y arriverai.

En dépit de ses bonnes résolutions, elle fondit en larmes. Et elle eut beau se raisonner, ses sanglots redoublèrent encore et encore.

— Je suis si triste que parfois je n'arrive plus à rassembler mes idées.

— Ça va passer. Ta vie ne fait que commencer. Tu dois aller de l'avant à présent.

— Mais je ne peux pas, je ne suis pas prête.

— Tu ne ressentirais pas ce que tu éprouves en ce moment, si au fond de toi tu n'étais pas prête à passer à autre chose.

Elle sut qu'il disait vrai. Son père disait toujours vrai. Grâce à son tempérament discret, à la solidité dont il faisait preuve en toutes circonstances, c'était lui le pilier de la famille. Celui qui apporte l'apaisement.

Marion sentait confusément que l'immense chagrin des premiers jours laissait la place à une douce tristesse, jusqu'à un vague sentiment d'acceptation. Son cœur palpita d'un léger frémissement. La vie l'attendait. Une sensation de liberté gagna chaque parcelle de son corps, une sensation oubliée qu'elle accueillit avec sérénité.

*
* *

9 heures sonnaient au carillon. Neuf coups cristallins. L'écho n'en finit pas de résonner dans l'appartement. Tout était en ordre... Fabien

pensait à Marion. Il n'avait jamais cessé de penser à elle depuis un mois. La lettre qu'il glisserait dans la boîte tout à l'heure était prête. Il la relut une dernière fois et ferma l'enveloppe.

Le vent s'était levé, il encerclait l'immeuble et les volets tremblaient. Tout était en ordre... Il avait confié à un confrère la mission de vendre l'étude et l'appartement au profit des enfants de Hannah. Hannah! Il revoyait son visage dévasté quand il lui avait appris la vérité. Elle avait poussé un long cri suivi d'une succession de gémissements. Elle qui avait tant souffert du mépris affiché de Simon, de l'indifférence de Natacha qui ne jurait que par son fils. Aveuglée par la rancœur, elle s'était imaginé rendre coup pour coup. Et le piège s'était refermé sur elle. Elle avait compris qu'elle ne guérirait jamais de la blessure qu'elle s'était infligée à son corps défendant. Pendant leur dernière rencontre, elle s'était tenue devant Fabien, raide, avec un léger balancement du buste et ces quelques mots qu'elle avait répétés pendant des heures. « Qu'ai-je fait... Mon Dieu, qu'ai-je fait ? » C'étaient les prémices d'un cauchemar qui ne la quitterait plus. Il comprenait. Il avait grandi, sans le savoir, sur des ruines engluées dans le sang. Et les ténèbres qui s'ouvraient devant lui lui renvoyaient l'image des atrocités vécues par les martyrs dont il croyait porter le nom. L'écho de leurs cris résonnerait à jamais dans sa tête. Il pensait à tout ce qui était fait depuis soixante-dix ans pour que l'humanité n'oublie pas. Alors qu'il aurait tant aimé oublier.

Il lui avait fallu d'interminables nuits d'insomnie, des jours de vide absolu où il n'avait pu se retenir de boire sans mesurer l'écoulement du temps, verre après verre. Bouteille après bouteille. Dans la brume aux relents d'alcool qui l'ensevelissait, il avait senti la peur grandir, l'effroi le paralyser.

Sa vie qu'il résumait encore et encore... des années de solitude, quelques mois de bonheur, et l'impitoyable désarroi du dénuement qui fondait sur lui de nouveau. Il avait perdu Marion, comme il avait perdu sa mère et son frère. Il perdait toujours les gens qu'il aimait. Était-ce lui le responsable ? Il sentait la présence de Marion autour de lui, son parfum flottait toujours dans l'appartement. Il l'imaginait là, tout près, il voyait le vent jouer dans ses cheveux, ses yeux refléter l'éclat azuré du ciel. Il songeait à la vie qu'elle avait apprivoisée pour lui. Auraient-ils pu passer outre le poids terrifiant du passé ? Il lui arrivait d'imaginer que l'avenir était encore possible... une caresse sur son visage, sa main sur le ventre de la jeune femme qui portait leur enfant. Mais le dernier regard de Marion le hantait. Elle s'était laissé quitter sans batailler. Il avait perdu sa seule chance d'être heureux, l'unique chemin qui aurait pu le conduire au bonheur.

Aujourd'hui, il n'avait plus d'attaches. Plus de métier, plus d'appartement, plus de futur. Il lui restait son passeport, un sentiment d'échec, et cet irrépressible désir de fuite qui s'était emparé de lui quand il avait jeté la dernière bouteille. La gorge serrée, le ventre creux, il sut que le moment était venu... Comment maîtriser le flot des regrets qui refluaient sans lui laisser le moindre répit ? Il avait cacheté l'enveloppe. Il résista à l'envie de la déchirer pour relire la lettre une dernière fois. Avait-il écrit tout ce qu'il voulait à Marion ?

Ne sois pas triste, mon amour, nous nous sommes tellement aimés ! Et je continuerai à t'aimer pour que le temps ne s'arrête pas. Je pars, parce que nous ne pourrons être nulle part ensemble. Mais elle me paraît bien longue cette route sans toi.

Quand la violence de ses regrets déclinerait enfin, trouverait-il la paix ?

Épilogue

Marion embrassa ses parents, puis elle monta dans sa voiture. Elle démarra et regarda dans le rétroviseur jusqu'à ce que leurs silhouettes disparaissent dans le virage.

Pour la première fois, elle éprouvait une immense tristesse à l'idée d'être séparée d'eux. Ils avaient toujours veillé sur elle avec amour. Ils lui avaient offert la liberté de choisir ses propres voies, de commettre des erreurs puisqu'ils étaient là pour la relever si elle tombait. Ils l'avaient aidée à comprendre que son chagrin était aussi de l'amour et surtout de l'espoir. Lorsqu'elle leur avait fait part de ses décisions, ils l'avaient encouragée.

Elle glissa un CD dans le lecteur. Une compilation de chants basques que son frère lui avait offerte.

Quatre mois avaient passé. Rien encore ne laissait présager le fléchissement de l'été, pourtant il battait doucement en retraite. L'équinoxe de septembre baignait la matinée d'une lumière dorée.

Marion rentrait à Bordeaux et, jeudi, sa sœur prendrait le train avec elle pour l'aider à s'installer dans la minuscule chambre meublée que son beau-frère lui avait dénichée à Versailles. Grâce à son master en droit, elle était admise à l'université Paris 8 pour préparer un diplôme en criminologie. Elle avait abandonné l'idée de devenir commissaire-priseur pour se consacrer à la lutte contre le crime. Le programme de police scientifique, de médecine légale et de psychologie criminelle l'avait emballée. Son amitié pour Ludovic Galois comptait beaucoup dans ses nouveaux choix.

Le jeune homme était venu à Bordeaux en juin, et Béatrice l'avait invité à dîner. Il était resté pantois face aux découvertes de Marion dans l'affaire Goldberg. Il l'avait longuement félicitée, soulignant sa détermination, la perspicacité dont elle avait fait preuve pour suivre toutes les pistes. « Je constate que vous êtes du genre déterminé, avait-il dit. Vous feriez une sacrée enquêtrice, vous êtes indubitablement douée pour cela ! D'ailleurs je suis sûr que si vous le désirez, vous êtes capable de faire tout ce que vous voulez. »

Elle lui avait expliqué son souhait de changer d'orientation à la rentrée. Et de longues conversations leur avaient permis de découvrir leurs affinités. Il l'avait conseillée dans l'élaboration de son dossier pour Paris 8. Béatrice l'avait encouragée à écouter les conseils du jeune homme, enchantée de cette amitié naissante. Sa cadette aurait un contact à Paris, juste au cas-où... Et elle aussi avait convenu du don de sa petite sœur pour les enquêtes fastidieuses. Pour Marion, c'était autre chose. Une vocation par défaut...

Son amour pour Fabien l'avait profondément transformée. Elle savait qu'elle ne le reverrait jamais. Du jour au lendemain, il s'était coupé du monde. Elle pensait à lui parfois, de douces réminiscences qui la troublaient encore. Était-ce l'homme dont elle était tombée amoureuse, ou l'idée qu'elle se faisait de l'homme qu'elle aimerait en bravant tous les interdits ? Peu importait... Elle avait lu la lettre qu'il lui avait adressée avant de partir, puis elle l'avait déchirée. La page était tournée, mais il lui faudrait du temps avant qu'elle accorde à nouveau sa confiance.

Pourtant, elle restait à l'écoute de son cœur qui recommençait de battre. C'était un sentiment étrange. Une paix de convalescente surprise d'être guérie. *Vivre, simplement vivre.*

Quelque chose prenait forme en elle et renaissait doucement.

L'espoir.

Remerciements

À mes enfants et à leurs proches, à ma sœur, à mes amis qui m'ont accompagnée dans les épreuves comme dans les joies, et m'ont encouragée dans cette merveilleuse aventure de l'écriture. Je n'en dresse pas la liste, ils se reconnaîtront.
À Nathalie Thomas et toute l'équipe de France Loisirs si riche en compétences qui m'ont permis d'arriver à cet instant précis où je leur dis : merci !
Simplement. Amicalement.

Composition:
Soft Office

Achevé d'imprimer par GGP Media GmbH, Pößneck
en avril 2017
pour le compte de France Loisirs,
Paris

N° d'éditeur : 87252
Dépôt légal : avril 2017
Imprimé en Allemagne